RAMON J. SENDER

LA TESIS DE NANCY

SECCION LITERATURA
Serie Literatura Española
Novela. Siglo XX

RAMON J. SENDER

LA TESIS DE NANCY

CUADRAGESIMOCUARTA EDICIÓN

Colección Novelas y Cuentos
Fundada en 1929 por José N. de Urgoiti

Edición: Magisterio Español, S. A.

Portada: Arjé
Copyright © 1969 by Ramón J. Sender
   y Editorial Magisterio Español, S. A.
ISBN: 84-265-7134-4
Depósito legal: M. 18.707-1995
Printed in Spain
Impreso en Lavel, S. A.
C/ Gran Canaria, 12, Los Llanos
Humanes (Madrid)

PRESENTACION

● *Ramón J. Sender nació en 1901, en Chalamera (Huesca). Su labor como novelista durante la preguerra española le aseguró ya entonces un puesto eminente entre los cultivadores del género. Desde la publicación de su novela «Imán» (1930), sobre la campaña de Marruecos, Sender irrumpió con firmeza en las letras españolas, cerrando esa primera etapa con «Mr. Witt en el cantón», libro por el que recibió, en 1935, el Premio Nacional de Literatura.*

Después de la Guerra Civil, Sender abandonó España y se estableció en los Estados Unidos, donde murió (16-1-82). En el destierro, su obra ha aumentado extraordinariamente. La indudable vena novelística del escritor aragonés le ha capacitado para enfrentarse con temas y ambientes diversos que forman una larga serie de títulos—«Mexicayotl» (1940), «Crónica del Alba» y «Epitalamio al Prieto Trinidad» (1942), «El rey

y la reina (1947), «*Réquiem por un campesino
español*» *(1960)*, «*La aventura equinoccial de
Lope de Aguirre*» *(1967)*, *entre otros—, en los
que se ofrece un cuadro lo suficientemente am-
plio para acercarse a su producción y encontrar
en ella los datos necesarios a la hora de aventurar un juicio valorativo.*

● *No siempre resulta fácil enjuiciar la obra de
un autor cuando a éste le ronda el fantasma del
mito. Tal es el peligro que puede acechar al novelista Sender. Una concreta circunstancia histórica y un momento como el que en la actuali-
dad pasa por el mundo pueden deformar, desde
ángulos de visión extraliterarios, el verdadero
sentido de una labor literaria. El panegírico y
la detracción tienen cabida dentro de esa clase
de crítica que a veces no tanto se nutre de textos como de pretextos, y que se entretiene en la
arriesgada alquimia de trocar las letras en armas
y las armas en letras.*

*Se escribe, eso es cierto, con intención. Esa in-
tención, en el artista, va por debajo de su arte.
Si no, el artista se convierte en predicador o en
político. En primer lugar, el crítico de arte debe
hablar acerca del arte. Y es luego su misión diag-
nosticar sobre las intenciones que se manifiestan
en lo que lee. Sin invocaciones excesivas a lo que
es ajeno a la cuestión.*

*La obra de Sender, que durante mucho tiempo
ha sido dada al público a través de editoriales
suramericanas, está ya traducida a casi todos los
idiomas. Su éxito literario se justifica con creces
si se tienen en cuenta dos virtudes presentes en
el autor: una prosa clara y correcta y, sobre todo, una espléndida capacidad de fabulación. Sender fabula, «inventa», dialoga. Sus novelas son*

novelas en las que pasan cosas. La acción es siempre la encargada de soportar el peso de lo que Sender quiere comunicarnos, y no a la inversa, como en ocasiones sucede en los intentos no siempre felices de la narrativa moderna, donde frecuentemente la novela-estilo, la novela-ensayo y la novela-experimento parecen ser los únicos posibles terrenos de cultivo. En este sentido, Ramón Sender es, si se quiere, un novelista tradicional. Su modo de hacer, aunque personal y propio, entronca con el de los representantes más significativos del realismo español, del que Sender es hoy en día indiscutible heredero. Pero la realidad con la que se enfrenta el escritor aragonés no es exclusiva y monocorde, sino multiforme y diversa. Ese pluralismo temático siempre es un riesgo. Sender ha logrado evitar el naufragio, ese naufragio que en literatura llega por las vías del mimetismo y la superficialidad. A veces —esto es inevitable—su visión de las cosas puede ser incompleta. Otras, debe decirse que las más Sender se nos manifiesta con todo el vigor de un gran novelista, y esa visión se torna honda y reveladora.

● *La tesis de Nancy es una novela epistolar. Nancy, formal estudiante de lenguas románicas, pasa un año en Alcalá de Guadaira con el propósito de componer allí su tesis doctoral. Puntualmente, sus experiencias andaluzas son transmitidas por carta a su prima Betsy, de Pensilvania. Nancy es una chica americana, semejante a cientos de miles de chicas americanas, cuyo viaje a Europa es probablemente el primer—y*

*quizá el único—episodio «perturbador» de su vi-
da. Sender, en las líneas preliminares del libro,
nos presenta al personaje con unas pocas palabras:*

«Yo no he hablado nunca con la prima de Betsy, aunque la he visto muchas veces en los partidos de fútbol, donde suele actuar de "cheer
leader", es decir, de conductora de las voces en
masa con las que el público anima a su equipo
favorito... No pierdo detalle de lo que hacen esas
encantadoras muchachas vestidas de rojo que se
sitúan frente a la galería y gritan, giran sobre
los talones, se ponen las manos en las caderas,
inclinan la cabeza a un lado u otro, se arrodillan
haciendo volar graciosamente su falda y llevan a
cabo cada una de ellas y todas juntas un verdadero "ballet" con la colaboración fogosa de veinte mil amables ciudadanos.»

*Todo en Sevilla es exótico, y casi todo es apa-
sionante. Las cartas de Nancy están escritas con
el asombro, la curiosidad, la admiración y el desprecio que suele producir lo desconocido. ¿Es la
imagen que se forma Nancy la que necesariamente proyecta España—una España atávica, di-
fícilmente comprensible—a los ojos de la joven
América? El libro de Sender acaso no pretenda
llegar tan lejos. El contraste que ofrecen las páginas de* LA TESIS DE NANCY *se establece casi
siempre en el terreno de lo anecdótico. Hacer reír,
nos recuerda Sender, es tarea de discretos. La
aventura de Nancy es una aventura divertida, en
la que a veces lo cómico se viste de serio y lo
serio se disfraza con una sonrisa.*

LA TESIS DE NANCY

«Es tarea de discretos hacer reír.»

CERVANTES

«Je me presse de rire de tout, de peur d'être obligé d'en pleurer.»

BEAUMARCHAIS

«Does thou laugh to see how fools are vexed?»

T. DEKKER

NOTA PREVIA

Mi amiga Betsy tiene una prima estudiante de español que ha ido a España para obtener un grado universitario. Betsy me ha enseñado una carta de su prima, fechada en Alcalá de Guadaira (Sevilla). Creí al verla que valía la pena traducirla.

Después le he pedido más cartas, y las he traducido también.

Yo no he hablado nunca con la prima de Betsy, aunque la he visto muchas veces en los partidos de fútbol, donde suele actuar de «cheer leader», es decir, de conductora de las voces en masa con las que el público anima a su equipo favorito.

Debo confesar que aunque voy a los partidos no me interesa el fútbol en absoluto. Es decir, lo que los ingleses llaman «rugby». Me da la impresión de un juego brutal y sin gracia ni habilidad. Pero en cambio no pierdo detalle de lo que hacen esas encantadoras muchachas vestidas de rojo, que se sitúan frente a la galería y gritan, giran sobre los talones, se ponen las manos en las caderas, inclinan la cabeza a un lado u otro, se arrodillan haciendo volar graciosamente su falda y llevan a cabo cada una de ellas y todas juntas un verdadero «ballet» con la colaboración fogosa de veinte mil amables ciudadanos.

Nancy era una especie de directora de esa orquesta multitudinaria cuando tenía dieciocho años. Ahora debe tener ya veinticuatro y se dedica a tareas más serias. Es decir, más aburridas. Estudia Antropología y Literatura española. Sus cartas de Alcalá de Guadaira han ido pasando a mis manos, y yo las he traducido y creo que vale la pena publicarlas.

Aquí están y ojalá te diviertan, lector. Hacer reír es tarea de discretos, según decía Cervantes.

R. J. SENDER

CARTA PRIMERA

Nancy descubre Sevilla

Dearest Betsy: Voy a escribir mis impresiones escalonadas en diferentes días aprovechando los ratos libres.

Como sabes, he venido a estudiar a la Universidad de Sevilla. Pero vivo en Alcalá de Guadaira, a diez millas de la ciudad. La señora Dawson, de Edimburgo, que tiene coche y está en la misma casa que yo, me lleva cada día a la ciudad. Suerte que tengo, ¿verdad? Siempre he tenido suerte.

¿Qué decirte de la gente española? En general, encuentro a las mujeres bonitas e inteligentes, aunque un poco..., no sé cómo decirte. Yo diría afeminadas. Los hombres, en cambio, están muy bien, pero a veces hablan solos por la calle cuando ven a una mujer joven. Ayer pasó uno a mi lado y dijo:

—Canela.

Yo me volví a mirar, y él añadió:

—Canelita en rama.

Creo que se refería al color de mi pelo.

En Alcalá de Guadaira hay cafés, iglesias, tiendas de flores, como en una aldea grande americana, aunque con más personalidad, por la herencia árabe. Al pie de mi hotel hay un café con mesas en la acera que se llama La Mezquita. En cuanto me siento se acercan unos vendedores muy raros—algunos ciegos—, con tiras de papel numeradas. Dicen que es lotería. Me ofrecen un trozo de papel por diez pesetas y me dicen que si sale un número que está allí impreso, me darán diez mil. Yo le pregunté al primer vendedor que se me acercó si es que tenía él tanto dinero, y entonces aquel hombre tan mal vestido se rió y me dijo: «Yo, no. El dinero lo da el Gobierno.» Entonces resulta que todos esos hombres (y hay millares en Sevilla) son empleados del Gobierno. Pero parecen muy pobres.

¿Sabes, Betsy querida? No hay gorilas en España. Cosa de veras inexplicable. No sé cómo han hecho su *guerra de gorilas* en el pasado por la cual son famosos los españoles en la historia desde el tiempo de los romanos. Tengo que preguntar en la Universidad esta tarde. Aunque me molesta hacer ciertas preguntas, porque hay gente a quien no le gusta contestar. Ayer me presentaron a dos muchachos en la calle de las Sierpes, y yo, que llevaba mis libros debajo del brazo y andaba con problemas de gramática, pregunté al más viejo: «Por favor, ¿cómo es el imperfecto de subjuntivo del verbo *airear*?» El chico se puso colorado y cambió de tema. ¿Por qué se puso colorado?

Me suceden cosas raras con demasiada frecuencia. Y no se puede decir que los hombres sean descorteses, no. Al contrario, se preocupan del color de mi pelo y hasta de mi salud. En la puerta del café hay siempre gente joven, y cuando vuelvo a casa veo que alguno me mira y dice: «Está buena.» Yo no puedo menos de agradecerles con una sonrisa su preocupación por mi salud. Son muy amables, pero no los entiendo. A veces se ruborizan sin motivo. O se ponen pálidos. Sobre todo cuando les pregunto cosas de gramática.

De veras, a veces no entiendo las reacciones de la gente. Verás lo que me pasó en el examen de literatura clásica. Estaba sentada frente a tres profesores ya maduros, con su toga y un gorro hexagonal negro—el gorro no en la cabeza, sino en la mesa—. Y uno de ellos se puso a hacerme preguntas sobre el teatro del siglo XVII. Tú sabes que en eso estoy fuerte. Bueno, voy a decirte exactamente lo que preguntó y lo que contesté, y tú me dirás si hay algo que justifique los hechos. El profesor me dijo:

—¿Puede usted señalar algún tipo característico del teatro de capa y espada?

—El gracioso—dije.

—Bien. Otro.

—La dueña.

—Otro, señorita.

—El cornudo.

Y los tres profesores, que eran calvos, se pusieron terriblemente rojos, hasta la calva, hasta las orejas. Yo miré disimuladamente a ver si mi vestido estaba en desorden, y luego a mi alrededor por si había sucedido algo inesperado; pero todo era normal.

En fin, me aceptaron el plan de estudios que había hecho cuando decidí venir aquí. Con objeto de celebrarlo fuimos varias muchachas a Alcalá de Guadaira y las invité a merendar en el café de La Mezquita. Había una tertulia de toreros, seguramente gente de poca importancia, aunque son muy jóvenes y tal vez no les han dado todavía su oportunidad. Hablaban a gritos y yo apunté bastantes palabras que ignoraba. Por cierto que uno de ellos dijo que no torearía si no le *ponían diez mil beatas* delante. Beatas son mujeres piadosas que van a misa cada día. Entonces yo pensé que aquel joven deseaba atraer a la plaza a la población femenina de buenas costumbres. Eso debe dar reputación a un torero. Pero más tarde me dijo Mrs. Dawson que al hablar de beatas tal vez se referían a una moneda antigua que es la que usan los gitanos para sus negocios.

No digo que sea lo uno o lo otro. Sólo digo lo que escuché.

Pero tengo que confesar que con lo de los gorilas estaba equivocada. Toda mi vida he oído hablar de la ferocidad de los gorilas españoles, sobre todo en tiempos de guerra. Ahora, al ver que no hay en España un solo gorila, y preguntar a los profesores de Sevilla, resulta que estamos pronunciando mal u oyendo mal esa palabra en América. No es *gorilas*, sino *guerrillas*, es decir, guerras pequeñas. A mis oídos y a los tuyos, y a los de nuestras amigas, ha sonado siempre gorila. Parece que los españoles son muy feroces en las pequeñas guerras y no tanto en las grandes. Por eso tal vez no han estado en las últimas guerras mundiales. Y les alabo el gusto.

Los toreros jóvenes hablaban con mucho elogio de otro que según ellos no se movía en la plaza. «Es un poste», decían. Hablaban de sus *parones*. Eso de los parones no está en el diccionario. Debe de ser cosa de la pelea con el toro. Pero tampoco entiendo que elogien tanto a un hombre porque no se mueve ni hace nada en la plaza. ¡Un poste! ¿Tú puedes imaginar?

Ayer no hubo clase y dedicamos la mañana a recorrer el barrio de Santa Cruz en Sevilla. Encantador, aunque llega a cansar un poco tanta imitación del estilo californiano, con sus rejas y patios.

Sucedieron cosas inesperadas e inexplicables, al menos para una americana. Encontré por vez primera personas muy poco cooperativas. Al pasar por una callejuela y doblar una esquina para meternos por otra había un zapatero trabajando al aire libre en una mesita pequeña—por lo visto vivía en la casa de al lado—, y al vernos levantó la cabeza y dijo:

—Hasta luego, señoritas.

Nosotras seguimos adelante sin saber qué pensar. Poco después, la calle hacía un recodo y vimos que no tenía salida. Cuando volvimos a pasar delante del zapatero, el buen hombre guiñó un ojo sin decir nada. A mí me hizo gracia la ocurrencia, pero Mrs. Dawson estaba indignada por la falta de espíritu *cooperativo* de aquel hombre. Mrs. Dawson no tiene sentido del humor. Y protesta sólo por el gusto de sentirse extranjera y diferente. Ella viaja sólo por eso: por saberse extranjera en alguna parte.

No sé si debo decir que Mrs. Dawson despierta poca simpatía por aquí. Tú sabes cómo es. Tan alta, tan severa y rígida. Este tipo de mujer no gusta en España, creo yo. La verdad es que Mrs. Dawson, aunque usa zapatos bajos, resulta siempre demasiado alta. No es muy agradable hablar de ella en términos de censura, porque me presta su coche y se conduce conmigo generosamente. Todo esto es por decir que allí mismo, en el barrio de Santa Cruz, una mocosuela se quedó mirando a Mrs. Dawson y le dijo:

—¿ Volverá usted otro día por aquí, señora?

—¿ Para qué?—preguntó ella.

—Es para acabar de verla. No se la puede ver entera de una sola vez.

Ella se da cuenta de que no la quieren. Pero es natural. Las simpatías y antipatías son recíprocas, tú sabes. Y a ella no le gusta la facilidad de la alegría de esta gente humilde. Parece que Mrs. Dawson, y no lo digo porque me guste criticarla, que ya sabes que le estoy agradecida, querría que la gente fuera seria, grave y un poco triste. Yo no comprendo para qué. Bueno, pues tampoco a las gentes del pueblo les gusta Mistress Dawson, que va con dos libros bajo el brazo, una Biblia y un diccionario, y que usa unas gafas muy gruesas con lentes color rosa. Para completar la estampa lleva unos zapatos enormes.

Y aquí eso es importantísimo.

A propósito de los zapatos (te agradeceré que no lo digas por ahí, porque hay en Lake Forest conocidos de la señora escocesa), pasando frente a un cafetín oímos a un liampiabotas decirle a otro:

—María Santísima, ¿has visto qué zapatitos gasta la señora? ¿Será que en su país duermen de pie?

La verdad es que yo me mordí los labios para aguantar la risa, pero mi amiga tal vez se dio cuenta, aunque no estoy segura, porque, tú sabes, esas escocesas no pierden nunca la cara. Al día siguiente me llevó como siempre a Sevilla.

Si vienes a España, Betsy, te aconsejo que no hagas preguntas a la gente sobre gramática. Todos cambian de tema y ponen gesto agrio. La gramática no es *popular* en este país, al menos en Alcalá de Guadaira y en Sevilla. Ayer le pregunté al dueño de la farmacia del barrio el subjuntivo de otro verbo. El me dijo que era una pregunta muy graciosa y me presentó a su mujer.

Por lo demás, la vida es más que agradable y más que cómoda. Es de veras *exciting*. La gente, las cosas, todo.

No he comenzado a estudiar aún seriamente porque quiero documentarme y atemperarme al país. Todo es de veras encantador, y a mí me convenía una experiencia como ésta para compensar los complejos que me da el cuarto matrimonio de mi madre. Tú sabes.

Pero dejemos los temas tristes.

Estoy indignada por la conducta de algunos americanos que piden en los cafés productos de América y protestan si no se los dan. Y de su incultura cuando piden *Sherry* y rechazan la botella donde dice Jerez porque creen que los engañan.

Estos últimos días no me ha sucedido nada importante, pero a siete estudiantes extranjeros y a mí nos han invitado a comer en Sevilla en el palacio del marqués de Estoraque (creo que escribo bien el nombre, pero no lo juraría), adonde nos llevaron para ver cómo es una casa típica por dentro. Todo era oscuro y solemne, con muchos crucifijos y muchas madonas, algunas de Murillo y verdaderas, quiero decir originales. Los muebles imitaban el estilo colonial del sur de los Estados Unidos. Todo olía a cera y—Dios me perdone, no me gusta criticar—a orines de gato.

Vimos al marqués y a la marquesa, ya viejos. Muy viejos, creo yo. En los setenta y tantos. Te digo la verdad, se ve la grandeza y la antigüedad de esa gente. Pero no tuve ocasión de hablar con ellos, porque preferían a los turistas que no hablaban español para practicar con ellos su horrible inglés. No es que sea malo, pero tiene un acento insular intolerable para mí. Ya sabes que yo nunca he tragado el acento británico. Bueno, dos días más tarde fuimos a comer a casa de los marqueses. Antes anduvimos dos amigas y yo en el coche de Mrs. Dawson por toda la ciudad, y casi por toda la provincia, para hacer tiempo. Nos habían citado a las nueve para comer a las diez. Pero a las ocho yo estaba ya muerta de hambre. Tú sabes que ahí comemos a las seis.

Pasábamos delante de los restaurantes mirando con ojos agónicos a la gente que comía. Mistress Dawson nos dijo que era de mal gusto ir invitada a un *dinner* sin apetito, y no comimos nada hasta llegar a casa de los marqueses. No era fácil aguantarse, no creas.

A las nueve en punto estábamos allí. Aunque había luz eléctrica en la escalera, nos esperaba un criado de calzón corto llevando un candelabro con muchos brazos encendidos. En el cuarto de al lado estaban los marqueses vestidos de gala. Te digo que todo tenía un aire de veras chic. El mayordomo decía nuestros nombres desde la puerta al entrar nosotros, en voz alta. Todavía no sé cómo se enteraba.

El marqués habló con todas antes de la comida, pero conmigo se detuvo más tiempo. Nos dieron manzanilla, un vino parecido al *sherry* inglés, pero insípido, y ni siquiera estaba verdaderamente frío. Después de algunos vasos sentía el calorcillo en la sangre y quería más. Creo que ese vino hay que conocerlo para que le guste a una, como la música demasiado buena.

Luego he sabido que ese vino es la *crème de la crème* y lo tomaban ya los tartesios en tiempos de Salomón. (Las cosas son aquí de una antigüedad obscena.)

Nos dieron muchos aperitivos. Y aunque comí bastante de todos ellos, a la hora de sentarnos a la mesa tenía más hambre que cuando llegué. Extraño, ¿verdad? Creo que todas las cosas eran estimulantes, saladas, picantes y hasta un poco amargas. Mrs. Dawson hablaba con desdén de los aperitivos americanos, que a veces son dulces. No sé qué quería decir. El marqués me miraba sonriente y parecía pensar: esta escocesa no deja pasar ocasión sin meterse con los americanos.

Me pusieron a la derecha del marqués, lo que no creo que era muy correcto estando Mrs. Dawson. Pero mentiría si dijera que me desagradó. A John McGregor, aquel joven que en verano trabajaba como ayudante del sepulturero y estudiaba antropología contigo el año pasado, le pusieron a la derecha de la señora. No tenía ropa de gala, pero llevaba un traje negro con corbata negra de lazo, que resultaba bien.

Comimos igual que en los palacios de las *Mil y una noches*. Cinco *courses*. Ya digo que tenía hambre y apenas si escuchaba al marqués mientras quedó un hueco en mi estómago. Figúrate: diez horas habían pasado desde el *lunch*.

El marqués me preguntaba qué era lo que me había gustado más en Sevilla. Lo dije:

—La catedral y la Giralda.

Entonces el marqués, tal vez agradecido porque debe de ser muy patriota, mientras comía con la mano izquierda, con la derecha se puso a hacerme masaje en una rodilla. ¡Cosa más extraña! Debe de ser una costumbre española. Tiene fama España de ser muy hospitalaria a la manera de los pueblos orientales y esa debía de ser una atención tradicional con los huéspedes. Yo seguía comiendo con un hambre terrible. De vez en cuando miraba al marqués, sonreía y le decía:

—Muchas gracias, señor marqués.

Con eso quería decirle que no se molestara más. Pero él seguía dándome masaje. Supuse que tal vez la marquesa estaba haciendo lo mismo con John. Pero luego supe que a John no le había hecho masaje nadie. El marqués me dijo:

—¿Sabe usted que la catedral de Sevilla es la más grande del mundo?

—Era, pero ya no lo es.

Recordaba yo que la catedral de Saint John de Nueva York, copiada de la de Sevilla, la hicieron un metro más ancha en su base para quitarle prioridad a la de aquí. Al oírme decirlo, el marqués se detuvo un momento, sorprendido

Luego volvió a su masaje. No quería que Sevilla dejara de tener alguna cualidad extraordinaria, y me dijo que la torre de la catedral es la única en el mundo a la que se puede subir a caballo. Esto sí me pareció fantástico. No sabía si creerlo. ¿Cómo es posible que un caballo suba tantas escaleras? El marqués me dijo que no había escaleras, sino una rampa con el suelo de tierra apelmazada.

—¿Y quién sube a caballo?—pregunté.

—Oh, nadie. Nadie ha subido desde el tiempo de los Abderramanes, creo yo. ¿Para qué?

Oírselo decir y entrarme unas ganas tremendas de subir yo fue todo uno. Ya me conoces. Si subo a la Giralda a caballo—me decía—, haré algo que no ha hecho nadie desde los Abderramanes. La cuestión era conseguir un caballo. Desde que estoy en España sueño con pasear alguna vez a caballo. En el país más caballeresco de Europa, parece natural.

Antes de salir de la casa del marqués, cuando nos despedíamos, le di las gracias a la manera americana, citando cada cosa agradable. Le di las gracias por su conversación, por la comida y también «por el masaje». Al decir esto último vi que su frente pálida se ponía sonrosada. Entonces miré a la marquesa y vi que estaba un poco más pálida. Los otros no comprendían. Yo no estoy segura de comprender tampoco. Pero en cada país hay que respetar las costumbres.

Salimos y me vine a Alcalá con Mrs. Dawson, quien se hacía lenguas de la elegancia de aquella mansión y me decía: «Yo me he entendido siempre muy bien con la aristocracia o con el pueblo bajo. Pero la clase media me crispa los nervios.»

¿Tal vez porque los americanos somos todos clase media? Pero no quiero entrar en hipótesis que harían más difícil mi amistad con esa señora. En definitiva, se está portando bien conmigo.

Ha venido la sobrina de Mrs. Dawson, que estaba en Córdoba. Es de mi edad y no sabe más de diez palabras españolas. Lo peor es que está siempre queriendo hablar español con todo el mundo. Naturalmente, nadie la entiende.

Ayer estuvimos en un *tea party* que dieron a las Dawson sus amigas de Sevilla. Había mucha gente joven y la fiesta fue un éxito, aunque no para mí. Sigo creyendo que hay un misterio en las costumbres de estas gentes, sobre todo en los hombres, y en su rubor y su palidez. Verás lo que pasó. No hubo masaje en las rodillas ni se ruborizó nadie, pero sucedieron otras cosas no menos extrañas. En primer lugar, la estrella del *party* fue la sobrina de Mrs. Dawson. ¿Cómo? No podrías imaginarlo. Lo consiguió con su manera de hablar español. Ya digo que no sabe más de dos docenas de palabras y las coloca mal. Bueno, pues estábamos en una enorme habitación con los balcones abiertos, y unos muchachos se pusieron a examinarla en broma para ver cuánto español sabía, la chica fue colocando sus frases como una pava: «*Mi padre es viejo; mi madre, rubia; mi hermana, pequeña; mi vecina, hermosa...*» Y otras cosas por el estilo. Un chico que creo que me hace la corte, y a mí no me gusta porque no es calé (yo debo aprovechar el tiempo, y si tengo algún romance, será con un gitano que me ayude a entender ese mundo), me preguntó:

—¿Y Mrs. Dawson? ¿Qué es Mrs. Dawson?
La chica dijo:

—Ella es una tía.

Todos los hombres se soltaron a reír. Algunas muchachas se ruborizaron. Esta vez el rubor les tocaba a ellas.

—¿Dice que es una tía?—preguntaba mi galán.

—Sí. Es una buena tía.

Algunos jóvenes parecía que se iban a descoyuntar de risa. La chica estaba encantada y yo no acababa de entender lo que sucedía. Mucho *charm* tenía que tener aquella mocita para conseguir tanto éxito con aquellas tonterías. O mucho gancho. O *sex appeal*.

Poco después vi una guitarra en un rincón y la cogí y me puse a templar. Tú sabes que toco algunos corridos y otras canciones mejicanas que aprendimos juntas en aquel verano encantador de 1951 en Jalisco. Al verme con la guitarra, vinieron a mí los muchachos. Yo me hice rogar un poco, advirtiendo que sólo sabía canciones mejicanas, pero lo mejicano les gustaba, según dijeron. Y me puse a tocar y cantar aquella canción antigua que dice:

> *Yo te sarandeo,*
> *culebra,*
> *y no me haces nada,*
> *culebra;*
> *y yo te emborracho,*
> *culebra,*
> *y no me haces nada,*
> *culebra;*
> *y yo te prevarico,*

culebra,
y no me haces nada,
culebra...

(La cantaba bastante bien, modestia aparte.)
¿Te acuerdas de esa canción? Se dicen más de cincuenta cosas diferentes sobre la culebra, siempre repitiendo esta palabra. En cuanto la dije dos o tres veces, comenzaron a ponerse todos muy serios. Esta vez no era rubor, sino palidez. Algunos se apartaron y fueron al piano y pusieron las dos manos abiertas encima. Otros corrían a las puertas y ponían el dedo índice y el meñique de la mano contra las fallebas de metal. Como vieron que yo seguía adelante con la canción, me miraron como a un monstruo y comenzaron a salir del cuarto.

Parecía que mientras yo cantaba, alguien estaba sacando a toda aquella gente la sangre de las venas. Total, que cuando acabé no quedaban allí más que los americanos. ¿No fue horrible? La sobrina de Mrs. Dawson no tiene la culpa de nada de esto, pero cuando salimos vi que se alegraba, lo que me hace recordar eso de la «pérfida Albión». Pero tal vez soy injusta y hablo por resentimiento. O respiro por la herida, como dicen aquí.

He estado en una corrida de toros que ha resultado bastante aburrida. Los toreros salieron en varias filas, envueltos en una manta de colores bordada en oro y plata. Debía de darles un calor infernal. Sin embargo, la llevaban bien apretadita por los riñones. No sé cómo aguantaban con este sol de Sevilla. (Un sol de veras obsceno.)

Mientras caminaban, la banda de música tocaba una marcha; pero los toreros ni siquiera marcaban el paso, lo que hacía un efecto torpe e indisciplinado.

Un caballo iba delante con su jinete.

Aquí la disciplina no cuenta mucho, la verdad, lo mismo en la plaza de toros que en otras cosas.

Por fin salió el toro. Había en el *ruedo*—así se dice—más de quince personas, todas contra un pobre toro indefenso. Y el animal no atacaba nunca a las personas—era demasiado bondadoso y humanitario—, sino solamente a las telas que le ponían delante. Con toros que no atacan más que a la tela, cualquiera podría ser torero, ¿verdad? Pero yo no lo sería a ningún precio, aunque se dice que hay mujeres toreras. Los americanos que estaban conmigo reaccionaron igual que yo. Tal vez porque en nuestro país todo el mundo toma leche y amamos a las apacibles vacas y a sus maridos. Aquí sólo toman leche los bebés. Bueno, tengo motivos para pensar que a Mrs. Dawson le gustaron los toros. No me extraña, porque es escocesa y cruel. Por Dios, no repitas estas palabras en Lake Forest. No me gusta censurar a nadie. Aunque Mrs. Dawson vive en Edimburgo y tú en Lake Forest y yo en Alcalá de Guadaira (Sevilla), las noticias desagradables siempre circulan de prisa.

He recibido tu carta y las fotos de Lake Forest. Encantador todo. Yo espero echar al correo esta carta dentro de unos días. Quiero que tenga veinte páginas, siguiendo la costumbre que establecimos en 1951 para contarnos nuestros viajes. ¿Te acuerdas?

Ayer compré en la calle una cosa que llaman

buñuelos. En Alcalá los hacen cada día. Compré tres, y al preguntar el precio, me dijo la vendedora:

—Seis reales, señorita.

Yo no sé lo que son seis reales. No consigo comprender las maneras populares de contar la moneda. Si me sacan de pesetas y céntimos, estoy perdida. Con los gitanos, que cuentan en *beatas,* no quiero tratos. Dejo que pague Mistress Dawson y le pregunto después cuál es mi parte, para abonársela. La mujer de los buñuelos me miraba extrañada, como pensando: «¿No sabe lo que son seis reales y anda sola por el mundo?»

Los buñuelos son muy sabrosos, pero no sé cómo decirte. Creo que en los Estados Unidos tendrían éxito si les pusieran dentro crema o fruta en almíbar y los envolvieran en papel de estaño por razones de higiene. Bueno, yo te diría que el buñuelo es una cosa que la comes y es mentira. Esto último es lo que desagrada.

Ayer me sucedió algo de veras trágico. Había un acto oficial en nuestra Universidad, bajo la presidencia del mismo rector, un hombre poco atlético, la verdad, cuyo discurso iba a ser la parte fuerte del programa. Habló muy bien, aunque manoteando demasiado para mi gusto, y luego todo el mundo se puso de pie y aplaudió. Como yo quería demostrar mi entusiasmo a la manera americana, me puse dos dedos en la boca y di dos o tres silbidos con toda mi fuerza. No puedes imaginar lo que sucedió. Todos callaron y se volvieron a mirarme. Yo vi en aquel momento que toda aquella gente era enemiga mía. Había un gran silencio y se podía oír volar una mosca. Luego se acercaron dos profesores y tomaron nota de mis papeles de identidad. Mistress Dawson estaba conmigo y se portó bien, lo reconozco. Explicó que en América silbamos para dar a nuestros aplausos más énfasis. Entonces un profesor, sonriente, me preguntó:

—¿Eso quiere decir que le ha gustado el discurso del rector?

Yo no podía olvidar las miradas de un momento antes y dije secamente que me negaba a contestar sin hablar antes con mi cónsul. Entonces parecieron todos dolidos y amistosos y me miraron con simpatía. No creo que el incidente influya en mis exámenes. En el fondo, ruborizados o pálidos, estos viejos son caballerosos. Aunque pasará algún tiempo antes que los entienda.

(Repito que Mrs. Dawson esta vez se portó bien. A cada cual, lo suyo.)

Te envío muchas noticias como ves. Aunque no tengo nada contra la sobrina de Mrs. Dawson, tampoco es la persona con quien querría vivir en una isla desierta. Primero, su acento escocés lleno de erres. Luego, su manera de conducirse con los gitanos. Cree como yo que los gitanos son la sal de la tierra. Pero no sabe tratarlos; es decir, piensa en ellos como una lectora apasionada de Borrow. Y se extraña, por ejemplo, de que mientan... Es decir, no es que mientan, porque a nadie engañan con sus mentiras, la verdad. Pero adulan a todo el mundo de una manera ofensiva para algunos puritanos ingleses a quienes sólo gustan los gitanos en la poesía de Lorca.

El otro día estábamos en mi café y se acercó una gitana. Le dijo a mi amiga:

—Anda, condesita, que te voy a decir la buena ventura.

Mi amiga quería que yo le tradujera aquellas palabras y las traduje, pero me callé eso de *condesita*. Ella se dio cuenta y yo, para cubrirme, dije: «Bueno, te ha llamado condesa; pero eso lo hacen con todas. Adulan siempre a todo el mundo. A un soldado le llaman coronel, a un cura le llaman arzobispo.» En aquel momento la gitana se dirigía a mí:

—Habla en cristiano, pajarito de oro de la California, que yo te entienda.

A ella la llamó otra vez condesa y a mí pajarito de oro. Yo, la verdad, prefiero que me llamen «pajarito de oro», porque los títulos de aristocracia en América son vejeces y tonterías. Pero las escocesas no lo creen así. Estaba ella tan contenta que le dio a la gitana un duro. Yo le dije que la misma gitana me había llamado un día emperatriz—y de hacer lo mismo, habría tenido que darle cien pesetas—, pero que ahora somos amigas y sólo me llama estrellita del alba o cosas por el estilo. No sé si mi amiga me escuchaba. El caso es que me trataba ligeramente como si yo fuera su azafata. Es una bonita palabra: azafata. La aprendí hablando con la marquesa del Estoraque. Quiere decir la dama que viste a la reina.

Como ves, voy entrando en la vida sevillana, pero más que los marqueses me interesan los gitanos. ¿Qué interés antropológico tiene un marqués? ¿Quieres tú decirme?

Mrs. Dawson ha invitado a sus amigas de Sevilla a un *pic nic* para devolverles la invitación aquélla, la del día desgraciado en que yo canté la canción de la culebra. Me ha pedido que le prometa seriamente que no voy a tratar de cantar nada. No sé por qué. Yo nunca he presumido de voz ni me he considerado una artista. Tampoco canto más que rarísima vez y entre amigos. No hay nada más horrible que esas viejas de cuello de avestruz que se están con un aria y una romanza y una balada toda la tarde mientras sus invitados disimulan los bostezos. No lo digo por tu tía Mrs. Davis, que al menos canta como un ángel y tiene el buen humor de declarar que da dos notas más altas que el grillo.

Bueno, creo que no soy tan dócil como Mistress Dawson querría. Le dije que cuando tengo ganas de cantar, canto y no hay quien lo pueda impedir, y que soy ciudadana de un país libre, y que hace muchos años que hemos dejado de ser colonia de Inglaterra. «Por desgracia para ustedes», dijo ella. ¿Qué te parece? Más tarde comprendió Mistress Dawson que había sido impertinente y vino a darme explicaciones.

Estoy muy contenta porque he conseguido un caballo para subir a la Giralda. No ha sido cosa fácil. Pero voy a contarte la fiesta de Mrs. Dawson, que tiene mucha miga. Hizo una pifia enorme, aunque la corrigió a tiempo. Tonta no es, claro que no.

El *pic nic* era a tres millas de la ciudad, al lado del río, en un lugar muy hermoso. Si alguna vez he sentido no haber continuado con mis clases de pintura en la Universidad fue entonces, delante de aquel paisaje. El río traía poca agua, pero era bastante ancho. En la orilla contraria había una venta que llamaban del Cernijón, un sitio a donde van los trasnochadores a beber y pelear. También juegan a un deporte raro, del que he oído hablar vagamente, que llaman *jumera*. Se trata de atrapar la jumera, que debe de ser una especie de balón.

Mrs. Dawson hizo un error tan grande en el *pic nic*, que yo me pasé la tarde muerta de vergüenza diciendo a todo el mundo que ella era inglesa y yo americana y que teníamos costumbres y orígenes distintos. Es decir, que no nos confundieran. Consistió el error en no llevar otra bebida que leche fría y limonadas. Los hombres estaban perplejos. Pero de las consecuencias de ese incidente vino el tener yo un caballo para subir mañana a la torre de la catedral. Se me acumulan los recuerdos y quisiera decirlo todo a un tiempo. Verás lo que pasó.

Había más de treinta invitados, que llegaron en seis o siete coches. La comida estuvo bien, de eso no tengo nada que decir. Sólo que no había vinos. Cuando yo se lo dije a Mrs. Dawson, ella levantó la nariz y dijo que era una cuestión de principios.

—Yo la he visto a usted tomar vino en casa del marqués—le dije.

Confesó que bebía una copa cuando la invitaban porque no le gustaba desentonar y llamar la atención. Pero no ofrecía nunca vino a sus huéspedes. Los chicos invitados tomaron la cosa con calma, aunque se cambiaban miradas y palabras en voz baja. Tres o cuatro de ellos hacían comentarios con una especie de humor asesino. Yo no podía menos de reírme. Que si tal, que si cual, que si Mrs. Dawson nos había llevado a la orilla del río para un caso de sed apremiante y otras cosas.

Había algunas chicas sevillanas que iban y venían con sus zapatos altos y sus pasitos de gacela. Esos andares de las españolas me parecen, como te dije, un poco afeminados. La sobrina de Mrs. Dawson cree, por el contrario, que los movimientos de las españolas cuando caminan son encantadores, y que nosotras las americanas andamos como soldados de infantería o como albañiles. Es un punto de vista que he oído otras veces y que no comparto.

Algunos chicos decidieron por fin que querían un poco de vino y propusieron ir a buscarlo a la Venta del Cernijón. Alguien habló de vadear el río. Dándose cuenta entonces de su pifia, Mistress Dawson consultó con su sobrina, y ella, que todo lo arregla con los gitanos, dijo que cerca había un campamento de *calés*—así se llaman ellos entre sí y a nosotros nos llaman *payos*—y que tenían burros de alquiler. En uno de ellos o en dos podían pasar el río a pie seco los que estuvieran más necesitados de vino. Sin decir de qué se trataba, la misma Mrs. Dawson preguntó cuántos eran los que querían ir a la venta. Eran cuatro chicos, una chica y yo. Seis. La escocesa y su sobrina fueron al campamento y pidieron un burro de alquiler. Cometió la buena señora la imprudencia de decir que el burro tenía que ser larguito, porque era para seis personas. Hubieras visto tú al viejo gitano mirando a las dos mujeres con ojos como filos de navaja.

El pobre hombre no acababa de creerlo:

—¿Dice uté zei, zeñora? La zeñora ze equivoca. Lo que buzca la zeñora e un tranvía.

Mrs. Dawson insistía. Los gitanos le demostraron que no había un burro tan largo y le propusieron que alquilara dos. El gitano más viejo la miraba de reojo y decía a otro más joven que estaba a su lado: «Eztas zeñoras zon laz que traen el malange de las Californias.» Mrs. Dawson, alzando la nariz, preguntó:

—¿Qué es malange?

—Mal vahío, zeñora.

—¿Qué es mal vahío?

—Mala zombra, zeñora. Que zea larguito, que e para zeis. Eza e una manera de zeñalá que mardita zea mi arma.

Yo tampoco entendí aquello, aunque más tarde me lo explicaron mis amigos en la venta. Parece que los gitanos pueden tolerarlo todo en la vida menos la falta de gracia. La mala sombra es la falta de gracia. Creen que cuando uno se conduce con *malange* trae alguna forma de desgracia. Y el gitano miraba sus burros con ternura.

No puedes imaginar hasta dónde Mrs. Dawson, como buena escocesa, puede ser tacaña. No digo que no sea capaz de generosidad en las cosas grandes. Pero en las pequeñas es horrible. Antes de gastar una libra le da catorce vueltas para convencerse de que no va a haber un solo penique mal empleado. En fin, muy contra su voluntad alquiló los burros, y el gitano mismo los trajo a la orilla donde estábamos todos. Entonces yo le pregunté si tenía caballos y él dijo que sí.

—¿Quiere alquilarme uno mañana?

—¿Para cuántas personas, por un cazual?

—Para mí sola.

Y bajando la voz añadí: «Yo no soy del país de esa señora.» Eso le tranquilizó. Pero no habíamos terminado. El gitano era seco y flaco y echaba alrededor miradas asesinas no sé por qué. Al fin comprendí que buscaba con los ojos los cestos de las botellas, y dijo que había mucha sequera en el aire y que le caería bien un buchito de vino. Yo le dije que no lo había y que aquella señora Dawson no tenía más que leche o limonada.

—¿Eztán uztés enfermos?—preguntó en serio.

Le dije que no, y él, no muy convencido, dijo: «Vaya, me alegro tanto.» Volvimos a hablar del caballo que yo necesitaba para el día siguiente.

—¿Qué clase de caballo es el que puede usted ofrecerme?—pregunté.

—El animalito e manzo como una borrega der portá de Belén. Pero dígame su mersé. ¿Para qué lo quiere, zi no e incomodidá?

—Para subir a lo alto de la Giralda.

—Señora, ¿usté cree que er animalito e una cigüeña?

Entonces yo le expliqué que no se trataba de volar y que la torre tiene por dentro una rampa de tierra en lugar de escaleras y que en tiempos de Abderramán subían los caballos hasta el minarete sin dificultad. Yo haría lo mismo que hacían en tiempos de Abderramán. Yo sola.

—¿Asmelrramán era antes de la guerra?

—Sí, claro.

—¿Era eze señó de la familia de usté, dicho zea zin fartá?

—No. Eso pasó hace más de mil años.

El gitano, receloso, dijo que se informaría sobre el piso de tierra apelmazada de la Giralda y me daría su respuesta.

Fuimos en dos burros al otro lado del río. Los chicos nos convidaron a manzanilla, y una hora después estábamos de vuelta. Mrs. Dawson había corregido su falta muy bien y añadió con los burros un toque pintoresco a la fiesta. Ya ves, Betsy, que no soy injusta con ella.

Cuando los chicos bebieron bastante, nos dispusimos a volver, y uno de ellos dijo que quería ser mi caballerizo y que cruzaría el río a pie llevando a mi burro del ronzal. Se habían instalado cuatro personas encima del otro, y en el mío, yo sola con un niño de dos años que me confió una gitana para que lo llevara a su madre, que estaba precisamente en el campamento. Iba sentada yo con el niño en la falda. Delante, un poco mareado por el vino, mi caballerizo con el pantalón remangado y el agua a las rodillas. Los otros nos gritaban:

—Parecéis la Sagrada Familia.

—Niños, no habléis de eso, que el animalito se arrodilla.

Y era verdad, por las irregularidades del lecho del río. Es decir, no llegaba a arrodillarse, pero hacía genuflexiones.

Por fin, volvimos al lado de Mrs. Dawson. El gitano se había enterado de que yo tenía razón al hablar de las rampas de tierra de la Giralda. No tenía inconveniente en alquilarme el caballo con dos condiciones. Me entregaría el animal al pie de la torre y allí esperaría para recogerlo cuando yo bajara. Además, no debía montarlo nadie más que yo. Me pidió diez pesetas, y yo le prometí quince, lo que pareció escamar un poco al gitano. Mañana será la aventura. Yo quería ser la única mujer que ha subido a caballo a lo alto de la Giralda, al menos desde el tiempo de los Abderramanes.

Mrs. Dawson decía que era una extravagancia de mujer americana. Su sobrina evita hablar de eso. Por envidia, claro.

Pues bien, aquí me tienes. Soy una mujer histórica, con «o», no con «e». Histórica (no histérica, por favor). El chico que hizo ayer de caballerizo, y que me gusta bastante, vino a hacerme fotos; pero desde abajo apenas si se verá la cabeza del caballo asomada a lo alto. Quería venir conmigo hasta arriba el caballerizo, y yo no sabía qué contestarle. Pregunté a una amiga sevillana, y me dijo que por nada del mundo aceptara, y que si el chico insistía, le dijera que para ir a la torre conmigo tenía que pasar antes por la capilla. Seguí su consejo. El chico se puso blanco como el papel y no dijo nada.

Parece que me hace la corte ese chico, pero como no es calé, mi romance con él sería poco práctico. El se quedó abajo y yo subí.

He hecho algo memorable. ¿No es hermoso? ¿No estás orgullosa de mí? Verás cómo fue. Abajo, a la hora señalada, estaban los dos gitanos con el caballo enjaezado. Esperaban en el patizuelo de piedra rodeado de naranjos por donde se entra a la torre. Tenía el caballo un clavel en la oreja izquierda. El gitano decía:

—Aquí ze lo traigo más galán que el rey Zalomón.

Yo llevaba una falda de tenis cerrada por el medio y monté a caballo. Entré en las sombras del interior de la torre temblando de emoción.

Oí la palmada que el gitano le dio al rey Salomón en el anca. El animal subía un poco nervioso. Yo tenía que inclinarme hacia adelante porque la rampa era muy empinada. Te digo la verdad, Betsy. Cuando calculé que estaba ya muy arriba, tuve un poco de miedo. Por algunas ventanas moras que se llaman ajimeces veía abajo la calle, los naranjos pequeñitos y la gente como pulgas, que iban y venían. Y también a mi caballerizo, que estaba mirando a lo alto como un payo. Aquellas vueltas en la oscuridad me mareaban un poco. El nombre de la torre—Giralda—viene de eso. De que hay que subir girando. A las torres pequeñas las llaman Giraldillas. ¿No es interesante?

Por fin llegué arriba. El caballo, cubierto de sudor y acostumbrado a dar vueltas en torno al eje de la torre, siguió dándolas alrededor del minarete. Yo estaba quemándome de orgullo por dentro. ¡Qué hermoso es hacer algo grande, Betsy! Allí yo, a caballo, en lo alto de la torre, rozando con la cabeza las columnas del minarete final. Diez siglos me contemplaban desde el cielo y mi caballerizo desde la tierra. Pero ya te he dicho antes que el caballerizo no es calé.

Los muros estaban llenos de marcas y nombres. Había también un letrero en inglés—eso me ofendió—que decía: «Tim loves Mary.» Muy *anticlimax*. Pero desde la cima de mi conciencia histórica te digo la verdad: me sentí un ser nuevo y superior. En aquel momento estaba flotando en las nubes. Era como un ángel del medioevo, árabe o judío, a caballo buscando mi lugar entre las principalidades del cielo.

Me habría quedado allí todo el día, pero mi

caballerizo se impacientaba y me dispuse a bajar. No era tan fácil como subir. En cuanto el caballo entró en aquel túnel descendente tuve la impresión de que iba a caer por encima de las orejas. Entonces tiré de la rienda hasta hacerlo ladearse, y cuando estuvo atravesado en la rampa, yo me di la vuelta en la silla y me senté al revés. La cosa era mejor, aunque un poco chocante. Pero nadie nos veía. Y seguimos bajando, yo de espaldas a la cabeza del caballo e inclinada sobre sus cuartos traseros.

Salimos al patizuelo de piedra donde esperaban los dos gitanos. Al verme, el más viejo comenzó a decir maldiciones entre dientes. El otro me ayudó a bajar. Pero el viejo iba y venía murmurando:

—Ya zabía yo que ar caballito iba a pazarle argún desavío. En mi vida no he vizto una asaúra como esta de los que vienen de las Californias. Unos piden un burro largo para zeis payos y otros montan loz caballoz ar revés. Mardita sea la puente de Triana.

Yo le dije que no había otro modo de bajar de la Giralda a caballo y que el mismo Abderramán bajó probablemente así. El gitano hizo un gesto agónico y me suplicó:

—No me lo miente usté ar zeñó Armelrramán, zeñorita.

¿También debía tener mala sombra aquel nombre? La verdad, a mí me gustan los gitanos, pero a veces me resultan demasiado peculiares.

Les di su dinero y salieron de prisa sin saludar ni volverse a mirarme. En aquel momento entraba mi caballerizo y me invitó a comer en la

Venta del Cernijón. Yo tenía hambre. Mis aventuras me suelen dar hambre.

Fuimos allí y pasamos a un comedor independiente para nosotros solos. Muy *cozy*, de veras. Mi caballerizo salió a encargar los vinos. Se había quitado la chaqueta y al dejarla en una silla se le cayó un libro que llevaba en el bolsillo. Lo recogí y lo abrí. No era libro, sino un cuaderno de tapas duras. Encontré escrita en grandes caracteres la frase: «Yo la quiero a usted», en inglés, en francés, en alemán, en italiano, en griego, en holandés, en sueco y hasta en ruso. Al lado de cada frase tenía la pronunciación fonética en español.

Mi caballerizo volvió y yo le dije sorprendida y feliz:

—¡Qué bueno! No sabía que usted se interesaba también en lenguas modernas. Al parecer, somos compañeros.

El vio el cuaderno en mis manos y se puso como un cangrejo cocido. Ya te digo que no entenderé nunca a estos españoles, por otra parte tan amables, tan caballerosos y corteses.

Se ruborizó mi caballerizo como un colegial. (Entre paréntesis, he decidido escribir mi tesis sobre los gitanos, ya que el tema permite el empleo a un tiempo de elementos antropológicos, históricos y lingüísticos. ¿Qué te parece?)

CARTA II

NANCY ENTRA EN EL MUNDO GITANO

Como tú sabes, Betsy, mi interés por los gitanos ha crecido tanto, que no me extrañaría llegar a ser un día una especialista de altura como Borrow, es decir, talento y *biblias* aparte. Yo no soy una escritora profesional, ni lo pretendo, claro.

Naturalmente, esta gente calé (calé quiere decir oscura de piel) es fascinadora. Lo serían más aún si se lavaran alguna vez, pero le tienen declarada la guerra al agua. A muchos de ellos cuando nacieron los lavaron con vino, según decía una viejecita días pasados. Con vino y no con agua. Y al vino le llaman «la gracia de Dios», «la sangre de Cristo», «la leche de la Virgen María» y otras muchas cosas. Pero esa gente es difícil de entender. No sólo cuando emplean sus propios modismos, sino también cuando hablan español verdadero. Por ejemplo, llevo varias semanas buscando en todas partes el sentido de la palabra *paripé*. Desde las *Etimologías* de San Isidoro hasta el Diccionario de Autoridades y el de la Real Academia, ninguno dice nada.

Llegué a pensar si me habría equivocado en la ortografía, pero no. Este problema surgió de una fiesta gitana a la que asistí días pasados. Iba yo con mi amiga holandesa Elsa Rosenfeld. Había personas de todas clases allí, sentadas en semicírculo, y el guitarrista, en medio. Mujeres viejas demasiado gordas, la verdad, con flores en el pelo. Y otras jóvenes, delgadas y bastante *sexy*.

Cantaban y bailaban. Yo estaba detrás del coro de mujeres, en un extremo, con mi cámara fotográfica y mi cuaderno de notas. Apuntaba algunas canciones, aunque no todas, porque me era imposible. Apunté también algunas docenas de palabras inusuales. En eso me ayudaba Elsa, que a veces se siente de veras servicial y que sabe mucho español. Lo malo de ella es que está enamorada de uno de estos gitanos. Lo ama en silencio, y él lo sabe y creo que se ríe. La mira como diciendo: «Mucha agua en tu tierra. Demasiada agua en tu tierra.»

Estos gitanos hablan un idioma de veras peculiar. Una señora calé, de aspecto serio y respetable, cantaba la siguiente canción:

> *Y que venga er doctó Grabié,*
> *er der bisoñé,*
> *er der paripé,*
> *porque m'estoy ajogando,*
> *y si no quié venir en el tren,*

mala puñalá le den,
si es que no se la están dando.

Cuando terminó, yo le pregunté a la señora:
—¿Qué es el paripé, si me hace el favor?
Me miraba la señora sin responder.
—La niña se trae su guasita.
Guasita quiere decir pequeña broma. No pude sacarla de ahí. No creas que los otros gitanos fueron más explícitos. Y tampoco el profesor de la Universidad a quien le pregunté al día siguiente. El buen señor se encogió de hombros y dijo:
—¡El paripé! Vaya unas curiosidades que se traen ustedes los turistas.
Parecía incómodo. Yo creo que no lo sabía.
—Pero, señor...
—¿Qué le importa a usted lo que es el paripé?
—Es una palabra que he oído en una canción andaluza, señor.
—¡El paripé! ¿Y para qué quiere usted saberlo?
—Para mi tesis.
—¿Y qué necesidad hay de escribir tesis académicas sobre el paripé? ¿Por qué no lo hace sobre el pintor Murillo o sobre el poeta Herrera?
Eso decía, nervioso, el pobre profesor.
Elsa le daba la razón. Siempre se pone en contra mía Elsa. Hay mucho *bluff* entre los profesores aquí y en todas partes. Hazme el favor de buscar tú ahí, querida, digo en nuestra Universidad, porque la biblioteca tiene mejores diccionarios, esa palabra: *paripé*. Un gitano que parece más amable (del que está enamorado Elsa) me trató de explicar el significado de esa palabra y me dijo que viene de antiguo y que quiere

decir «una especie de *desaborisión* con la que se
les atraganta el embeleco a los malanges». Yo
necesitaba que me explicara también todo aquello.

—¿ Qué quiere decir con eso, amigo mío? ¿ Qué
es eso?

—¿ Pues qué va a ser? Er *paripé*.

Es un gitano ese muy sugestivo, la verdad.
Pero medio novio de Elsa. Y esas cosas yo las
respeto, como es natural.

Yo preguntaba una vez y otra. Elsa, la holandesa, me daba con el codo y me decía:

—No insistas. Haz como si lo entendieras.

Y de ahí no salimos. Yo no puedo dejar palabras oscuras, tú sabes, y menos en una tesis
universitaria. *Desaborisión* ya sé lo que es. Es,
por ejemplo, llevar la manzanilla en un termo
(lo que hizo Elsa un día para que se conservara
fresca). Su amigo andaluz le dijo que aquello era
una *desaborisión*. Es decir, poner las cosas en un
recipiente donde pierden su sabor realmente o
sólo por vía imaginativa, lo que para los andaluces es lo mismo. Eso viene tal vez de *desabo-
reado*. O *sin saboreable*. Algo así. *Atragantarse*
es sofocarse, como le pasaba a la señora de la
canción. *Embeleco* no sé lo que es todavía, y
malange eso es un insulto que quiere decir que se
carece de *sex appeal*. Elsa, por ejemplo, es malange.

Como puedes suponer, desde que decidí hacer
la tesis voy bastante a las fiestas gitanas. No
muy a menudo, porque después de cada experiencia de ésas necesito varios días para poner en
claro mis anotaciones. Las canciones calés no son,
en verdad, muy morales, pero tampoco son in-
morales. Algunas, sin ser una cosa u otra (Dios

me valga), resultan incalificables. Pero ahí se
acaba todo, digo en las palabras. Por ejemplo,
en la canción que citaba antes hay, como has
visto, una señora que se está ahogando y llama
al médico, y dice que si el médico no acude en
seguida en el tren, que mala puñalada le den, si
es que no se la están dando ya. En el tren. ¿Por
qué en el tren? Elsa, cuando yo se lo pregunto,
se encoge de hombros y dice:

—Hija, ya va siendo manía. Las cosas son
porque son.

Pero tengo que escribir una tesis y ella no.
Muchos son los problemas que plantean las canciones gitanas. Problemas lingüísticos, morales,
filosóficos, históricos. ¿Tú ves? *Mala puñalada
le den.* La cosa es dura, ¿verdad? Pero, en fin,
también lo es que un médico no quiera asistir a
una mujer que se ahoga. Y lo que yo me pregunto
además es lo siguiente: *mala puñalada* es una expresión que revela que puede haber puñaladas
buenas. No lo entendía, pero buscando paciente-
mente he encontrado esas puñaladas buenas en
otras canciones: son unas *puñalaítas* así como
metafóricas, no dolorosas y hasta a veces dulces,
de las que hablan las coplas de amor, y las dan
unas mujeres negras a las que los gitanos eran
muy aficionados por lo menos en la antigüedad.
Ahora no hay verdaderos negros en España, aunque hay gente muy morena. En esas canciones se
oye, por ejemplo:

> *...Mi negra,*
> *aunque me la dieras*
> *la puñalaíta,*
> *igual te quisiera.*

Y luego dice esa canción que no sería trapera. En las clases de puñaladas—mala, dulce, etc.—, la peor es la que llaman con un eufemismo curioso *trapera*. Hay muchas clases de heridas entre los calés. Voy a copiarte algunas de las que tengo en mi cuaderno: *pinchaso, gusanera, viaje, tarascada, flacazo, facazo rejoneao, jabeque, chirlo, mojadura, descalabramientazo*, y así. Las heridas en el pecho son tales que por mucho tiempo la víctima respira por la herida aun después de curado, lo que no entiendo, y ésos son los que se vengan de un modo más terrible, según parece.

Elsa dice que no, pero ella me lleva siempre la contraria, no importa de lo que tratemos. Sabe su español, no digo que no. Pero es una mujer pérfida y más vieja que yo. Es una malange o malángela (no sé cómo se dice). Las categorías de la falta de *sex appeal* son tres: la primera, *malasombra*; la segunda, *malange*; la tercera, *cenizo*. Ella yo creo que está entre estas dos últimas. Pero nada de esto seguramente te interesa a ti, y si te lo digo es sólo para que veas lo profundamente que voy entrando en los problemas del folklore gitano y, por otra parte, la confianza que tengo contigo, puesto que no me gusta hablar mal de nadie y menos de Elsa. El gitano medio novio de ella se llama Curro.

Ya te digo que esa gente calé es más complicada, difícil y oscura que los lamas del Tíbet. Aunque más alegres, por fortuna.

Y no es cuestión sólo de palabras, sino de costumbres también y hasta de biología. Sin ir más lejos, en la fiesta de la que te hablaba, y que era un genuino cuadro flamenco, había un gita-

no bailarín vestido de corto—así dicen cuando
llevan bolero como los que compramos nosotras
en Méjico—, y es un bailarín famoso en toda Sevilla. Al mismo tiempo, debía de ser sacristán o
cura, y me inclino a pensar lo primero, porque,
aunque iba vestido rigurosamente de negro, sus
bailes no parecen compatibles con la gravedad
del sacerdocio. Sin embargo, hay muchos curas
que antes han sido toreros, y ésos son los que
bautizan a los gitanos, según dicen éstos en sus
canciones. (No sé si creer todo lo que dicen.)
Elsa dice que es sólo una manera de hablar. Bien,
no insisto; pero yo sé lo que me digo, querida.
Y ella no es más que una turista ga-gá, mientras
que yo por lo menos trato de ser una *scholar* en
la medida de mis cortos medios. Cuando le pregunté a la señora del *paripé* quién era aquel joven que bailaba, ella me dijo:

—¿Pero no le ha oído mentar, preciosa?

—No.

—Entonces, ¿ha estado usted sorda? Ese niño
es nada más que er que administra la extremaunción.

—¿A quién?—le pregunté.

—Ay, qué guasita se trae la niña—repitió la
señora.

Y se puso a reír sin ganas. Yo no pude enterarme, pero es un asunto ese de la extremaunción
que espero aclarar. Aquella noche todos querían
que bailara el joven vestido de negro. Y él respondía:

—Sí, eso. No hay más que soplar y hacer botellas.

—Anda, hombre—le decía el de la guitarra.

El se ponía muy triste y decía:

—¡Cómo queréis ustés que baile!

—¡Anda, mi arma!

Porque los gitanos y las gitanas quieren tanto sus facas, dagas o navajas, que el mejor elogio que suelen decir a sus novias o novios es «mi arma», sobre todo, como dije antes, cuando sus novias son negras. Así con frecuencia se encuentra la expresión «negra de mi arma». Y algunas armas llevan escrito un letrero que dice: «*¡Viva mi dueño!*» Y otras llevan en la hoja otro letrero con mucho adorno que dice: «*Si esta culebra te pica, no hay remedio en la botica.*» Las armas son algo así como cosas vivas, y Elsa tiene una que se la regaló su amigo cantaor de Alcalá de Guadaira, en cuya hoja sólo dice: *Recuerdo de Albacete.* Y al principio ella creía que el amigo se llamaba Albacete. Porque Elsa es bastante fantástica. Pero se llama Curro. Un gitano bastante atrayente, la verdad. Y, según Elsa—eso no lo creo—, cuando se enamoran les regalan armas. Yo digo que no lo creo. Ella lo dice por la de Albacete. Y porque quiere convencerme de que Curro está enamorado de ella. Tú ves que voy profundizando en el folklore, porque, naturalmente, quiero que mi tesis sea documentada y exacta. Yo siempre he sido responsable en estas cosas.

Bien, pues todos empujaban al gitano a bailar, y él decía:

—¿Cómo queréis ustedes que baile si tengo las carnes abiertas?

—Es verdad—dijo un viejo—que el pobrecito las tiene abiertas desde hace una semana.

—Está viviendo de aspirina y de vino caliente,

mi **arma**—dijo la vieja señora que había cantado.

Yo lo miraba, extrañada. ¿Abiertas las carnes? Pregunté a una pariente del bailador y ella dijo:

—Con las carnes abiertas no es posible que le salga el desplante al niño. Y sin desplante no hay baile.

—¿Qué es el desplante?

La joven alzó la cara, levantó las cejas, el brazo; arqueó la espina, me miró con un desprecio inhumano y dijo luego, sonriendo: «Ezo es er desplante.» Yo no sabía qué pensar, pero al verme acongojada creyó que estaba dolida por las carnes abiertas del bailarín y me cogió del brazo y me dijo:

—No se preocupe, que eso no es grave. Es que er niño está constipado y no puede recogerse las hechuras como es preciso para salir a las tablas.

—¿Cómo?—decía yo, sin comprender.

—No se ponga usted colorá, ángel mío, por tan poca cosa.

Se reía Elsa como un ratón. Me miraba y se reía.

—Constipado—repetía.

Yo seguía colorada. Y la joven que estaba a mi lado alzó la voz para que oyeran todos:

—Aquí la niña de las Californias que se le sube er pavo al campanario porque yo le dije que el bailaor está constipado.

Ya ves, Betsy, hablar de esas cosas en público. Subirse el pavo es otro modismo bastante común y viene de una sugestión plástica. Quiere decir que el pavo—*turkey*—sube a algún lugar elevado, y es posible que se refiera a la humillación que con eso sufren los pollos de los gallineros; porque aquí los jóvenes son pollos, y las chicas, pollitas. Así, la edad del pavo es la edad juvenil en que los muchachos pueden trepar o correr ágilmente y atrapar la pava hembra y pelarla. Esto en Sevilla es una costumbre general. Pero esto pide explicación. Si he de decirte la verdad, yo misma no lo he entendido bien todavía. Parece que siempre que pelan la pava un muchacho y una muchacha en las cancelas de las casas y a veces en las rejas es una especie de broma antigua que frecuentemente acaba en boda. ¡Qué país éste! ¡Viajar para ver y ver para vivir! Si tú vinieras aquí, con lo bonita que eres, en seguida tendrías pavas que pelar, querida. Lo que no comprendo es qué hacen con ellas después, porque aquí sólo se come pavo para Navidad. Y las plumas no se ven por ninguna parte. Cuando se lo digo a Elsa, ella vuelve a reír como una ardilla y dice:

—¡La pava! ¡Pelar la pava! Yo también pelo la pava.

En algunas cosas ella sabe más que yo, pero calla esperando que yo haga el ridículo. Tú me conoces y sabes que en materias dudosas ando con pies de plomo. Porque una vez me sucedió que dije en una reunión de jóvenes en la calle de las Sierpes que cuando pasaba por delante de una terraza de café yo me sentía un poco embarazada. Y aquí embarazada quiere decir *pregnant*. Ya ves, hay que tener cuidado. Y un joven me preguntaba:

—¿Un poco? ¿De cuántos meses?

Yo no sabía qué responder, la verdad.

Y reían todos. Bueno, querida, las cosas no son aquí tan delicadas y de buen gusto como en otras partes. Decir en alta voz y repetir en la sala de la fiesta que el bailador estaba constipado no me parecía muy amable ni adecuado, tú comprenderás; pero yo voy acostumbrándome al famoso realismo español. Y una vez más callaba y escuchaba. De pronto el joven bailador miró hacia la izquierda por encima del hombro y dijo:

—Niñas, échenme ustedes unas palmitas a ver si se me cierran las carnes.

Palmitas son los golpes con las manos, y las llaman así porque, igual que las palmas—palmeras de Arabia—, llevan dátiles. Esto es una imagen poética. Los gitanos llaman dátiles a los dedos. Como ves, sabiendo profundizar en las cosas (confusas y todo) de los gitanos, se llega a ver que hay una lógica bastante natural. Todo consiste en no precipitarse y en buscar la verdad. Mi amiga Elsa, que cuando bebe se pone bastante pesada, reía a carcajadas y decía:

—¡Constipado!

Las mujeres comenzaron a palmotear, y el joven a quien le sucedían tantas cosas incómodas salió a bailar de un brinco. Yo le pregunté a mi vecina:

—¿Usted cree que se le habrán cerrado las carnes?

Y ella me dijo:

—Sí, mi vida; pero no es bastante. Hay que esperar a que se enfade. Si llega esta noche el Faraón, es posible que se enfade el niño, y entonces verá usted lo que es bueno.

Naturalmente, yo esperaba que llegara el Faraón y se enfadara el niño. Pero, según decían, el Faraón llegaba a veces muy tarde.

Volvían a hablar las mujeres aquí y allá, im-

pertinentemente, del estado de salud del bailarín,
y yo, bajando la voz, pregunté a la señora:

—¿ Y qué tiene eso que ver con el baile?

—¡ Mucho tiene que ver!

—¿ Cómo?

Elsa reía a mi lado como un chimpancé, y la
gitana la miró indignada antes de responder.
Luego explicó:

—Er niño no puede recogerse las hechuras, usted comprende.

Tres días me ha costado enterarme de lo que
son las hechuras. Mi diccionario dice que es el
trabajo del sastre o de la modista. La confección.
Pero estoy acostumbrada a que esas palabras tengan varios sentidos. Luego me han explicado que
es también la *pose*. Así es más lógico. Parece que
el bailarín que administra la unción llevaba ya
algunos días con las «carnes abiertas» y sin poder recogerse las «poses».

Mira si es difícil a veces entender el sentido
críptico de ese pueblo artista y misterioso. Pero,
como te iba diciendo, seguía la fiesta. ¿ Qué creerás tú que sucedió entonces? Pues la mujer que
había cantado antes alzó la cara y lanzó otra copla (yo las apunté todas y las pondré en un apén-
dice de mi tesis) así:

> *Mira si tendré talento*
> *que puse una barbería*
> *enfrente 'l Ayuntamiento.*

Esta copla es un verdadero descubrimiento,
porque pertenece a un género poco frecuente entre los gitanos. Tienen una diversidad enloque-
cedora de estilos, querida. Ya no era el *paripé*

ni la *mala puñalada*, sino el más puro y plausible sentido práctico y mercantil, como en Chicago o en Pensilvania. Ayuntamiento es la casa donde se reúne la *municipality*. Ayuntamiento. Una de las pocas palabras del idioma español que tienen las cinco vocales. (Otra es *murciélago*.) Quiere decir ligadura y unión, ayuntamiento. Por eso es—supongo—el lugar de las bodas, y de ahí le viene tal vez el nombre. Yo he hallado la palabra en textos literarios antiguos con ese sentido, como el Arcipreste de Hita cuando dice:

> *...y haber ayuntamiento*
> *con fembra placentera.*

Seguramente, pues, es el lugar donde se casan. (Esto me servirá para una bonita nota erudita al pie de la página.) El que pone la barbería frente al ayuntamiento demuestra talento práctico, ¿verdad? Los *clercs* de las oficinas son los únicos que aquí se afeitan cada día. Eso le ofende siempre a Elsa. Anda diciendo que los hombres tienen aire patibulario y que su amigo el cantador de Alcalá de Guadaira le ha dicho que «el hombre y el oso cuanto más feo más hermoso». Por cierto que ese cantador baila también, pero no profesionalmente, sino como aficionado y «para los amigos». Cuando Elsa dice que las mujeres no se bañan, el de Alcalá responde: «Ni falta que hace; porque si se bañan demasiado, se les quita la sal.»

Estos gitanos tienen respuestas para todo. Y el de Alcalá tiene prestancia y estilo. Pero ya digo que yo respeto los «romances» ajenos. Lo que no esperaba, la verdad, es hallar en los gitanos sentido práctico. Otras canciones he oído a veces en las que se revela esa misma cualidad, aunque no de un modo tan manifiesto. Por ejemplo, aquella que dice:

> *Por la Virgen del Rocío,*
> *que tu ropita y la mía*
> *las lleven juntas al río.*

Porque aquí los problemas del *laundry* son más serios que ahí. Digo que el sentido práctico no es tan evidente en el presente caso, porque es posible que exista una intención sentimental más o menos oculta y que al llevar la ropa del joven a la casa de su amiga para que la laven con la de la familia de la muchacha, sea el primer paso y pretexto para una relación más directa y estrecha. Todo podría ser. Los andaluces inventan muchas extravagancias cuando están enamorados y quieren acercarse a su amada y sobre todo entrar en relación con la familia. ¡ A quién se le ocurre complicar el *laundry* con el amor!

Sin embargo, como decía, estas cosas del sentido práctico son muy escasas en el folklore andaluz. Yo creo que soy la primera en recogerlas.

Aquella noche de la fiesta mucho aprendí, la verdad; pero no comprendí ni la cuarta parte de las cosas que anoté. Aquí delante tengo mi cuaderno. Tú dirás: ¿ Por qué no te documentas en los libros que se han escrito sobre los gitanos?

No, hija mía. Si yo he venido a España, ha sido por algo. Ya que gasto mi dinero, siquiera que se vea el provecho y que mi tesis tenga el valor de una investigación de primera mano hecha sobre el terreno. Para sacar mi tesis de los libros no necesitaba venir aquí.

Pero si no te fatiga esta carta tan larga, permíteme que siga hablando de la fiesta de la otra noche. Uno de los que más se entusiasmaban con el baile gritaba:

—Venga, salero.

A la cuarta o quinta vez que lo dijo, pregunté a un camarero por qué no traía dos o tres saleros, y él soltó a reír y me explicó: «Señorita, eso del salero lo dicen para jalear al artista.» Y el mismo camarero, al ver que el bailarín se golpeaba la bota y la pierna, gritó:

—Ahí le duele al rey Faraón.

¿Qué rey sería ése? ¿O era una alusión al rival? No es que yo pretenda que hay que entender lo que dicen los gitanos al pie de la letra. No. Pero en sus imágenes y metáforas hay a veces antecedentes históricos que quiero aclarar. Tú comprendes, hija mía.

Al parecer, se trataba de aludir al rival del bailador, que tardaba mucho en llegar.

Poco a poco iré penetrando en el sentido críptico del idioma de los gitanos. Eso requiere tiempo, tú comprendes.

Algunas expresiones no puedo aclararlas, porque la verdad es que me llevarían demasiado lejos. Pero los gitanos saben de los faraones y hablan de ellos con entusiasmo. La vieja cantadora, bastante gorda, que me dice siempre que estoy de guasita, tiene de apodo la Faraona. Es la mujer del Faraón, que siempre llega tarde. Por cierto que de vez en cuando me pedía un dólar y me decía: «Es la confianza que te voy teniendo, resalá.» Así se hizo bastante amiga mía.

El guitarrista tocaba muy bien, y cuando yo

se lo dije a la Faraona, ella respondió sin mirarme:

—Ezo no es una guitarra. Ezo es la catedral de Toledo.

Aquí es donde yo no puedo seguirles a los gitanos. ¿Qué relación puede haber entre una guitarra y una catedral gótica? ¿Quieres tú decírmelo? Las expresiones de esa clase deben tener algún género de congruencia secreta o aparente, y yo no la veo todavía.

—De guitarras y de catedrales no entiendo mucho—dije yo—, pero el tocador es excelente.

—¡Qué me dice usted a mí!

Otro gitano viejo se acercó al tocador, le puso la mano en el hombro y dijo llorando de emoción:

—Bendita sea la gitana que te parió, hijo de mala madre.

Los otros aplaudían. El tocador hizo un gesto y dijo entre dientes:

—Se estima.

La Faraona comentó:

—¡Toque de catedrático!

Creía al principio que había dicho de catedral también. Como vio que no lo entendía, la Faraona repitió:

—¡De catedrático!

—Ah, sí. De profesor. ¿En qué se nota?

—En er punteao. Y el pobresito estuvo muy malo hace pocas semanas.

—¿De qué?—pregunté yo recordando de paso la indisposición del bailarín.

—De un orsequio, señorita.

Quería decir *obsequio* y yo no lo entendía al principio. Elsa reía otra vez como un conejo. Ha-

bía bebido bastante y tenía los ojos medio des-
enfocados.

Yo no comprendía lo del *orsequio*:

—¿Cómo?

—De un convite. De una fineza. Es el más es-
timao del señorío. Quisieron orsequiarlo y el mismo día habría arternao en tres juergas más. Le
dio un torzón y estuvo en las últimas. Sacramen-
tao que lo tuvimos na más, al pobresito.

Pero la Faraona me señalaba a otro gitano
que estaba entre el público y llevaba un clavel
rojo en la oreja:

—Mírelo a mi compadre. Ese estuvo peor, de
un puñalón, el año pasao. Pero Dios quiere que
la mala hierba viva.

Yo apunté la palabra *puñalón* como una variante de puñalá, puñalaíta, etc. Y pregunté:

—¿Un *puñalón trapero*?

—Y tan trapero, niña. Pero ya digo, mala hierba nunca muere.

Contaba la Faraona que el «accidente» lo tuvo
tres meses en el hospital y que el día de la ope-
ración, al volver de la anestesia, el pobre compadre vio en la mesita de noche un Niño Jesús
que le habían puesto las monjas, sonriente y son-
rosado. El compadre llamó y le dijo a la hermana de servicio:

—Hermanita, con el puñalón que yo llevo, ese
Niño no pué haser nada. Tráigame un Cristo de
cuerpo entero con unas barbas que le lleguen a
las rodillas.

Y le llevaron el Cristo con barbas y se curó.
El compadre de la Faraona atribuía aquella cu-
ración al cambio de imagen. Y la Faraona, también. Son supersticiosos los gitanos. ¿Qué dife-

rencia puede haber entre una imagen y otra? ¿Y qué tiene que ver la edad aparente de Jesús y su barba con la gravedad de la herida? Eso es lo que yo digo. Estos gitanos viven en la confusión y con una superstición tratan de explicar otra, lo que a veces los lleva a un caos tremendo. Pero Curro es todo un tipo de gitano fino. Porque hay aristocracia entre ellos. Mi amiga Elsa dice pedantemente: «Son personalidades estéticas.» Ya ves: «estéticas». Pero yo te aseguro que voy entendiéndolos poco a poco. Tardaré sin embargo bastante todavía en llegar a ese grado de perfección que aquí llaman la *fetén*. Por lo menos, mi tesis quiero que se acerque a la *fetén* en lo que sea académicamente posible.

Volviendo a lo del sentido práctico, como decía antes, los calés lo tienen. Lo demuestran a veces hasta en sus expresiones religiosas. Un viejo decía a otro aquella noche, cerca de mí:

—¡Máteme Dios con monedillas de cinco duros!

Yo traté de hacerme amiga de él y le pregunté si era católico:

—¡Más católico que er *mengue*, señorita!

Luego supe que el *mengue* es el diablo. Mira qué delicadeza y qué exactitud considerar católico al diablo. Eso no lo ha hecho sino el Dante y últimamente en Italia Giovanni Papini. Es una verdad que nadie negaría. Le pregunté si rezaba oraciones y qué le pedía a Dios en ellas.

—¿Yo? No, señorita. Rezar, rezo, pero no le pido nada a Dios. Nozotros no le pedimos nunca nada a Dios.

—¿Entonces?

—Entendamos, señorita. Nozotros le desimos a Dios nuestro Señó: Dios mío, no te pido que

me des nada. Sólo te pido que me pongas donde
lo haya.

Ya ves si eso es noble. No quieren que Dios
les regale nada, sino que les ponga cerca de donde esté para ganarlo y conquistarlo ellos por sus
medios. En ese sentido, cada gitano es un *self
made man*. ¿No es admirable? ¡Y luego hablan
los americanos!

Invité al hombre a un chato—así llaman al
vaso de manzanilla—, y él lo olió y dijo antes de
beber: «Este es sanluqueño y tiene siete prima-
veritas.» Yo pregunté:

—¿Cómo es eso?

Y el viejo dijo sonriendo con media boca:

—A mí con ésas. Mi padre era un mosquito.

Los otros afirmaban. «Un mosquito de Cuba»,
decían muy serios. Otro problema. ¿Qué diferen-
cias hay entre un mosquito de Cuba y otro de
Sevilla? ¿Y por qué un mosquito ha de ser el
padre de nadie? Luego me dijo Elsa que *cuba*
quería decir en aquel caso *barril*. Podía haberlo
dicho antes, pero ella espera a que alguien se ría
de mí y luego me dice lo que sabe cuando lo
sabe, que no es siempre.

A veces la odio a Elsa. Y yo creo que Curro,
el gitano fino de Alcalá, se burla un poco de ella.

La fiesta se interrumpió hacia las once y se
pusieron todos a comer y a beber. El viejo miró
el reloj y dijo que era la hora de la *carpanta*.
Al parecer, llaman así a las once de la noche.
Además de la hora del gusanillo, y del almuerzo,
y de la comida, y la merienda, y la cena, tienen
la *carpanta* de las once. Y luego dicen que los
gitanos no comen. Mira los sinónimos que tienen
para comer, que ya los he apuntado: tragelar,

jalar, manducar, mascar, engullir, jamar, devorar, zampar, englutir, embaular, atracar, hartar, escudillar, embuchar, cebar, atiborrar; dedicarse a la bucólica, a la jamancia, a la manducancia, y muchas más expresiones que no recuerdo.

Hay mucho *gourmet* en este país, y entre los gitanos, muchos de ellos a las once de la mañana comienzan con cañas y tapas y así cultivan su apetito y lo desarrollan con conocimiento de causa. Pero al parecer los mejores *gourmet* del país son, según he oído, los chicos de los esquiladores.

El gitano viejo me decía que no pasaba por delante de un colmao sin entrar a echar un vaso y una tapita siempre que hubiera *cónquibus*. Esta palabra latina supongo que quiere decir tener crédito en el colmado o taberna. No es frecuente que los gitanos empleen palabras latinas. Los más cultos, tal vez. Sólo recuerdo haber oído otra palabra culta de ese origen: *de bóbilis bóbilis*, que quiere decir conseguir una mercancía a crédito o a plazos.

De aquellos gitanos, pocos había que hicieran una vida regular, digo de ciudadanos respetables. Curro era el único, quizá, a quien podríamos tú y yo presentar a nuestras familias. Unos habían sido heridos en riña. Otros habían estado en la cárcel. El marido de la Faraona había estado quince días en una cárcel especial que llaman Chirona porque los guardias le pidieron la cédula —un papelito de identidad—y el Faraón la buscaba por un bolsillo y por otro y no la encontraba. Mientras la buscaba, un guardia, receloso, decía:

Hum, hum...

Y el Faraón seguía buscando, y aburrido sin encontrarla y viendo que el guardia seguía receloso—hum, hum...—dijo de mal humor:

—Ni hum, hum..., ni na, señor guardia. ¿No se perdió el *Reina Regente*?

El *Reina Regente* era un acorazado que salió de Cádiz en 1908 ó 1909 (tengo que comprobar la fecha) y desapareció, probablemente en una tormenta, sin que se haya vuelto a saber nada de él ni de sus tripulantes. El gitano tenía razón. Si se pierde un acorazado, ¿no se puede perder ese papelito que llaman la cédula? Pero los guardias entendieron aquello como una falta de respeto. Y fue a la Chirona. Más tarde parece que le llevaron a otra cárcel más moderna que se llama El Estaripén.

Y la noche de la fiesta le esperaban y no llegaba, y el bailarín bailaba con estilo y arte, pero no se enfadaba según decían a su alrededor, con aire de lamentarlo mucho.

Curro, que de perfil parece un emperador romano, decía: «El Faraón vendrá, que me lo ha dicho a mí.»

Yo preguntaba a la gitana vieja si la riña del compadre del clavel había sido sólo entre dos hombres o entre toda la familia (porque los calés pelean por tribus a veces), y ella me dijo que había sido de hombre a hombre, y que el otro había tenido que pelear después con un sobrino del compadre y que ese sobrino le *dio mulé*.

—¿Cómo?

—Que lo despachó.

Yo le pedí que me lo explicara. Y ella dijo: «La cosa no pué ser más clara: er que le había dao el pinchaso a mi compadre mordió er polvo.» Viendo que yo seguía sin entender, y con la expresión congelada, ella añadió: «Que palmó, niña. ¿Está claro? La lió, la diñó, espichó (date cuenta de las variedades de raíces, querida); que estiró la pata, que hincó el pico.»

No entendía yo todavía, y ella, como el que da la explicación final, dijo: «En fin, hija, que lo dejó seco en el sitio.» Yo apuntaba todas aquellas palabras, y cuando Elsa se hubo reído de mí me dijo que el sobrino de su compadre había matado al agresor para vengar a su tío. Así son estos andaluces.

Elsa a todo trance quería cantar. Es tímida, pero tiene el vino expansivo. Su amigo de Alcalá de Guadaira, que una vez más debo confesar que me gusta, le decía: «Vamos, vamos, que hay bastantes grillos ya en el parque de María Luisa.» Y la tonta de Elsa creía que eso era un piropo, porque en Holanda el grillo es poético.

Yo, que a veces confundo las expresiones del argot, le dije a la gitana para mostrarle que sabía por dónde andaba:

—Total, señora, que el muerto se quedó a dos velas.

Y hubieras visto a la Faraona contemplarme como si yo fuera un monstruo. Yo creía que estar a dos velas era estar muerto con un cirio a cada lado, y resulta que es (quién iba a pensarlo) lo mismo que en Méjico *estar bruja*. Es decir, estar sin un *cent*. Entonces la Faraona dijo que un muerto es un muerto y que no hay bromas con ellos. Y que un muerto no está nunca a dos velas, y que hablar de las velas de los muertos daba *mal vahío*, en todo caso. Mal *vahío* o *vagío* es el aliento de las personas que tienen la diges-

tión difícil o los dientes estropeados. Una vez
más, ¿qué tendrá que ver lo uno con lo otro?

La fiesta de aquella noche duró bastante, y
cantaron toda clase de coplas y canciones. En
una decía una muchacha que tenía a su amante
debajo de la hoja del perejil. Yo miraba de vez
en cuando al medio novio de Elsa y él se daba
cuenta, me guiñaba el ojo y cantaba:

> *En un cuartito los dos,*
> *veneno que tú me dieras,*
> *veneno tomara yo.*

Elsa se enfadó. Me dijo con sarcasmo:

—Vaya, tienes suerte.

—¿Yo? Yo no le voy a dar veneno a nadie.

—Pero tienes suerte. Más vale llegar a tiempo
que rondar un año, como dicen en Sevilla.

Creía la holandesa borracha que el cantaor me
había hecho una proposición de matrimonio por
soleares. Yo prefería no pensar en nada. En esas
fiestas o juergas se dicen muchas cosas sin sentido. Estoy trabajando en mi tesis y no me gusta
confundir mi vida sentimental—digámoslo así—
con mi vida académica; tú sabes como soy. Aunque el joven es atractivo.

Ya me conoces y creo haberte dicho antes que
acostumbro respetar los romances ajenos. No soy
una rompedora de idilios como mi abuela, que
tú conoces, y que casi le quitó el novio a su nieta,
mi hermana mayor. No. Yo en eso he salido a
mi madre.

Así es que... Pero el bailarín se ponía a cantar
también. Y cantó cosas muy hermosas sin pari-
pés ni bisoñés. Aunque casi todos comían y be-

'bían, la hora de la carpanta es compatible con la fiesta, y no faltaba quien tocara la guitarra y quien lanzara aquí y allá una canción. El de Alcalá de Guadaira hizo un gesto al de la guitarra y cantó mirando a Elsa con ironía:

> *Tonta tú, tonta tu madre,*
> *tonta tu abuela y tu tía;*
> *anda, que ya no te quiero,*
> *que eres de la tontería.*

Yo no sabía qué hacer, porque la holandesa no es tonta, aunque lo parece cuando bebe. Y para remate de pleito el cantador de Alcalá de Guadaira me miró, bebió a mi salud y cantó esta canción que pongo aquí y que no sé si te gustará, pero que a mí me parece maravillosa. (Ya ves tú lo que esos gitanos pueden hacer cuando quieren en materia de finura.)

> *La luz de la luna*
> *todo lo blanquea,*
> *pero de sus rayos algo se le pierde*
> *y entra en la arbolea...*

Creo es un poco cursi *(corny)*, pero en aquel momento y con la emoción de la fiesta y un poco de manzanilla en las venas, sonaba como una canción de ángeles. Al menos para mí.

Desde aquel momento yo me propuse no mirar a aquel hombre, que al fin era más o menos amante de Elsa. Pero cuanto menos le miraba, más parecía interesarse en mí. ¿Qué podía hacer yo?

Y el hombre cantaba:

¿Por qué vuelves la cara
cuando te miro?

En fin, que yo pensé: ¿Mi buen deseo falla?
Pues entonces en la guerra como en la guerra,
digo, en el amor como en el amor.

Levanté mi copa y bebí por el amigo de Elsa.
No hay duda de que aquel joven me hacía la
corte. Elsa dijo, por molestarme:

—Esa canción me la cantó también a mí la
noche que nos conocimos.

Y rió como un grillo. Mi amigo dijo que era
verdad, pero que aquella noche de Elsa en el
claro de la luna había lechuzas y buitres. Como
hombre con experiencia de la vida, antes de tratar de serme agradable a mí quiso ser desagradable a mi amiga. No me dirás que eso no es inteligente, hija.

En aquel momento apareció en la puerta del
salón el Faraón, es decir, el rival del bailarín.
Este irguió el espinazo y dijo al guitarrista:

—Vamos con unas seguiriyas de Triana.

Pero un camarero que salía con una bandeja
tropezó con el Faraón, le derribó encima la bandeja y le puso perdido. El Faraón se sacudió
como un perro mojado, entró contoneándose y
dijo sonriente:

—Vaya, señores. Llego tarde, pero llego a
tiempo.

Elsa soltó a reír esta vez como un caballo, es
decir, como una yegua. Y yo iba a salir con ella,
cuando vino el cantador de Alcalá de Guadaira
y se puso a mi lado:

—¿No le gustan a usted los paisajes de luna?

—Mucho.

—El alcázar está esperándonos a usted y a mí, prenda.

Eso de prenda es aquí como *darling*. Y hay que entenderlo. Yo dije que quería ir al alcázar porque quería copiar su canción para mi tesis sobre los rayos de la luna que se pierden y entran en la arboleda, y que el parque de María Luisa debía de estar hermoso. Salimos a la calle. De la Giralda caían las campanadas de la medianoche, y el cantador decía:

—¿Hay nada más bonito en el mundo que esta noche con esa luna y esas campanas? ¿Qué dice usted, Elsa?

Ella dijo secamente:

—Las doce.

—Digo las campanas. ¿No son la cosa más gitana der mundo?

—Las doce.

—Sí; la niña es de repetición—dijo el cantador.

—¡Esas campanas!—dije yo, encantada y aduladora—. Nunca las he oído más hermosas. Quedan vibrando un rato en el aire, como una bendición del cielo.

Echamos a andar despacio, y el amigo de Elsa me miró por detrás de ella y me dijo con un guiño de picardía:

—Las doce, la hora de las brujas. A ver si es verdá que vuelan.

Bueno, pues a consecuencia de todo eso, te digo, Betsy—si no lo has sospechado ya—, que tengo novio. El de Alcalá de Guadaira. No es un cantador profesional, sino que el canto es un *hobby* para él, como te decía antes. Y no es gitano, en realidad. Tiene sólo un cuarto de sangre gitana, por su abuela. Se baña a diario y además vamos a nadar a un club. Cuando lleva dos horas nadando pierde el color agitanado. Pero no es blanco, sino verde.

Tú dirás: ¿por qué no he dicho al principio de la carta eso de que tengo novio? Pero es que comencé a escribirla hace dos semanas, y entonces no sabía aún lo que iba a suceder. Estas cartas tan largas las escribo en varios días.

Tengo novio. No creas que lo hago para quitárselo a Elsa. Es que necesito un auxiliar genuino y nativo para mi tesis. Por otra parte, yo creo de veras que a nosotras las americanas nos convendría por algún tiempo un novio gitano, aunque sólo fuera para aprender a caminar. El me está enseñando a mí. ¿Crees tú que sabía? Pues no. Tú tampoco sabes. Dice que las mocitas deben caminar con música. Mucho tendría que decirte de esto, pero una de las maneras de explicarlo es «caminar mucho y avanzar poco». Caminar por caminar o, como dice mi novio: *el arte por el arte*. Nosotros lo hacemos eso en Pensilvania, sólo que en automóvil. (Esto sería lo que aquí llaman *malange*.)

Además, mi novio me explica muchas cosas. Ya sé lo que es el *paripé*. Es lo que hace Elsa cuando se nos acerca y sabe que tiene que ser amable sin poder ser amable. Se le *atraganta el embeleco*. Y también sé que el bailarín del cuadro flamenco estaba sólo resfriado. Tenía las «carnes abiertas»—es una manera suya de hablar—porque tenía un tremendo resfriado. Nunca le agradeceré bastante a mi amigo esta aclaración. Mi interpretación era bastante desgraciada, entre el *malange* y el *cenizo*.

CARTA III

NANCY Y LA AVENTURA EN EL CINE

Como te dije, tengo novio. Pero no sé si durará mucho, aunque yo haré lo que pueda por conservarlo. Muchas cosas nos separan. Por ejemplo, él no quiere que yo salga de noche sola. Y menos en Sevilla. En Alcalá, donde todos nos conocemos—dice él—, es diferente. A mí tampoco me gusta salir sola después de las ocho, porque todos los hombres me dicen cosas y eso interfiere en mi sentido de la independencia personal. Y a veces me ofendo de veras.

Elsa, la holandesa, está furiosa conmigo. No sé por qué. La vida es la vida y hay que ser buena *sport* y saber perder. ¿No crees?

De día los piropos me gustan. De noche me parecen un poco siniestros. La verdad es que estos andaluces tienen gracia a veces. El otro día iba yo por la calle de las Sierpes con Mrs. Adams, la profesora retirada del *college* donde hice el bachillerato, y pasó un joven y le dijo a Mistress Adams: «Vaya usted con Dios y su niña conmigo.» Creía que yo era su hija. Te digo que tienen gracia. Pero sólo durante el día, repito.

De noche no puedo salir sola. Se lo dije a uno de los cantadores que van por la Venta Eritaña. Le dije que en España las mujeres no pueden salir nunca de noche.

—Sí que pueden—dijo el cantador—. Sólo que necesitan un papel especial de la policía. Un cuadernito pequeño con un sello de la Sanidad Pública.

—¿Y cuesta mucho eso? Digo, el permiso.

Me dijo que no. Yo quise indagar, pero mi novio se puso furioso y dijo que iba a darle *un mandao* al cantador. No sé qué *mandao* será. *Mandao* es lo contrario de *desmandao*. Tal vez se las dan esas cosas a las gentes que se desmandan, es decir, que se conducen con impertinencia. A veces, el *mandao* tiene otro nombre: *cate*. Un cate.

No estamos de acuerdo mi novio y yo en otras cosas, por ejemplo en el cine. A él le gusta el cine europeo y a mí el americano. Dice que el cine de Hollywood es siempre igual y que «no tiene duende». Eso del duende ya te lo explicaré otro día, porque hoy no me siento bastante inspirada. Estoy leyendo *Tartesos*, del arqueólogo alemán Schulten, y confundo un poco las cosas.

(Entre paréntesis, ese *Tartesos* ofrece horizontes históricos grandiosos. Ya te diré. Yo creo que el «duende» viene de entonces, es decir, de los tiempos de Gerión, ocho siglos antes de la era cristiana.)

Según mi novio, el cine de Hollywood es para

mujeres y no para hombres. Es decir, que se hace pensando en ellas. Siempre que un hombre besa a una mujer en los labios al principio de un film acaba casándose con ella, aunque haya dificultades y catástrofes. Se casa por salvar los principios. Todo se hace en el cine por salvar los principios. No había pensado en eso. Según él, si el galán besa a la mujer en la mejilla, no hay boda al final, porque en realidad no hay que salvar principio alguno. También dice que el cine de nuestro país no es realista porque siempre triunfan los hombres guapos y en la vida pasa lo contrario. El hombre guapo suele ser tonto y es vencido por el feo, que suele ser listo. No había pensado en eso. Tampoco le gusta el cine americano porque dice que a los hombres que aparecen con la sombra del vello en la cara—es decir, con *whiskers*, porque no se afeitan cada día—, a ésos los queman en la silla eléctrica o los mata la policía a tiros en la calle antes de que acabe el film. Siempre que ve un personaje en la pantalla con barba de dos días—dice—sabe que va a acabar de *muy malísima* manera. Esa observación me choca un poco.

Pero tenemos que aceptar que es verdad. Tampoco se me había ocurrido a mí. No hay como los extranjeros para ver nuestras cosas.

Finalmente, mi novio dice que los hombres con delantal fregando platos que se ven a veces en los films le deprimen y le dan *mal vahío* o, como dice él, *mal vagío*. Es lo único que no me gusta, que pronuncia la *h* demasiado gutural, como los judíos alemanes. No sé qué es el *mal vahío*, porque no lo he hallado en los diccionarios, y siempre que pregunto una cosa de ésas a mi novio, se encoge de hombros y dice: «Eso no se explica, niña. Si lo explicas, se le va el ángel.»

Es verdad que a veces, cuando mi novio se pone a explicar algo, es como si un ángel volara por encima. Un ángel moreno y agitanado.

Pero en lo de afeitarse, mi novio no tiene más remedio que hacerlo cada día, no por miedo a la silla eléctrica, sino porque, la verdad, de otro modo se me irrita la piel en la cara y gasto mucho en cremas.

También dice mi novio que la mujer americana en los films camina como un peón de albañil y tiene la cabeza demasiado suelta. Y que en cambio la española camina con música y que el hombre la lleva al lado con la cabeza fija y bien *toreá*. Todo lo entiendo menos lo del peón de albañil. Voy a fijarme cuando vea uno por la calle y ya te diré. Aunque es posible que se trate sólo de una exageración. Mi novio es un poco exagerado. Figúrate que el otro día, hablando de una tía suya que ha dado a luz tres niños en un solo parto, decía: «Aquello era como la salida del fútbol.»

Mi tesis avanza despacio. Hay tantas cosas que leer... Pero he hecho un descubrimiento sensacional. La música gregoriana y el cante hondo son parientes próximos. Tú sabes, hubo un papa llamado Gregorio Magno, del siglo VII, que trajo de Oriente, es decir, de Bizancio, una música que llaman «canto llano». Y es casi igual que la de los gitanos, aunque sin jipíos. Sobre estas cosas será mejor que te envíe una copia de la tesis cuando esté acabada. Y así te evitaré molestias y malas interpretaciones, como nos pasó con el *paripé*.

Leo y tomo nota de todo y a veces pienso que eso me hace perder el tiempo en trivialidades. Por ejemplo, ayer descubrí que hay una cosa importante para el baile que se llama *pinrel*. Lo usan en plural: *pinreles*. Debe de ser algo como las castañuelas o los crótalos antiguos que se ponían, creo, en los tobillos. Y hay que moverlos de un modo especial que se llama *menear los pinreles*. Esa es la expresión correcta.

Pero en esta carta quiero hablar especialmente de dos cosas de veras *exciting*. Los *seises* que he visto bailar en la catedral y una aventura un poco rara que nos ha sucedido a mi novio y a mí en el cine viendo precisamente un film español. Es una aventura con duende, es decir, con misterio. Pero no creo que duende y misterio sean la misma cosa. Hay mucho más que decir sobre eso. El misterio de los gitanos es muy diferente del de los payos.

Ya te digo que mi novio no me ayuda mucho. Se aburre con mis preguntas, que considera *malange*. Y no sabe una palabra de gramática. Por ahora, querida Betsy, debes saber que *er aquél*, y *er salero*, y *er mengue*, son expresiones auxiliares y tributarias del llamado *duende*. Es algo que me recuerda las *banshees* escocesas que gritan al pie de la ventana cuando alguno se muere. Y el duende tiene relación con el jipío. Es lo que en la ciencia musical se llama *enharmónico*. Y dicen que viene del tiempo cuando el hombre no tenía todavía lenguaje articulado. Es decir, de cuando mugía y chillaba para expresar sus emociones. En las cavernas o en el fondo del bosque en la remota prehistoria. Figúrate.

El jipío es triste y va de acuerdo con la letra

de las canciones, que siempre hablan de cosas
macabras. Algunas comienzan así:

En el cementerio entré...

Otras empiezan al pie de la horca y con el lazo
en el cuello, y otras, como te decía en la carta
anterior, giran alrededor de la *puñalaíta,* en diminutivo. También tienen canciones sentimentales que hablan de una mujer que llora cuando
suena una campana en una torre de la Alhambra
que llaman la torre de la vela. Supongo que en
alguna ventana hay un cirio antiguo encendido
oliendo a mirra. Tal vez esto viene de tiempos de
Tartesos y de Argantonio.

Todavía hay coplas que hablan de cosas román-
ticas con un estilo solamente descriptivo, tú sabes; por ejemplo, sobre el caballo y la luz de la
luna. El duende tiene algo que ver con esas tres
cosas, sobre todo con la luna. De noche, cuando
no hay luna, los gitanos no salen de sus casas,
al menos en el folklore. Son gente nocturna y
supersticiosa. ¿Pero quién no es supersticioso?
Ah, es lo que le decía a tu tía escocesa el otro
día. Aunque ella no me escucha. Mira a mi novio
por encima de sus gafas color rosa y dice que
ellos los insulares nunca establecen relación eró-
tica con los indígenas del país que visitan. Eró-
tica. ¿Qué sabe ella cuál es mi relación con mi
novio?

Pero pierdo el hilo. Bien, los *seises* son fasci-
nadores. Aunque los llaman seises, son diez o
doce. Y el día del Corpus, y el de Navidad, y el
del Glorioso Movimiento (la fecha de la subleva-
ción de los nacionalistas) van a la catedral y bai-

lan con castañuelas que es una gloria. Son niños
vestidos de pajecitos del siglo XVII, con sus som-
breros y sus encajes. Eso del sombrero puesto
allí, delante del sagrario, y de los obispos y cardenales, no lo entiendo. Le pregunté a mi novio
y me dijo que era por los mosquitos. A veces
dice cosas arbitrarias sólo para que me calle. Son
un poco desconsiderados aquí los hombres con
nosotras. Hay que resignarse. A mí, la verdad, a
veces esa falta de consideración me gusta. En los
Estados Unidos nos miman demasiado. Y además
las mujeres tal vez tenemos un lado masoquista.

Hasta cierto punto, claro. El marido inglés pega a su mujer; pero el americano, ni en broma.
No hemos llegado a eso nosotras.

Eso de los mosquitos es, creo yo, *chufla*. Hay
una diferencia entre *chufla* y *chuflo* y *rechifla*.
¿Sabes? No estoy muy enterada todavía, pero la
chufla tiene algo que ver con el *paripé*. A propósito, no te molestes en buscar más esa palabra
en el Diccionario de Autoridades.

Los *seises* son paganos, la verdad, y el cardenal, según dicen, los quiso suprimir; pero el municipio dijo que no, porque en Sevilla los paganos
son los turistas, y en buena ley hay que pensar
en ellos. Eso es fineza pura, ¿verdad? Como nos
consideran paganos a los que no somos católicos
y nos gustan los *seises*, pues los han conservado.
La cortesía española. La verdad es que éste es
el país de la gracia, además. Y también, según
dicen los calés, que no están muy fuertes en historia religiosa, la tierra de María Santísima.

El error aquí es evidente, porque la Madre de
Jesús nació en Galilea y era de linaje de David.
Eso lo saben en América hasta los gatos. En

cuanto a la palabra *calés,* se refiere a una clase
de gitanos que no se lavan mucho, aunque proce-
den, creo yo, de un pueblo marinero de Málaga
que se llama la Caleta y que está al lado del mar.

Bien, yo fui a la catedral con mi novio, que se
divierte viendo mis errores de protestante y que
todavía se ríe cuando se acuerda de que hice una
genuflexión y me santigüé al pasar delante de
un hombre alto con capisayo verde de seda y peluca blanca y una pértiga de plata en la mano.
«Ese es el pertiguero», decía riendo. No era el
cardenal como yo había creído, sino un *manús*
(así dijo mi novio) que vigila para que no roben
la cera y para echar a los perros cuando entran
por descuido.

Un manús. La influencia oriental, querida.
Esos manuses descienden, creo yo, del antiquísi-
mo Manú que escribió las leyes sánscritas en la
remota India. Entre paréntesis, de allí vino a
Bizancio y después a Roma el canto gregoriano,
con excepción de los jipíos, como decía antes.
Pero no debo abrumarte con mi erudición. En
definitiva, estas cosas sólo se pueden aprender
aquí, sobre el terreno, y confieso que estoy un
poco *stuck up* con mis rápidos avances.

Como decía Samuel Butler: «*A Babylonish
dialect which learned pedants much affect.*» No
quisiera que nadie pudiera decir de mí nada parecido.

El *manús* que guarda el orden dentro de la
catedral me seguía con la mirada. Una mirada
penetrante de veras impregnada de orientalismo.
Y mi novio tuvo una salida pintoresca. Dijo delante de la capilla de San José: «Míralo al pobrecito, qué aire de tristeza tiene siempre. ¿Tú

sabes por qué? Porque cuando nació el niño Jesús, el pobre se llevó una gran decepción porque, según dijo a los Reyes Magos, esperaba una niña.

A veces tengo que andar con cuidado, porque me hace soltar la risa en los lugares sagrados. Eso de San José no es nada para las irreverencias que se le ocurren. Y no es anticatólico. No. Por nada del mundo se casaría si no es con un cura y dos monaguillos, ni dejaría de bautizar a sus hijos si los tuviera. No estoy segura de que crea en Dios, pero es un católico bastante estricto. Sacrifica sin embargo el cielo y el infierno, la vida eterna y todo lo demás al placer de una buena salidita, como dicen aquí. Algunas de sus irreverencias son un poco *shocking*. Por ejemplo, cuando dice que convertir el agua en vino en las bodas de Canaán no tenía mérito, porque él convierte el vino en agua todos los días dentro de su cuerpo y no lo dice a nadie.

Pero no te hagas una idea falsa de mi novio. Es un caballero. Aquella tarde de los *seises* había mucha gente en la catedral y a mi lado un americano que con un *recording machine* estaba recogiendo la música del baile de los *seises*, que dicen que es muy antigua, aunque a mí no me lo parece, la verdad. Suena así como Vivaldi.

Cuando vi a aquel americano y se lo señalé a mi novio, él dijo: «Oh, los payos tienen debilidad por las maquinitas.» Porque, querida Betsy, no sé si sabrás que los turistas se dividen en varias categorías según les gusten o no a los nativos. Y esas categorías tienen nombre que comienzan siempre con *p*. Por ejemplo: pasmaos, pelmas, papanatas, pardelas, pendones, pardillos y otras palabras que no se escriben y que tampoco se dicen porque suenan mal.

El de la maquinita era un payo. De Luisiana.

Los *seises* formaron una fila delante del cardenal y de los obispos, que estaban sentados. Luego se inclinaron con el sombrero en la mano (precisamente pidiendo permiso para ponérselo) y luego se lo pusieron. No me parecía bien, la verdad, pero comprendo que necesitaban tener las manos libres para tocar las castañuelas. O los palillos. Nosotras, las que hemos penetrado en la vida de los nativos, decimos así: *palillos.*

¡Qué hermosa danza, Betsy!

Y comenzaron a bailar.

Fascinador de veras allí, delante del sagrario, con el incienso y las luces. Ese baile es distinto del baile flamenco. Tiene mucha dificultad técnica. Todo lo hacen los pinreles, según me dijeron después. No los brazos ni las caderas, sino los pinreles. Por cierto que no conseguí verlos (digo una vez más los pinreles). Me fijaré la próxima vez ahora que estoy advertida.

Tú ya sabes que a mí la emoción estética me afecta a los lagrimales, y no te digo más. Ellos bailaban y yo lloraba en silencio. Es el rito más hermoso y primitivo y puro de todas las iglesias establecidas, al menos en la Europa occidental. Tal vez viene de la Sulamita, que debía de ser de Tharsis. O de Cádiz. En todo caso, es la *fetén,* como decimos los que hemos entrado en la verdadera vida española. La *fetén* es difícil también de definir. ¿Cómo te diría? Mi novio trató de explicármelo y me dijo que es el *sursum corda.* Yo en mis «*salad days*», como dice Shakespeare

—es decir, cuando mi juicio estaba verde—, rechazaba el ritual católico. Ahora ya no sé qué decirte. Mejor será que me calle.

No sé cuánto duró aquello. Yo preguntaba a mi novio y respondía que el baile era *muy antigüísimo* y que venía del tiempo de los moros almohades, inventores de la almohada de plumas. ¿Tú crees que esto justifica un *footnote* para mi tesis? De la catedral no te digo más porque, como decía antes, no me siento inspirada estos días.

Pero lo que sucedió al salir del templo vale la pena que te lo cuente, porque te ayudará a comprender a mi novio. Mi novio no es político, pero tiene un sentido democrático arraigado y no es nada amigo de la situación dominante en Madrid. No me lo había dicho nunca, pero yo lo he averiguado a través del incidente que te voy a contar. Verás. A la revolución nacionalista la llaman el glorioso movimiento. Y cuando salíamos de la catedral, mi novio se quedó con un amigo un instante en el patio de los Naranjos mientras yo seguía adelante caminando de prisa, pero con pasitos cortos, para no imitar a los peones de albañil y para dar tiempo a que mi novio me alcanzara. Un joven me miró despacio de pies a cabeza y dijo con cierto entusiasmo:

—¡ Viva el glorioso movimiento!

Por lo visto quería hacer propaganda politica a la salida del templo. Esperaba que yo respondiera: ¡viva! Pero no respondí porque soy extranjera. Lo oyó mi novio, se le acercó y le dio una bofetada. Ni más ni menos. Yo le dije que está bien tener ideas pero no hay que poner en peligro por ellas la libertad y a veces la vida como hizo en ese incidente. Lo curioso es que el

propagandista escapó y no ha denunciado a mi
novio. A veces no entiendo a los españoles.

Creo que no hay que tratar de entenderlos.
Tan cobardes unas veces, tan valientes otras y
siempre tan fuera de razón y de congruencia.

Mi novio no es celoso, lo que se llama celoso
en el sentido español del término; tú comprendes. Lo único que me prohíbe es que salga de
noche sola. Cuando le dije que iba a pedir a la
policía ese permiso que dan a algunas mujeres,
creí que enloquecía. No era para tanto. Supongo
que, como todos los gitanos, mi novio odia a la
policía.

Lo que entenderás muy bien es lo que nos sucedió en el cine. Podría suceder en cualquier ciudad del mundo. Sobre todo en los países donde
hay gente necesitada. Aquí la hay, claro. A pesar
de las bases americanas, de las que tanto se habla.

Sencillamente, un pobre hombre quiso robarme el bolso de mano.

Yo entré en el cine antes que mi novio, que se
quedó un momento en el vestíbulo con una señora de edad—porque siempre encuentra mi novio
parientes o amigos en la calle—, y me senté, pro-
curando que hubiera a mi izquierda un asiento
libre para él. A mi derecha había un hombre de
aspecto ordinario y de mediana edad.

Yo miraba a la pantalla y me interesaba en el
film, que se titulaba *La hija de Juan Simón,* lo
que me recordaba a John Simon Guggenheim
Foundation, a la que he pedido, como sabes, una
beca hace ya tiempo. Juan Simón y John Simon
son lo mismo.

Pero no tenía que ver lo uno con lo otro. El
film era sobre un suceso ocurrido hace tiempo

y sobre un hombre empleado en un cementerio municipal que tenía que enterrar a su propia hija, fallecida de amor, porque no había un empleado suplente. Cuando yo pregunté más tarde por qué no lo había, mi novio me aseguró que aquella deficiencia había sido corregida hacía poco gracias al Plan Marshall.

Yo no soy muy patriota en mi país, tú lo sabes; pero fuera de él estas cosas me llegan al alma.

Bien, estaba esperando a mi novio, cuando sentí la mano del vecino que avanzaba cautelosamente por debajo del brazo del sillón, sobre mi muslo. Yo tenía el bolso de mano en la falda.

En aquel momento llegó mi novio, y la mano cautelosa que había avanzado despacio como una serpiente se retiró. Como en la pantalla sucedía algo importante, mi novio se puso a mirar sin hablarme. Yo tampoco le hablaba. Y poco después la mano de mi vecino—aquella mano misteriosa—comenzó a avanzar otra vez lentamente.

Cuando había avanzado bastante y no había duda alguna, yo cogí mi bolso con las dos manos, lo apreté contra mi pecho y di un grito.

—¿Qué pasa?—preguntó mi novio.

—Un hombre que quiere robarme el monedero.

El vecino se levantó y trató de marcharse, no de prisa, sino sólo disimulando. Pero la fila estaba llena de espectadores y no podía caminar muy de prisa. Mi novio se levantó, salió al pasillo y le esperó. «Ezo lo vamo a aclará», decía. Porque cuando se enfada habla muy agitanado mi novio.

Yo salí detrás, alarmada, y en el vestíbulo apareció el gerente. Mi novio había atrapado al desconocido y le atenazaba el brazo. Delante del gerente dijo:

—No es na. Aquí, este descuidero que hay que entregar a la policía.

Pero el gerente conocía a aquel tipo. Le preguntó por la familia. Me dijo que era un compadre y con la mano en el pecho aseguró a mi novio que era un hombre honrado y que lo garantizaba. Mi novio miró al vecino y dijo con los dientes apretados: «Entonces es peor. ¿Qué dice usted?»

Mi novio tenía en la cara todos los demonios del infierno. Y repetía:

—¿Qué responde usted, mardita sea su arma?

—Hombre, aquí me conoce—balbuceaba el otro muy pálido.

Y mi novio, señalándome a mí con un movimiento de mandíbula que me recordaba a los *gangsters* de Chicago, dijo:

—¿Qué buscaba usted con la mano sobre la pierna de la señorita?

—¿Yo...?

A mí me daba pena aquel hombre pálido y con la voz temblorosa.

—Déjale—dije compasiva—. Tengo mi bolso, que es lo importante.

—No; tu bolso no es importante.

Ya ves que a mi novio le interesan los principios más que el dinero. En eso es muy español. Y dijo:

—Esto no puede quedar así.

—Hombre, yo...—repetía el pobre hombre—. Yo no soy precisamente un ladrón.

Y aquí viene la parte sensacional del asunto. Siempre hay una parte sensacional que no entiendo en las cosas de Andalucía y en general de

España. Aquí mi novio se acercó al desconocido,
le cogió por la solapa y con la otra mano en el
bolsillo de la chaqueta le dijo:

—¿Qué está usted diciendo? ¿Es un ladrón o
no? ¡Hable de una vez!

—No, señor; la verdad.

Mi novio alzaba más la voz:

—¿Dice usted que no?

—No, señor. Digo que sí. Soy ladrón si lo prefiere usted, señor. ¡Qué vamos a hacer! De per-
didos al río.

Y aquel hombre, más pálido todavía, afirmaba
con la cabeza y le rogaba a mi novio que lo dejara marchar y que comprendiera su caso. Pero
en la puerta de la calle asomó un guardia y mi
novio le llamó. Cuando el policía estuvo a nuestro lado, mi novio señaló con el dedo al ladrón.

—Este pelanas—dijo—ha querido robarle el
monedero a la señorita. Arréstelo y llévelo a la
cárcel.

El guardia conocía también al hombre y abría
grandes ojos, asombrado. Le saludó dándole la
mano. ¿Qué te parece, Betsy? Esas cosas sólo se
ven en Sevilla y ahora comprendo mejor *Rinco-
nete y Cortadillo*.

—Usted me conoce y sabe quién soy—tarta-
mudeó el ladrón, secándose el sudor de la frente.

—Por eso digo—se extrañaba el guardia—.
Aquí alguno se equivoca, señores.

Mi novio miraba al uno y al otro con ojos de
owl (digo, mochuelo, o más bien comadreja, o
búho, o lechuza; y escribo todos estos nombres
para que veas que no me faltan palabras españo-

las). El gerente nos miraba a todos y parecía enfadado consigo mismo. Y exclamaba:

—¡Mardito sea el chápiro! ¡Digo, si lo conozco! Y no tiene por qué robarle a nadie el monedero, que el suyo está bastante bien provisto.

Mi novio miraba al ladrón y preguntaba otra vez:

—¿Quiso o no quiso robarle el monedero a la señorita?

Luego añadía mirándome a mí: «Si dice que no, le mato.» Pero el pobre hombre tragaba saliva—yo veía su prominente nuez bajar y subir sobre el cuello de la camisa—y afirmaba con la cabeza para decir:

—Es verdad. Quise robarle el monedero a su novia, pero no sabía que la señorita fuera su novia. ¡Le juro que no lo sabía! De otro modo, nunca me habría atrevido.

¡Qué cosas pasan en España! Entretanto, el guardia miraba al gerente. Y te digo la verdad, amiga Betsy; te digo la verdad: el guardia no acababa de tomar aquello en serio. Nunca he visto un guardia más amable con un criminal. Y al gerente una risa se le iba y otra se le venía debajo del bigote. Te digo que los ladrones tienen la simpatía de todo el mundo. Pero mi novio era implacable:

—Ustedes ven que confiesa. El mismo acaba de decir que quiso robar a la señorita, mardita sea undivé.

Y pidió al guardia que le arrestara. El guardia alzó la mano en el aire:

—Un momento, un momento—dijo a mi novio—. ¿Usted quién es?

Mi novio dijo su nombre, se declaró pública y enfáticamente mi prometido y repitió al guardia su obligación de arrestar al ladrón. El policía entonces se volvió hacia mí:

—Usted es la única persona que puede querellarse. El ser su novio no le da a este caballero atribución ninguna. ¿Qué dice usted, señorita?

Me miraba mi novio echando lumbre por los ojos. Yo dije: «Que debe arrestarlo.» Y el policía se encogió de hombros y dijo al criminal: «Mala suerte, amigo. Eche *p'alante.*» Dijo *p'alante*, Betsy querida, y no «para adelante», que sería lo correcto, porque en la expresión coloquial andaluza se usa mucho la sinalefa. Allá nos habrías visto a los cuatro, es decir, al ladrón, al policía, a mi novio y a mí, marchar juntos hacia el juzgado de guardia, que por fortuna estaba cerca. La gente nos miraba. A veces el ladrón se volvía hacia mi novio y le decía:

—Caballero, yo..., yo no soy lo que ustedes piensan.

Mi novio respondía con palabras que para mí siguen siendo un misterio hasta ahora:

—Cállese usted y camine. Ya sabe usted lo que le aguarda. El ataúd o la quincena. Mientras llegamos al juzgado puede usted elegir.

No sé exactamente lo que quería decir. Me parece exagerado el ataúd para un pobre hombre necesitado y hambriento que trata de robar un bolso. Pero, Betsy querida, repite esta frase española en voz alta y observa qué poética sonoridad tiene: «El ataúd—señala el hiato, como decía mi profesora Mrs. Adams—o la quincena. El ataúd o la quincena.» Formas medioevales de

justicia, creo yo. El ataúd. ¡Ah este país tarteso!

El pobre hombre fue llevado ante el juez de
guardia. Yo tuve que declarar también. Dije exactamente lo que había sucedido. El juez escuchaba más divertido que interesado. Cada vez que el
acusado quería negar delante del juez su intención de robarme el bolso, mi novio le miraba de
soslayo y el pobre volvía a tragar saliva y a
confesar que había tenido una mala tentación,
pero que todo el mundo sabía en Sevilla, desde
el barrio de Santa Cruz a Triana, que no acos-
tumbraba a robar el monedero a nadie. El juez,
el guardia y el secretario que escribía a máquina
se miraban entre sí, y yo creo que había entre
ellos evidentes sobrentendidos. Me acordaba otra
vez de Cervantes y pensaba que entre el juez y
el ladrón había alguna clase de intereses comu-
nes. Entretanto, al criminal *un color se le iba
y otro se le venía.* (Esta frase la he tomado de
Pedro A. de Alarcón.) Yo quise retirar la acusación compadecida, pero mi novio me tomó la
mano, la apretó con fuerza y me dijo que no. No
había que retirar nada.

El juez estaba francamente de parte del criminal y quería ayudarle. Me pedía otra vez el
pasaporte, lo ojeaba, decía mi nombre, y me preguntaba una vez y otra:

—¿Retira usted la acusación, señorita, o la
mantiene?

Yo, viendo el perfil tormentoso de mi novio,
no sabía que responder, y él lo hizo por mí:

—¡La mantiene!

—Quien debe responder—dijo el juez, muy serio—es la señorita. Digo si mantiene la denuncia o la retira.

Ah, el juez era un psicólogo y ahora me hacía la pregunta invirtiendo los términos a ver si cambiaba de parecer. Porque era evidente que simpatizaba con el criminal. Pero yo miré a mi novio y dije lo mismo que él en tercera persona:

—¡ La mantiene!

El juez sonrió y advirtió a mi novio:

—Una *tentación* pasajera no merece tanto rigor, amigo mío.

Lo dijo subrayando la palabra *tentación*. Mi novio se apresuró a responder, bastante nervioso:

—Esas *tentaciones* las podía tener con su abuela.

Y también subrayó la palabra.

—¿ La abuela de quién?—preguntó el juez fuera de sí.

—La de él, la del acusado. Ni que decir tiene.

Porque ésa es otra de las debilidades del idioma castellano, que el pronombre posesivo—¿ o es adjetivo, querida?—no tiene carácter genético. *Su.* Vaya con el *su.* Así no se sabía si mi novio se refería a la abuela del juez o a la del criminal. Esos *sus* españoles son de veras *annoying*, querida. ¿ Te acuerdas de las clases de Mistress Adams?

Yo a veces prefiero no acordarme. Pero es imposible, porque está ella aquí, en Sevilla.

La cosa no acabó ahí. El juez dio la razón a mi novio. Es decir, que la tentación del ladrón de robarle el monedero a la abuela les parecía bien a todos. Incluso al guardia. Esta España es desconcertante. En fin, el secretario puso a la firma del ladrón un papel y el juez dijo que le condenaba a quince días de arresto. E hizo un gesto como disculpándose.

En la cárcel está aún el pobre. Toda Sevilla habla del caso. Mi novio se ha hecho más popular con ese incidente y le invitan a beber en todas partes. Siempre anda uno poco iluminado y habla más agitanado que nunca. «Orsequios» llama a eso.

Parece que ese ladronzuelo era también conocido entre la gente. Todo el mundo habla de él con mucha comprensión. Sin duda no era un ladrón profesional. Tenía su oficio al parecer, y el robo en pequeña escala era una especie de *hobby*. El oficio en el que trabajaba era pintoresco y poco estimado de la gente. Mi novio me dijo que se dedicaba usualmente al *parcheo*.

—¿Qué es eso?—le pregunté.

—¿No lo sabes, criatura?—respondió él, medio en broma.

Y no quiso decirme más. Nunca me explica las cosas. Yo busqué un diccionario. En el Larousse, en la página 698, dice: *«Parche. — m.* Emplasto aplicado en un lienzo que se pone en la parte dolorida.» Claro está que el parcheo es el acto y acción de poner parches. El pobre hombre debía de ser enfermero en algún hospital. Un puesto humilde. Aunque el Larousse da otra acepción. Dice también: «Pedazo de papel untado de pez y adornado con cintas que se les ponen a los toros en la frente como suerte de lidia.» Podría suceder que ese criminal fuera torero, aunque no es probable porque tiene bigote. Un bigote de esos pasados de moda. ¿Cuándo se ha visto un torero con bigote? Es, pues, un parchista o parchero (¿se dirá así?) profesional y un ladrón *amateur*. Bastante torpe, el pobre.

Ya te dije que el juez y el guardia parecían tan tranquilos al saberlo.

¡El patio de Monipodio, querida Betsy! Si no lo viera, no lo habría creído. Todo el mundo sonreía viendo al ladrón balbucear y tragar saliva.

A mí, la verdad, el pobre diablo me da pena. El otro día quise enviarle un cartón de cigarrillos a la cárcel, porque me siento un poco culpable, y mi novio se puso furioso. Dijo que eso sería hacer el *paripé*. Mira por dónde estuve a punto de descifrar el sentido de esa maldita palabra. Pero estaba demasiado enfadado mi novio para entrar en explicaciones.

—La caridad cristiana...—le decía yo.

—¡Qué caridad ni qué ocho cuartos! Si le mandas un regalo, será una ocurrencia *malange*.

Eso le obligaría a él no sólo a romper sus relaciones conmigo, sino a marcharse a vivir a otra parte. Por ejemplo, a Sanlúcar. ¡Qué te parece! Mi novio insistía furioso:

—¡Enviarle cigarrillos a un parcheador!—gritaba fuera de sí—. ¿Cuándo se ha visto una cosa como ésa en una muchacha decente?

Como ves, se dice *parcheador* y no *parchista*. Debe de ser un oficio humilde. Los españoles son así. En cambio, los americanos, tú sabes, no tenemos tanta conciencia de clase y un ser humano parcheador o banquero es un ser humano.

Mi novio me decía que toda Sevilla comentaría mi envío de un regalo al desdichado y que habría *choteo*.

Eso es lo malo. El *choteo*.

Cuando no entiendo una palabra tengo que decir «¡Oh!». Luego busco el diccionario. El Larousse dice que *choteo* es burla o mofa.

Esas palabras cultas—*choteo, parcheo*—a veces las oigo, las busco en el diccionario, las aprendo, las apunto en mi cuadernito de bolsillo, y todo es inútil: se me olvidan.

Pero no por eso vayas a creer que pierdo el tiempo, Betsy querida. Me faltan muchas cosas que contarte.

CARTA IV

LAS EXCURSIONES DE NANCY
Y LA TERTULIA DEL CAFÉ

El parcheador sigue en la cárcel. Contestando tus preguntas, te diré que Mrs. Adams es la de siempre. ¿Sabes qué hizo? Le regaló a mi novio una Biblia en español, y la misma tarde que se la regaló, paseando por el parque de María Luisa, le explicaba Mrs. Adams—tú la conoces—la utilidad de leer la Biblia, y decía que muchas veces estaba sin saber qué determinación tomar cuando abría el libro al azar y leía la primera línea de la página de la izquierda. Y allí encontraba la solución.

—Hombre—dijo mi novio—. Yo tengo ahora más problemas que nunca en mi vida. Si eso es verdad, el libro vale la pena. Vamos a ver.

Abrió al azar y encontró en la primera línea las siguientes palabras del capítulo 27 de San Mateo que se refieren a Judas: «...Y entonces fue y se colgó de un árbol y se ahorcó.» Mi novio palidecía y Mrs. Adams se ruborizaba un poco. Entonces ella dijo: «Bueno, eso es una casualidad. Mire en otra página.» Y mi novio lo hizo, y en el capítulo de los Reyes del Antiguo Testamento la primera línea decía: «Haz tú lo mismo.»

Mi novio abrió las manos y dejó caer el libro al suelo. Luego se inclinó a recogerlo y lo devolvió a Mrs. Adams:

—Vaya, señora—le dijo—. Parece que ese libro sabe muy bien lo que a mí me conviene, pero tengo que reflexionar un poco antes de tomar mis determinaciones.

Y seguía pálido y la voz le temblaba. Con aquello Mrs. Adams renunció a convertir a mi novio a la Iglesia anglicana y él anduvo dos días huyendo de ella como del diablo. Todavía la mira de reojo cuando se acerca.

—Veo que tus amigas—dice a veces—se preocupan de mi porvenir.

Me preguntas en tu carta cómo se llama mi novio, y ahora caigo en la cuenta de que no te lo había presentado todavía. Se llama Francisco Antolín Reyes. Unos le llaman Paquito y otros Curro, que son *nicknames* de Francisco. Pero Antolín es apellido, y mi novio nació cerca de Itálica, lugar de origen de las familias de los Antoninos imperiales. Pienso a veces que su nombre Antolín no es sino Antonín o Antonino. La vocal última se pierde al pasar del latín al romance y, ya sabes, algunas consonantes cambian o desaparecen, según T. N. T. Bueno, te pongo el nombre entero: T. Navarro Tomás. Porque esas TNT son las iniciales de la nitroglicerina en los Estados Unidos y por aquí las cosas andan explosivas.

Antolín puede ser Antonino. En ese caso, mi novio vendría en línea directa de Trajano, Adriano y Marco Aurelio, lo que no me extrañaría nada. Un día mi novio cantaba entre dientes una canción que decía:

> *Tengo sangre de reyes en la*
> *palma de la mano...*

Y entonces yo le pregunté:

—¿Tu padre o tu abuelo se llaman Antolín o Antonín?

—Mujer, ¿qué importa? La cuestión es pasar el rato—decía él.

Pero el segundo apellido, Reyes, es seguramente un apellido de familia. Y si es Antonino Reyes, ya no me cabe duda. Pero cada vez que le hago preguntas sobre esta materia, él me responde lo mismo: «La cosa es ir pasándola, niña.»

Por fin, se le olvidó a mi novio la inquina contra Mrs. Adams y fuimos la semana pasada a las ruinas de Itálica juntos Curro, ella y yo. Pasaron muchas cosas. Figúrate. Mrs. Adams quiso dárselas de culta y arqueóloga, pero metió la pata dos o tres veces. Sólo sabía repetir aquello de:

> *Estos, Fabio, ay dolor, que ves ahora*
> *campos de soledad, mustio collado,*
> *fueron un tiempo Itálica famosa...*

Y lo repetía a grandes voces en el escenario del teatro romano para probar, según decía, las condiciones acústicas. No fue sólo eso. Por ejemplo, había una estatua de Hércules muy grande, de mármol. Y al lado, otra pequeñita del mismo dios. Para distinguir al pequeño se puso a llamarlo por el diminutivo: Herculito. Sonaba un poco raro, la verdad. Herculito. Después de ver el anfiteatro le dijo al guía: «Lo mejor que nos ha enseñado usted hasta ahora ha sido Herculito.»

El hombre se quedaba mirándola de pies a cabeza sin saber qué responder:

—Señora, yo...

Tú sabes que *er* es el artículo tal como lo pronuncian los andaluces, especialmente los gitanos. Mi novio dijo, aguantándose la risa: «Compare, quiere decir eze Hércules pequeñito.» El guía se dio una palmada en el muslo y dijo entre dientes mirando al cielo: «Malditas sean las Américas y er Cristóbal Colón que las descubrió.» Luego repetía: «A la señora le gusta Herculito...» Y soltaba a reír para sí mismo. Pero Mrs. Adams tú sabes cómo es. Creía que para distinguir un Hércules del otro tenía que referirse al pequeño con el diminutivo, y como vio que los otros reían, ella volvía a lo mismo sin darse cuenta de la base del asunto.

La tontería puede ser angélica, en verdad, pero lo angélico puede ser y es a veces torpe y procaz.

Mrs. Adams, al marcharnos, repetía, por si acaso no nos habíamos enterado: «Me llevaría Herculito conmigo al hotel y lo pondría en un nicho en mi casa de California, junto al jardín.»

El guía respondía: «Señora, por mí puede usted ponerlo donde le parezca mejor. Eso es cosa de su vida privada.»

Luego, antes de marcharnos, Mrs. Adams pre-

guntó si debía pagar algo, y el guía le dijo: «La
voluntá.» Mi novio intervino para advertir un
poco agresivo: «Aquí la señora es abúlica.» Pero
ella le dio diez pesetas al guía y se empeñó en
decir que Curro la había llamado abuela y que
aquello era una grosería. Ella no era abuela ni lo
parecía. Total, que coqueteaba con el guarda.
Esas puritanas cuando vienen a Sevilla parecen
otras. En fin, acusaba a mi novio de falta de
cortesía. La verdad es que tiene dos nietas, que
yo las he visto, y una de ellas es bastante gran-
decita. Pero Curro no le hacía caso.

Sigo hablándote de mi novio. Es hombre de
energía y, como dicen aquí, un buscavidas. En
verano se dedica a la reventa de *tickets* para los
toros, y el resto del año, a probar vinos. Es catador diplomado. Así dice: catador. De catar.
También toca la guitarra y canta, entre amigos.
Y baila a veces.

Ya ves. Cuando salimos al campo a mí me duele ver a los campesinos pobres tan pálidos y como
enfermizos. Parece que algunos años hay epide-
mias cuyo nombre no recuerdo ahora y el síntoma más grave consiste, según dice Curro, en
estirar la pata. Parece que es un signo fatal ése.
Lo llaman *la diñadura* o cosa así.

¿Te acuerdas del ladronzuelo del cine? Como
te decía al principio, sigue en la cárcel. Fuimos
allí a ver a un pariente de Curro que está sen-
tenciado por contrabandista. En la sala de visitas encontramos a una prima suya que se llama
Eduvigis. Cuando yo le dije que era un nombre
raro, ella respondió:

—Calle usted, por Dios. Mi abuela se murió
sin poderme **nombrar.**

Somos amigas. Ella me explica, gracias a Dios, algunas cosas de las que habla Curro y que sólo entiendo a medias. Pero claro es que no puedo ir a todas partes con Eduvigis. Ella tiene su vida de familia. Todavía conmigo podría venir siempre, pero Mrs. Adams, ahí donde la ves, cuando se junta con la viuda del decano de Andrianápolis School, que está en el hotel Cristina, hablan con una libertad que Eduvigis no podría tolerar. Tú sabes cómo son los *standards* aquí en ciertas cosas. Y el otro día estábamos en el parque y discutían Mrs. Adams y la decana, y ésta decía: «¿Qué hace tu hija? ¿No está para graduarse en la misma escuela que la mía?» Y luego añadió:

—¿Sigue tan diabla tu niña?

—Sí, *my dear*—suspiró Mrs. Adams—. Yo no soy muy estricta, pero tengo mis preocupaciones con la manera de ser de estas niñas de ahora, y a veces me gustaría saber si nuestras hijas son vírgenes o no.

—Bah, virgen o no virgen—dijo la decana—. Al menos la mía no fuma.

Eduvigis la miró de un modo que no olvidaré nunca. Todavía si dijeran cosas en inglés sería menos mal; pero ya sabes que tienen la manía de hablar español no por amor al idioma, sino por aprovechar el dinero que gastan en el viaje. Es lo que ellas dicen.

Aquí la virginidad es muy importante. A la Virgen María no la adoran por ser la madre de Jesús, sino por ser virgen. Muchas cosas he aprendido, querida. Por ejemplo, la palabra *flamenco* viene del árabe *fellahmengo*, que quiere *trovador*, contra todo lo que dicen los sabios del provenzalismo, no viene de *trouvère*, sino del

árabe *torob*, que quiere decir «canción». Puede
que los provenzales lo hayan cogido de ahí, eso
es posible. Pero entonces no viene de *trouver*.
(Ya ves que hasta me atrevo a plantar cara a los
profesores de la vieja escuela.) Aquí en la Bética
se vuelve una atrevida.

Pero no quiero ponerme erudita... ¿Tú sabes
que comienzan a parecerme mala sombra todas
las cosas que no son graciosas? Cuando veníamos de Itálica encontramos un gitano que le dijo
a mi novio:

—Ya sé que se murió tu tío el de Ecija. Hombres como aquél no quedan ya en el mundo, Currito. Si le pudiera yo resucitar con cinco duros... como éstos.

Ya ves, resucitar a un hombre excepcional como el de Ecija con cinco duros. Pero cuando nos
alejamos, Curro dijo:

—Es un malasombra Gilipoyas.

Esos Gilipoyas deben tener influencia social,
porque Curro cuando se enfada los acusa de tener la culpa de todos los males. Yo creía que los
Gilipoyas eran payos, pero debe haber una rama
de esa familia entre los gitanos. A propósito de
parientes, le pregunté qué clase de persona era
su tío de Ecija, y me dijo que era alcalde y que
era rico y bastante inteligente, pero que se comía los adoquines. Si eso es verdad, no me extraña que haya muerto joven. En los Estados
Unidos hay gente que come carbón y la cal de
la pared; pero tanto como adoquines...

La humanidad es terrible de veras, en todas
partes, Betsy. Y aquí en Sevilla hay influencia
mejicana. Es curioso encontrarla tan lejos. Por
ejemplo, cuando una persona muere *lía el peta-*

te. Bueno, debe de liarlo su familia, digo yo. La influencia en cosas que se relacionan con la muerte no me extraña. ¿Tú te acuerdas de las calles de Méjico con indios vendiendo calaveras de azúcar y huesos de caramelo y esqueletitos pequeños que bailan? ¿Tú te acuerdas de aquel indito que preguntaba en una tienda de ataúdes cuánto costaría un entierro de primera y otro de segunda y otro de tercera, y luego quería saber cuánto más tendría que pagar si la empresa funeraria «ponía el muertito» por su cuenta? El pobre quería un entierro a toda costa y no tenía a quién enterrar.

Ya te dije que a las once de la noche le llaman la hora de la carpanta. Al mediodía, también. Parece griego antiguo: la carpanta, y suena legendario, ¿verdad? Luego hay otras horas en el día, como la hora de queda, la de vísperas... Como te decía, leo a Schulten sobre Tartesos, y creo haber hecho algún descubrimiento. Es decir, son más bien intuiciones. Eso de la carpanta debe de ser etrusco y no griego.

Hice un viaje con Curro en avión a Córdoba. Era la primera vez que Curro volaba y tuvimos vientos contrarios y bastante movimiento. Cuando llegamos a Córdoba y bajamos, Curro puso los pies en el suelo bien firmes y dijo con los ojos en blanco:

—Dios mío, qué güena es la tierra.

Es la primera vez que le he oído una cosa así.

Yo quería tener un noviazgo de reja, cancela y patio, al estilo clásico; pero en mi hotel no hay manera. Y, además, andar todo el día del brazo de Curro por ahí y ponernos en la reja por la noche resultaría, como él dice, «hacer el paripé». Ya sé lo que esto quiere decir. Quiere decir hacer algo innecesario en ciertas condiciones que todavía no puedo precisar exactamente. Trataré de enterarme.

Aquí, en cuestión de amor, los hombres—pobrecitos—padecen *sex starvation*. No sé qué hacen las mujeres, la verdad. Pero yo por ahora sigo entregada a la historia de Tartesos.

Lo que más me apasiona en Schulten es la parte donde dice que Tartesos era la Atlántida de la que hablaba Platón. La Atlántida famosa perdida en la noche de los tiempos. Schulten es el que comenzó a poner el dedo en la úlcera (así dicen) de lo andaluz. Y qué equivocados estamos todos con este país, Betsy. No es sólo ésta tierra de castañuelas. Es el misterio mayor de Europa. Eso es. Andalucía era la Atlántida hace tres mil años. Los caballos iban enjaezados de oro; los hombres, vestidos de cuero y de plata; las mujeres presidían los actos públicos y se llamaban *gachíes* o algo así. Es lo que dice Curro: «Las gachíes de Tartesos.»

La Atlántida, querida. Schulten hizo excavaciones buscando la ciudad, es decir, la Tarsis del Antiguo Testamento, y sólo encontró un anillo que dice en una inscripción primitiva griega: «Tú que me llevas, sé dichoso.» Eso es como si Tarsis le hubiera dado a Schulten el anillo de esponsales y la promesa de entregarse a él en honestas nupcias un día. ¿No es excitante? Me gustaría intervenir en esas excavaciones, si pudiera.

Figúrate que el minotauro de Creta salió de las riberas del Guadalquivir. Y no creas que estoy loca como Mrs. Adams cuando empieza a hablar de estas cosas. No. En tiempos de Salomón había un rey en Sevilla que se llamaba Gerión y le mandó un toro blanco al rey Minos. Un toro de la ribera de Alcalá de Guadaira, como los que veo pastar a veces desde el balcón de mi cuarto, querida. Hermosos toros que vienen de una casta diferente desde los tiempos prehistóricos, la casta de los toros de lidia. Se dividen en varias clases, así como marrajos, zaínos, cabestros y gazapones, según el color.

La reina, la esposa de Minos, se enamoró de él, digo del toro de Alcalá de Guadaira, y tuvieron relación sexual, de la cual nació un monstruo con cuerpo de hombre y cabeza de toro. El minotauro del laberinto famoso se podría decir, pues, que era hijo de Alcalá de Guadaira. ¿Sabes? Yo creo que todo esto del toro es alegórico y que probablemente el toro de Gerión era un embajador bastante *handsome* y que le gustó a la reina. Tal vez ese embajador sabía de toros, porque aquí todo el mundo es experto, y en Creta toreaban ya entonces casi lo mismo que ahora, porque yo he visto dibujos de la época con toreros poniendo banderillas. Pero, por otra parte, en la tradición cretense hay objetos y cosas que explican cómo esa relación entre el toro y la reina fue posible.

Te lo explicaría también, pero no podría confiar esas explicaciones al correo. Ya te lo diré cuando nos veamos. Es bastante *shocking*, querida; pero, como te digo, fue posible. (Digo físicamente posible.)

Por el momento lo que quiero decirte a propósito de los toros de Alcalá de Guadaira es que estando yo en el balcón (mi hotel está enfrente

de la casa del cura) pasó por la calle una niña
de unos doce años, detrás de una vaca. Y el cura,
que estaba leyendo su breviario, cuando la vio
le dijo:

—Hola, Gabrielilla.

—Con Dios, señor cura.

—¿Adónde vas?

—A llevar la vaca al toro, señor cura.

—¿Y tu padre? ¿Dónde está?

—No lo sé.

—¿No podría hacer eso él?

Y la niña, escandalizada, respondió:

—No, señor cura. Qué cosas tiene. Es menester el toro.

No sé qué alcance dar a ese incidente, pero
me recuerda lo de Creta y el minotauro, y por
eso te lo cuento.

Mrs. Adams siempre quiere ir a los conciertos
y me invita a mí; pero si no voy con mi novio,
me aburro mucho, y Curro no quiere ir. Dice
que no sabe nada de música. Eso no es verdad,
porque toca la guitarra muy bien. Y cuando yo
le digo que algo sabrá, él me responde que lo
único que sabe es que la música la inventó un
hindú que se llamaba Chindurata y que luego un
chino llamado **Taratachunda** la perfeccionó. Ya
ves. Yo no sabía esas cosas. Seguramente tú tampoco, ¿verdad?

Estos gitanos no son incultos, sino que tienen
formas de cultura propias y diferentes. Eso es.

Al hablarle yo de la antigüedad de su nombre
y de los Antolines, él me respondió que el apellido más antiguo del mundo es Pérez. Y que Adán,
el del paraíso terrenal, se llamaba Pérez, porque

Dios le dijo: «Si comes fruta del árbol prohibido, Pérez-serás.»

Yo creo que es una broma y un juego de palabras con *perecerás*. Mi novio es así y hay que andar con cuidado.

Quiero ir al coto de Doñana, que está hacia la parte de Huelva, para ver los lugares donde estuvo emplazada Tartesos, la gran ciudad donde los caballos comían en pesebres de plata; los ciudadanos tenían leyes en verso, escritas desde hace ocho mil años (imagínate), y estaba habitada por los hombres más hermosos y más pacíficos del mundo. Tú sabes que América es el único país del orbe donde las mujeres, refiriéndonos a los hombres, decimos a veces *how sweet!* Es decir, que en ninguna otra parte del mundo es atractivo para las hembras un hombre dulce *(sweet)*. Pues parece que los de Tartesos eran los más dulces del mundo y por desgracia eso los arruinó. Porque los bárbaros del norte de Africa acabaron con ellos.

Y con ellos acabó la Atlántida también.

Mi novio seguramente es un atlante rezagado que los antepasados de Platón recordaban con nostalgia.

Cuando alguna gitana se dirige a mi novio para pedirle algo, siempre le dice «señor marqués» o bien «marquesón».

—Anda, marquesón—le dijo una ayer—, que tienes más hechuras que er mengue de la catedral mayor.

Er mengue es como decir el diablo. Luego me dijo Curro que aquella gitana había venido a menos después de morírsele el marido, que fue tesorero de la cofradía de Triana. Porque los gitanos tienen su cofradía. Me contaba Curro que el año pasado, cerca de la Semana Santa, cuando las cofradías estaban organizando sus procesiones, la hermandad de los gitanos de Triana no tenía todavía banda de música, y fue al gobernador a ver si podía arreglar la cosa. Porque el gobernador interviene en el orden de las procesiones. Iban cinco gitanos en comisión, la junta completa. Y los gitanos le dijeron:

—Mire usted, señor gobernador, si queda alguna banda de música por ahí.

Y él miró en un papel y alzó los hombros:

—Sólo queda libre—dijo—la banda de la guardia civil. Si la quieren ustedes...

Y los gitanos fueron levantándose de uno en uno. «Hombre, señor gobernaó, parece mentira; que aquí hemos venido en amigos y pedir una banda de música no es mentarle la madre a su excelencia.» Eso decían. Y los cinco fueron saliendo medio locos, y la cofradía fue a la procesión aquel año sin banda de música.

Parece que los gitanos no quieren a la guardia civil. Evitan incluso decir el nombre. A dos guardias juntos (siempre van en parejas) les llaman el 77. Y al lugar donde los guardias se alojan, «las veintisiete letras», porque—y esto lo he descubierto yo misma sin que Curro me diga nada— en esos lugares hay un letrero que dice: «Casa Cuartel de la Guardia Civil» y el letrero tiene veintisiete letras, como te digo, que las he contado yo.

Para que veas como entro en la vida del país, el otro día fui a llevarle a un zapatero remendón que hay en mi barrio un zapato para que me sujetara el tacón que se había soltado, y estaba con el zapatero un torero. Bueno, no un matador, sino un banderillero o cosa así. Y discutían de política. El zapatero era partidario de un régimen muy avanzado y el otro le preguntaba cómo se iba a regir la economía en ese régimen. El zapatero decía: «Muy fácil. Yo le hago un par de zapatos al vecino que es sastre y él me hace a mí una chaqueta. El panadero me trae a mí el pan durante un mes y yo le remiendo los zapatos de la familia. ¿Comprendes?»

—Sí; pero en mi caso—decía el otro—tú sabes cuál es mi oficio, ¿verdad? ¿Tú me haces un par de zapatos y yo te pongo un par de banderillas?

El zapatero se acaloraba, diciendo que aquello era hablar de mala fe.

Me preguntaron qué me parecía a mí y yo dije que como extranjera no debía meterme en política. Ando con cuidado en eso. Más tarde, cuando fui a buscar el zapato, el viejo artesano me dijo refiriéndose al banderillero que era un torero de invierno. No sé qué quería decir con eso. Tal vez que sólo torea en Méjico, donde la temporada es en esa época del año.

Hay que tener cuidado con el género femenino de algunos sustantivos, Betsy querida. Lo mismo que en Méjico hay diferencia entre los corridos y las corridas, aquí no hay que confundir los tientos con las tientas. Los tientos son un estilo de toque de guitarra y las tientas son fiestas en las dehesas donde hay ganado de lidia. Fiestas muy exclusivas, no vayas a creer; pero a mí me invitan desde que soy la novia de Curro.

A una de ésas fuimos hace poco. Por cierto que a un lado de la casa había unas toldillas, y nos sentamos a la sombra y nos dieron vino y tapas. Cerca había gitanos. En todas partes donde se come aparecen gitanos grandes o chicos. Se acercó uno de seis o siete años y se puso a bailar y a golpearse con el dorso de las manos la barba de abajo arriba muy de prisa, de modo que, entrechocando los dientes, hacían ruido como las castañuelas. Cuando terminó le preguntó Curro cuántos años tenía.

—Seis, para servirle—dijo el niño.

—No es posible, seis. En seis años no has tenido tiempo para ponerte tan sucio, chavó.

Y le dio dos pesetas.

Se acercan las fiestas de este año—faltan sólo tres días—y se comentaban en la dehesa los nuevos pasos de Semana Santa y el orden de las cofradías. Parece que el año pasado el Ayuntamiento encargó a Barcelona un paso nuevo de la última cena. Como la Semana Santa se aproximaba y no llegaba el paso, telegrafiaron a la fábrica y les respondieron que harían lo que pudieran, pero que no podían comprometerse a nada. Entonces el Ayuntamiento envió dos concejales para que trajeran los doce apóstoles sin la mesa, ya que en Sevilla tenían la del paso anterior en buen uso. Los concejales vieron que las estatuas de madera estaban ya barnizadas y secas. Y entonces se las llevaron a la estación. Sacaron billetes para cada una como si fueran personas. Uno de los concejales se fue con Jesucristo a primera clase, y el otro, con los demás, a tercera. Y así acaban de llegar ayer.

Pero volviendo a la tienta te diré que estuvo muy bien y mi novio toreó un becerrito muy *cute*. Le aplaudieron bastante.

Hubo un incidente que tiene relación con algo que te decía en la carta anterior. No sé si te acordarás. A veces (no sé qué pasa) más valdría que no despegara los labios en público. Porque digo algo y todos me miran de reojo y se ríen bajo los bigotes. Tú verás lo que pasó. Un joven torero quería lucirse en la placita pequeña del tentadero y me dijo:

—Con permiso de Curro, ¿qué es lo que a usted se le ofrece, princesa?

Parece que quería hacer algo notable para mí. Y yo, por el afán de dármelas de entendida, porque todo el mundo en las tientas es muy experto en toros, recordé el diccionario Larousse y la suerte del parche y dije:

—Lo que más me interesa en estas fiestas es el parcheo.

—Vaya—dijo el otro con la mirada diríamos *frozen* (helada).

Como había un gran silencio, yo añadí, creyendo aclarar las cosas:

—Una buena faena de parcheo es lo que yo busco, camará.

Dije eso de *camará* porque hace flamenco. Pero Curro se quitó el sombrero, se limpió el sudor y dijo de un modo bastante desesperado:

—Por los clavos del Señor, niña; explica de una vez eso del parcheo a la concurrencia. Que ya es mucha esaborisión.

Los *esaboríos* y los *Gilipoyas* son la gente que menos le gusta a Curro. Yo expliqué lo que dice el Larousse: «Suerte de lidia que consiste en pegar un parche de colores con pez en la frente del toro.» Allí hubieras visto. Todos lo comentaban a la vez. Parece que esas suertes ya no se hacen desde los tiempos de Paquiro. Y unos decían que aquello era cosa de circo y no de lidia y otros que era pamema. Pregunté a mi novio qué es *una pamema* y él me dijo: «Pues es una filfa.»

Una *filfa* es lo que en los Estados Unidos llamaríamos una *apariencia vana*.

Pero yo entonces seguía sin entenderlo. El torero, por complacerme, puso un parche a un novillo con un abanico mojado con miel. Y después le limpió la miel al toro con un pañuelo.

Yo lo jaleaba y Curro miraba a otra parte. Jalear, de jaleo. No hay que confundir el jaleo con la jalea que se toma en el desayuno. Curro sonreía con media risita de conejo. Dice que tiene más miedo a mis palabras que a un miura.

Los miuras son los toros especiales que los toreros suicidas encargan cuando tienen contrariedades de amor. A Manolete le mató un miura, y lo he traducido al inglés el final del romance que dice así:

> *Ay, what a shame!*
> *The king of toreros is dead*
> *So that's why the cigarrete girls*
> *And all of Sevilla is in mourning.*
> *Are wearing blanck scarves...*

Pienso sacar el *copyright* en los Estados Unidos, cuando vaya.

Manolete tuvo también sus contrariedades de amor, sólo que aquí esas contrariedades son más deprimentes y producen verdaderos *breakdowns*. Así como en los Estados Unidos los amantes decepcionados se van a Nevada y se divorcian, aquí (digo entre toreros) encargan toros de Miura para hacerse matar. Y envían el retrato a la infiel. Y los poetas componen romances como has visto. Suelen dejar mucho dinero. A ese dinero del testamento del torero se le llama «el parné».

El folklore está lleno de esas cosas.

Durante la fiesta en la dehesa yo saqué el tema de los toreros americanos y hablé de Sidney Franklin. Todos elogiaron su valor y su habilidad, pero estaban de acuerdo en que los toreros americanos tienen demasiada grasa. Además, los americanos piensan que el toreo es un deporte. Tonterías. Parece que el toreo es más bien una religión antigua y una metafísica. Otro día te lo explicaré.

—¿Cuál es el mejor maestro del toreo?—pregunté yo.

—El mejor es la Gazuza—dijo un viejo.

Otro dijo:

—Eso es lo malo de Franklin, que no conoció la Gazuza.

Fíjate, Betsy, la Gazuza. Una mujer. ¿No te sientes halagada? No me extraña que hayan salido toreros como Conchita Cintrón y la Mac-Cormick. La Gazuza. Yo no había oído hablar nunca de ella.

En la tienta, los jinetes llevaban una protección de cuero en los pantalones que se llaman *sajones* porque parece que los importan de Sajonia.

La gente bebía mucho. Para que veas como avanzo en el conocimiento del *slang* español, te diré los diferentes nombres que tiene aquí la borrachera según me ha dicho mi novio, que es experto: embriaguez, chispa, **curda**, trúpita, ju-

mera, turca, tajada, merluza, cogorza, castaña,
melopea, pítima, pea, tablón, papalina, mona,
moscorra, zorra... También la llaman *la poderosa*. (Antes de cerrar esta carta, mi novio revisará esta lista de nombres de modo que puedas
usarla si quieres para tus clases.)

Ya ves que mi léxico se enriquece.

Hay muchas cosas que aprender en relación
con las costumbres taurinas. A algunos toreros,
cuando se visten el traje de luces, les pasa una
cosa rara. Se les arruga el ombligo (yo digo que
será alguna alergia), y ése es el síntoma de una
neurosis que se llama *la jindama*. Para evitarlo
se ponen una faja roja especial.

Los picadores usan una lanza que se llama
puya. De ahí viene gastar puyas, que es sinónimo de *chotear*. (El choto es un toro joven.) A.
nadie le gustan las puyas. Al toro, tampoco.

A los toros, cuando son completamente negros,
les llaman reberendos (con b), y no comprendo
por qué; como no sea porque también los sacerdotes van vestidos de negro, y que ellos me perdonen. Así se dice «el toro era reberendo en
negro».

Mi novio me da un poco la impresión de un
toro como el que el rey Gerión envió al rey Minos de Creta. A veces se le levantan dos ondas
en el pelo como cuernos. Pero cuando yo se lo
digo se pone furioso como un toro. Yo me río y
él se enfada más. Hasta que le digo:

—Cuanto más rabioso te pones, más me gustas, chavó.

Eso de *chavó* es aquí como *honey* en los Estados Unidos. Una palabra cariñosa. Cuando la
digo se ríe y se le acaba la furia.

Aquí los cuernos son tabú. En el país de los toros. ¡Quién iba a pensarlo! Pero es que eso lo relacionan con la fidelidad conyugal.

Hay un pueblo cerca de la provincia de Málaga, hacia el mar, cuyo santo patrón es San Lucas, que por tener como símbolo en los evangelios un toro es el santo de los maridos cuya mujer (figúrate qué inocentes supersticiones) se vuelve rana la noche de San Juan.

El día de las fiestas hay una procesión y llevan la estampa de ese santo en lo alto de un palo de doce o quince metros de largo. Pues bien, los maridos salen a las ventanas con escopetas y le disparan tiros gritando al mismo tiempo los mayores insultos.

Todo eso para evitar que la noche de San Juan sus esposas se conviertan en ranas.

¿No son formas folklóricas encantadoras?

Cuando acaba la procesión parece que no quedan del santo patrón del pueblo sino dos o tres hilachas del lienzo, colgando.

Y todavía lo insultan desde los balcones diciéndole cosas afrentosas en relación con el sexo.

El amor aquí responde a eso que llamaríamos *erotismo fatalista*. García Lorca ha escrito bastantes poemas de ese carácter.

Por cierto que en la tertulia a donde vamos Curro y yo se habla de todo, y el primer día que fui con él me llevé una sorpresa. Curro es una persona bastante culta, aunque no lo parezca. Más que culta, diría yo. Como lo oyes. La tertulia es una costumbre adquirida en este país desde los tiempos de Tertuliano que les dio el nombre (esto es obvio, claro). Curro habló de muchas cosas de las cuales yo no creía que supiera nada. Después me dijo que realmente es un *ignoramus*, pero lleva toda su vida asistiendo a las tertulias de gente de arte y de toros y de letras, y oye hablar a los unos y a los otros y «coge la almendrilla de la cuestión».

Cuando llegamos a la tertulia discutían de mujeres. En los periódicos del día había una estadística según la cual hay en España siete mujeres por cada hombre. Uno que estaba en un extremo de la tertulia, con el sombrero caído sobre un ojo, dijo:

—Zi ezo e verdá, argún hijo de zu madre debe tené catorse.

Con eso quería decir que él no tenía ninguna. Pobrecito. Un *sex starved*. En aquella tertulia aprendí que las pocas mujeres que salen solas de noche todas son estudiantes. Eso está bien; quiero decir que me gusta que sean ellas quienes dan la norma de independencia. Son señoritas (según decían) que hacen la carrera.

En la tertulia se hablaba de poesía y alguien recitó los versos que en Yerma dice la casada estéril al bebé de una vecina. Los otros escuchaban y torcían el gesto:

—Ese no es Federico—decían.

Entonces mi C u r r o se ladeó el sombrero y recitó:

> *La muerte me está mirando*
> *desde las torres de Córdoba.*

—Ese es—dijeron dos o tres a un tiempo.

Mi novio añadió:

> *Por el cielo va la luna*
> *con un niño de la mano...*

—Ahí le duele—dijo otro.

Ahí le duele es lo mismo que *to be right.* Y se dedicaron a recitar al verdadero Federico y a decir cuál era el falso. Luego hablaron de la trágica muerte del poeta que escandalizó al mundo entero. Alguien dijo: «Pobre Federico, un muchacho tan delicado. ¡ Qué mal trago debió de pasar en los minutos anteriores a la muerte!» Y Curro, mi Curro, dijo que no; que Federico mismo, después de pasar la noche en una sala del cuartel con algunos guardias civiles, al ver que amanecía, se levantó de la silla, se cruzó la chaqueta y, mientras se abrochaba con un gesto bastante torero (yo sé qué gesto es ese de abrocharse la chaqueta a lo torero, porque Curro también lo hace), dijo: «Vamos, señores, cuando ustedes quieran.» Y uno de la tertulia se echaba el sombrero hacia la nuca y añadía:

—Eso es como el espada cuando sale a los medios; se quita la montera y dice al público: «Vaya por ustedes, señores.»

—El toro era miura—dijo alguien, y todos callaron respetuosamente.

Estaban de veras tristes, pero no tardó en llegar un individuo que escribe novelas y de vez en cuando viene a leer un capítulo a la tertulia. Cuando aparece, todos se alegran, dan voces y piden botellas.

Leyó un capítulo bastante aburrido, y los otros escuchaban, algunos guiñándome de vez en cuando el ojo. El que leía llegó a un lugar donde decía: «El marqués entró en la habitación y saludó: "Buenos días, señores."»

Mi novio Curro alzó la mano y dijo:

—Alto ahí, amigo. Tendrá usted que confesar

que eso lo ha cogido de otro escritor. Porque yo
lo he leído en una novela de Víctor Hugo.

Los otros estaban de acuerdo con Curro. Aquello de «buenos días, señores», lo habían leído en
alguna parte. «Mejor será que lo cambie», le decían. El lector juraba que era suyo y mientras
se disponía a seguir leyendo, los otros pedían
más botellas. Yo no comprendo. La verdad es que
la frase no merece la pena y puede ser de cualquiera, ¿verdad?

Después alguno sacó el tema de Freud. Nada
menos. El que sacó el tema es un muchacho poeta
que creo que se llama Quin. Es gitano por parte
de su tía Nicanora—dice—y rubio como las es-
pigas. Cosa rara. El hombre que no tenía ninguna mujer dijo una serie de cosas que estaban
muy bien. Según él, las teorías de Freud no tienen partidarios en España, donde cada uno hace
lo que quiere desde antes de salir del vientre
materno. Discutieron aquí y allá, y el gitano rubio y poeta contó este cuento, que tiene mucha
sustancia, como verás: Una mujer va al médico
analista y le dice: «Me atacan los pájaros.» El
médico se frota las manos de gusto. Un caso bien
claro. La atacan los pájaros. Y le da cierto tratamiento. A los tres meses, cuando cree que está
curada, ella le dice: «Me atacan los pájaros todavía.» Sigue el tratamiento, y algún tiempo después la muchacha se queja de lo mismo. Todavía
la atacan los pájaros. Luego sale ella con el médico y al cruzar el parque, los pájaros se des-
cuelgan de los árboles y la atacan de verdad. Con
esto terminaba el cuento, y mi novio, aunque no
creo que estime mucho al poeta rubio, le daba
la razón y decía:

—Esa es la almendrilla (*the little kernel*) de la cuestión.

Esos tertulianos me dan la impresión de una especie de genios analfabetos, la verdad. Bueno, esto de analfabetos lo digo en broma. Todos saben leer y escribir. Yo quería saber la interpretación que el Curro daba al cuento de los pájaros y le pregunté, y entonces él me dijo que la niña no tenía necesidad de ir al médico, sino de comprarse una sombrilla y liarse a golpes con los pájaros o bien dejarse comer por ellos de una vez. No estoy segura de haber entendido, perc esa reacción a mí me parece bastante fina. ¿No crees?

Aquí la gente es de una ignorancia muy sabia. Para darse cuenta hay que atrapar todos los matices. Es lo que me pasa a mí ahora. Y no hablan nunca en serio. A propósito: ayer sonaron horas en la catedral y Curro me dijo que el reloj estaba estropeado porque había sonado la una tres veces seguidas. Yo creía que era verdad, pero luego caí en que el reloj había sonado las tres. Mi novio gasta muchas bromas con las cosas del tiempo. También dice que lleva su reloj doce horas adelantado. Doce horas, ¿tú comprendes?

Pero no entiendo todas las bromas. Y por eso tomo precauciones. Por ejemplo, cuando bebemos manzanilla y nos dan tapas, yo evito las de queso, porque está convenido entre los andaluces bromear con el que come el queso, y a eso llaman dárselas—las bromas—con queso.

Como ves, voy entendiendo las cosas. Pero las dificultades que me ha costado sólo yo las sé.

«Dárselas con queso.» Figúrate. ¿Quién va a imaginar una cosa así?

Pero quiero contarte otra excursión que hice para que veas que aprovecho el tiempo por el lado de la cultura formal y que no todo han de ser juergas flamencas.

El sábado último fuimos a Carmona Mistress Adams y yo, solitas. Carmona es una ciudad antigua de Andalucía y hay una necrópolis romana. Para ir apalabramos un taxi. Habíamos quedado en salir a las dos, pero eran las dos y media y todavía aguardábamos.

Por fin llegó. Salimos en seguida para Carmona.

El chófer alzaba una ceja, pisaba el acelerador y decía, volviéndose a medias hacia nosotras:

—Podridita que está la carretera.

Me preguntaba Mrs. Adams y yo le traducía: «La carretera, que está podrida.» Ella miraba por un lado y hacía los comentarios más raros. ¿Cómo puede pudrirse una carretera?

Es Carmona una ciudad toda murallas y túneles, la más fuerte de Andalucía en los tiempos de Julio César. Y fuimos directamente a la necrópolis. Un chico de aire avispado fue a avisar al guarda, que era un hombre flaco, alto, sin una onza de grasa, con el perfil de una medalla romana. Aparentaba cincuenta y cinco años. «A la paz de Dios», dijo cuando llegó.

La necrópolis es la más hermosa que he visto en mi vida. Ya dije que Mrs. Adams se da importancia de arqueóloga. Todo quería saberlo antes y mejor que el guía. No por nada, sino porque el hombre llevaba en la cara la sombra de una barba de dos o tres días, y para una americana un hombre en esas condiciones no merece respeto. El guía, con la mano en la cadera y un poco inclinado hacia adelante, la dejaba hablar y después decía:

—Es posible que tenga usted razón. Pero otras personas dicen...

Y entonces colocaba su versión, que, naturalmente era la verdadera, porque el hombre fue instruido hace años por el inglés Mr. Bonsor, que hizo a su costa las excavaciones.

A pesar de su edad, también aquel guía era sugestivo, con su perfil entre romano y tarteso.

Descendimos por unas escaleritas casi verticales como si bajáramos a un pozo. En un lado había un conducto grabado en la roca—como una chimenea pequeña—que iba a parar a un sepulcro de una familia rica. Y Mrs. Adams decía:

—Esto es para el humo, porque los romanos venían a visitar a sus muertos y como en invierno hacía frío encendían fuego.

El guarda escuchaba tranquilo y luego añadía:

—Es posible. Pero otras personas dicen que ese caño iba al *libatorium* y que por ahí echaban vino hasta la pileta que hay abajo, porque a los romanos les gustaba el trago que era una demencia. Hasta después de muertos.

Afortunadamente, no había por allí Hércules grandes ni pequeños.

El guía señalaba un panteón. Entrábamos en él y explicaba:

—Este se llama el panteón del banquete fúnebre a causa de las pinturas del techo. El de al lado es el de Postumio; el de enfrente, el de la Propusa. Allá está el altar de los manes, y más acá, el de los lares.

Mrs. Adams se ponía a buscar los lares en las urnas cinerarias, y el guarda le decía:

—No, señora. Los lares están al descubierto, más acá. Esas urnas que están a la entrada de la tumba son las de los criados, porque hasta después de muertos los señores de entonces necesitaban tener criados a la mira, por si acaso.

—Estas otras urnas más pequeñas son de infantes, digo de párvulos—se adelantó Mistress Adams.

—Es posible, señora; pero otros dicen que son también de criados. Y así debe de ser, porque los romanos no quemaban a los niños, sino que los enterraban enteritos. Era costumbre. ¿Saben ustedes? Había un gobernador un poco metido en edad que le llamaban Luxinos y que vivía en Carmona. Se venía para acá muchos días a rezar a los lares de su familia, que los tenía allá en aquel nicho. En invierno se sentaba en aquella banca de piedra cara al sol, y en verano, en la de enfrente, a cubierto del muro y a la sombra. Y sobre las dos bancas había un emparrado que trepaba por aquellas columnitas. Las uvas eran para atraer a las abejas, que los romanos las estimaban en estos lugares porque eran los símbolos de la eternidad. Eso es.

Como nadie decía nada, el guía añadió:

—Se daban buen vivir los romanos hasta después de la muerte. Y ese gobernador Luxinos era muy estimado, porque era el que alumbraba los vellerifes.

(Creo que eso de *alumbrar los vellerifes* quiere decir encender la antorcha en los juegos olímpicos.)

Vimos el crematorio público y luego algunos otros particulares de los panteones ricos. Frente al crematorio general había unas sepulturas muy antiguas, y aunque tenían lápidas romanas, había en ellas influencia etrusca y también púnica. Eso decía el guía con la mano en el anca. Yo apuntaba eso de «alumbrar los vellerifes» para preguntarle a Curro qué quiere decir. Porque no estoy segura de que sea verdad lo que te he dicho de la antorcha.

—¿Quiénes eran los etruscos?—preguntó Mistress Adams para ver si el guía sabía lo que decía.

—Pues algunos dicen que era un pueblo muy mañoso para el arte y también valiente en la guerra, que vivía donde ahora está una ciudad que llaman Florencia. Eso es según mi pobre entender. Y los púnicos eran la gente morena del Africa que andaba siempre buscándoles camorra a los romanos hasta que una familia que llamaban los Escipiones les cogió el tranquillo y acabó con ellos.

Añadió que todo el mundo andaba entonces dividido en favor de los unos o de los otros.

—¿Y usted de parte de quiénes habría estado? —preguntó Mrs. Adams—. ¿De los romanos o de los cartagineses?

—Ah señora; en eso yo me lavo las manos como Herodes.

Mrs. Adams cogió el error al vuelo y dijo que no era Herodes, sino Pilato. Y el buen hombre añadió sonriendo:

—Señora, Herodes se lavaría las manos también alguna vez, digo yo.

Mrs. Adams comprendió que el guía la trataba con la lengua en la mejilla, como decimos nosotros, y se ruborizó un poco, porque ella, como tú sabes, es atrevida y tímida al mismo tiempo.

El chófer se había acercado y decía al guía:

—Mucho ha estudiado usted.

—No; no sé de letras. Es que he andado con hombres que saben, y algo se pega.

Intrigada, Mrs. Adams miraba la grande lápida de una tumba incrustada en un muro natural. Estaba bastante alta, a quince metros más o menos del suelo. Y la lápida decía en latín: «Servilia, muerta a los veintidós años de edad», con hermosas letras grandes. Debajo, en el centro, había dos iniciales: «P. D.» Como siempre, Mistress Adams se adelantó a decir que *servilia* debía de ser una esclava sirvienta y que las iniciales de abajo debían de significar algo agradable, aludiendo tal vez a sus buenos servicios. El guarda se ladeaba un poco el sombrero y decía:

—Otras personas creen sin menoscabo para el parecer de la señora que esa familia de Servilia era una familia rica, medio pariente de un general que se llamaba Galba y que mató en una noche, por engaño, a más de nueve mil extremeños, allá hacia la parte de Mérida. Fue un jollín de órdago. Y la P y la D que hay debajo quieren decir *Pater Dedicavit*. Porque la niña era la hija.

Luego añadía que la parte interior de los panteones era llamada columbario porque, con tantas hornacinas en los muros, parecía un palomar con un nido en cada nicho. Y luego, delante del crematorio general, explicaba:

—Los romanos ponían ahí trece capas de palos de olivera y encima el cuerpo que iban a quemar. Trece capas. Todo lo que se relaciona con la muerte lleva el número trece, desde los tiempos de la Nanita.

Había en el centro una mesa de piedra, y alrededor, algo parecido a lechos o divanes de mármol en distintos niveles. Mrs. Adams se adelantaba a explicar que aquéllos se llamaban *tricliniums* y que estaban en diferentes niveles para ser ocupados según la importancia del individuo. El guía aclaró, como siempre:

—Otros dicen que aquel diván de mármol se llamaba *lectus summus*; el que le sigue hacia abajo, *lectus medius*, y el de más allá, *lectus imus*. La misma persona se sentaba en ellos, es decir, se reclinaba según el plato que le servían. Y en esa mesa delante ponían toda la comida y la bebida. Ya por entonces había manzanilla y montilla y jerez fino como ahora.

Yo dije entre dientes a Mrs. Adams: «Me parece que se ha perdido usted algunas ocasiones magníficas para callarse.» Y añadí, dándome cuenta de que iba demasiado lejos: «Y yo también, claro.» Ella alzó la nariz y no volvió a dirigirme la palabra hasta que volvimos a Sevilla. El guía a veces sonreía mirándome a mí, como si dijera: «Ya sé que usted es una persona de otra clase.»

—Esto—añadía—se llama el campo de la cantera. Más allá, en la colinita, está el de los olivos, y esta parte detrás de nosotros es el mausoleo circular. Vean ustedes aquí el *vestiarium*.

Como todos los españoles, el guía no diferenciaba la *v* de la *b* y parecía decir *bestiarium*.

—Aquí—dijo Mrs. Adams—enterraban a las bestias familiares, ¿verdad?

—Parece que no, señora, porque era el lugar donde se vestían para los oficios fúnebres.

Mirando otro conducto pequeño abierto en la roca viva, Mrs. Adams decía para mostrar que había aprendido su lección:

—Esto es el *libatorium.*

El guía se ponía grave para decir:

—No, señora; esta vez es lo que pensaba usted antes: la chimenea para el humo. Porque ésta es la *culina,* es decir, la cocina donde se guisaban los banquetes funerarios.

Yo me acordé de Herculito y disimulé la risa. El guía añadía:

—Se traían cada cocinero de Sevilla que para qué les voy a contar. Igual que entonces, hoy los buenos cocineros vienen de Sevilla. Son los que mejor arreglan el alpiste.

Pero de Galba decía que era un mal bicho. A todas las cosas que se mueven las llaman bichos los andaluces. Una oruga es un bicho, un toro es un bicho, una persona mala es un bicho. Eso hace las cosas confusas. Mrs. Adams cree que cuando dicen bicho quieren decir *bitch,* y, como es natural, no le gusta oír esa palabra que suena en sus oídos todo el día.

Al salir de la necrópolis vi que junto al camino estaba el chófer hablando con el pilluelo que había ido a avisar al guía.

—¿Cómo te llamas?—le preguntaba.

—Yo no me llamo nunca. Me llaman.

—Ya veo. ¿Tienes novia?

—No, señor. Se tiene ella solita.

—¿Naciste en Carmona?

—Eso dicen, pero no me acuerdo. Era yo muy pequeño.

Se veía que se burlaba de nuestro chófer, y éste, que comenzó a enfadarse, le dijo:

—Oye, niño, y en este pueblo, ¿qué hacen con los hijos de p.?

—Los mandan a Sevilla y los hacen chóferes de taxi.

Ellos no sabían que yo los estaba escuchando. Lo que respondió el chófer yo no lo pude entender, porque cayó en esa especie de paroxismo que aquí la gente culta llama «cabreo» cuando se trata de hombres y «berrinche» si se trata de mujeres y niños.

A propósito del berrinche, no puedo menos de recordar el que pasó la señora Adams el otro día cuando fuimos a Cádiz. Fuimos ella y yo solitas. Y al volver me iba Mrs. Adams hablando de que todos los viajeros que había en el departamento eran contrabandistas, porque hay mucho contrabando entre Cádiz y el puerto libre de Tánger. Según ella, todos los que volvían de Tánger traían cosas escondidas. El vagón iba lleno, y al lado de Mrs. Adams había un inglés con largas piernas y una gorrita de visera a cuadros. De la red de equipajes, que estaba llena de paquetes, cayó una gota de un líquido amarillo en la mano de Mistress Adams, quien la olió, la lamió, la saboreó un momento y preguntó al inglés, pensando que era whisky de contrabando:

—Scotch, ¿eh?

El **inglés**, volviéndose hacia ella, dijo muy serio:

—No, señora. Fox terrier.

Luego disculpó al animal diciendo que era un *puppy* todavía.

Ahí fue donde Mrs. Adams tomó o cogió—no sé exactamente cómo se dice—el berrinche.

Las cosas que veo y oigo no tienen fin, y si fuera a apuntarlas todas, necesitaría diez cartas como ésta. Pero todo se andará. La semana próxima vamos a salir Curro y yo de excursión hacia Algeciras, con el coche de la señora Dawson, que me lo presta. Ya te contaré en mi próxima.

A propósito, aquí la mujer no debe preguntar a su novio por otro hombre; es decir, no debe interesarse más que por su novio. Yo le pregunté a Curro si Quin (el gitano rubio) era un verdadero poeta, y Curro me miró a los ojos y sonrió sin responder. La misma sonrisa de Otelo, amiga mía.

CARTA V

NANCY Y LA VENADITA HABLADORA

Mi amiga Betsy ha escrito una carta a Nancy en español y me la da a leer. Es un esfuerzo plausible para demostrarnos hasta qué extremo ha tratado de aprovechar sus estudios en el idioma de Cervantes.

Yo la transcribo sin cambiar una letra:

Más queridísima Nancy:

No sé si debo escribirte en Español porque tengo violencias de lengua y lagunas, pero voy a entender atrevidamente porque me gusta mucho lo.

Yo soy feliz de tu romance con Mr. Curro. Dime si es grandee. Hay muchos gitanos grandees de España. Tan muchos que es asombrador. Felicidades. Yo tenía una previsión antes de dejar tú. Eres hermosa y no tienes ego. Cuando tú aquí cada tiempo que bailo pienso en tú porque a ti te agradece mi danza y lo siento muchíssimo que no bailaba más para tú, pero estado yo falta de practicado tú mereces mejor que hago. Así te escribo lo con muchíssima sinceridade y buscando por tu respuesta.

Tu larga carta me toma a mí con la imaginación a Alcalá de Guadaira.

Yo lea cosas inquietadoras. Pero sin tu presencia aquí y otras amigas yo siento melancólica y solitaria y háceme nostálgica la falta porque a mí me gusta la vida cultural.

Hace poco hice una vieja por tren a Pensilvania para oír una lectura.

En los "Journals des Goncourt" hay una previsión interesante tocante la problema atómica (Año 1863). Cito siguientes: "Berthelot haya predicho que en ciento años gracias a la sciencia la humanidad sabría la formación esenciale de los átomos, etc... A todo esto no nos oponemos, pero sentimos que cuando ese día llega en la sciencia el buen Dios con su barba blanca descenderá en la tierra columpando una manoja de llaves e decirá a la Humanidad de manera que se dice a la cantina a las cinco de la mañana a.m. Es la hora de cerrar, señores. (Journal des Goncourt.)

Por eso yo bailo y olvida y tengo mi caballo rubio ahora en la cabeza. Leía tu última carta y me parecía que nunca encontraba tanto amor por la país Española tanta simpatía por las sufrancias y las placencias de los gitanos. Y olé. Mi caballo ya no es negro, sino rubio, y no me viene mal del todo.

Qué fácil identificar - te con cada cual de esos hombres y mujeres vigorosos que llevan en su alma la pasión de danzar. Hasta recibo una foto de Curro yo no tengo sueño de.

Hombres y mujeres así testigos (gas) son que la nación Española merece conquistar en nombre de la vida abundante y más para toda la Humanidad sensitiva del intelecto. Por instinto comprehenden y por arte crean. En los tiempos menos tempestuosos fotos suyas mirarán y comprenderá la humanidad mucho que estaría oscuro sin el trabajo estético de los calés. Viva tu madre. Los artistas son los verdaderas historiadores. Fuera de la danza que domina todas artes y sciencias no hay que la confusión eternal de las batallas barbáricas por la posesión lastimosa de materia muerta: el miserable dolar. Yo no soy así. Y en el concierto de la vida yo camino mi paso y juego mi instrumento.

Perdón por las violencias de mi lengua. Un día aprender bien. Cada noche pregunto lo a Dios por.

Te aconsejo con tanta fuerza de una amiga de quedar - te con tu romance en España. Para los jóvenes la civilización Anglo sajona de América presenta más oportunidades de porvenir en conforte y tanto que ningún otro país... Pero la civilización Latina que en tantos respectos superiora fuera a la acción de los ingleses sería mejor de todos puntos de mira por la momenta. Como compañera me dispensarás esta audacia brotada solamente por la simpatía amistosa. ¡¡¡Olé!!!

Para ti también es importante de quedarte tanto que posible en los campos fértiles de la Andalucía y economizar y preparar contra los anos no tan vivificados cuando experiencia llega y los

regresos. Aquí la vida es expensiva y las grose-
rías cada día más caras. Yo no puedo dejar los
estados porque mi sobrino favorito tiene sólo tres
años. Su madre iba a trabajar y es grande pro-
blema.

Bien que la atmósfera internacionala parece
tornar trágico no debemos desesperarnos com-
pletamente. Yo pregunto una cuestión. El instin-
to de sobrevivir puede salvarnos todos de extin-
ción sobre todo la arte correográfica que revela
la majestad del orden moral. No hay isla en toda
la planeta donde podemos escondernos de la vi-
da. Nunca la vida brilla en tantos colores atra-
yentes que en la hora antes la puesta del sol...
Para mí todas actividades humanas tienen raíces
en el amor de la vida. Y expresión daremos por
la arte. Este no está hasado en la razón o la
lógica humana pero en el misterio de existencia
misma. Por eso envidio a ti sin razón específica,
sólo por fecundo contacto con los gitanos del pa-
ripé. Hondo misterio, el paripé. No sé qué es,
pero me gusta oír hablar sobre.

En mi situación no hay cambio. Siempre espe-
rar que algo sucederá para bueno. Como una
Hamlet hembra me parece algunas veces que ca-
da cosa conspira contra me. Todo sería bien si
yo misma no aplaudo y junto a mis enemigos en
esa conspiración y renegancia de me. Tus advisos
son de la mayor importancia a me. Nunca apren-
derás la inspiración moral que llevan tus pala-
bras de tierra Española. En mi corazón hay una
esquina reservada para tú y tu romance.

Ahora el tiempo caliente pasó y no es frío to-
davía pero sólo placiente.

Perdóname los errores de lengua. No puedo

expresarme gramaticalmente en Español tan per-
feccionante como me gusta lo. Por la caridad
corrija - me un poco.

Hay un día asoleado hoy. Algunas flores cre-
cen en nuestra jardín de tamaño bolsilla. Cuan-
do te hablo parece que todo será bien arreglado,
bien acomplido y el amór es la vida. Y tú tie-
nes lo.

Abrazos amigables a querida Nancy.—BETSY.

He copiado la carta para que se vea como Betsy trata de expresar en español no sólo ideas
corrientes, sino también sensaciones peculiares e
intuiciones complejas. Si lo consigue o no, el lector dirá, pero yo creo que sabiendo un poco de
inglés se puede entender el español de Betsy.

Lo que dice en la carta es que está inquieta
por las amenazas de guerra atómica y feliz por
el «romance español de Nancy» y por su propia
vida de bailarina *amateur*. También se ve que lee
libros buenos y que no tiene una idea mezquina
de las cosas.

Pero nosotros vamos otra vez a las cartas de
Nancy. He aquí la quinta traducida por mí, y
ojalá se cumpla el adagio de los toreros de que
«no hay quinto malo».

Querida Betsy: Tu carta en español, encantadora. Y se ve que haces progresos. Perdóname
si yo te escribo, como siempre, en inglés, porque
tengo muchas cosas que decir y en español sería
incómodo. Hemos hecho Curro y yo grandes ex-
cursiones.

No es aristócrata Curro. Yo te dije que es grande aficionado a la danza también. Grande. No un *grandee*.

Ibamos una mañana él y yo solos en el coche de la señora Dawson por una carretera de la provincia de Cádiz. Curro bostezaba, se desperezaba y luego decía como si me hiciera un favor:

—Yo, llegado el caso, me casaría contigo, la verdá.

—¿Al estilo español?—le pregunté—. Digo si te casarías para ser mi marido al estilo americano o al de aquí. Bueno, tal vez el estilo es el mismo en todas partes. Un poco más de independencia en mi patria para la mujer. Supongo que eso a ti no te importa y me permitirías cierta libertad sabiendo que soy americana.

—¿Para qué?

—Qué sé yo. Por ejemplo, para los deportes. Allí nos gusta eso.

—¿Qué deportes? Porque con eso de los deportes yo creo que algunas se dedican a la golfería.

Es verdad, y le di la razón porque el *golf* es mi deporte favorito.

—Yo soy una de las que se dedican a eso—le dije.

—¿A la golfería?

—Sí.

—Hombre, me gusta tu frescura. ¿Y para eso quieres que te dé libertad?

En algunas ocasiones yo le había enseñado a Curro fotos mías jugando al *golf* y no le hicieron gran efecto, es verdad. Parece que sólo le gustan los toros. Yo le dije:

—Eso es. A mí ese deporte es el que más me gusta.

—¿Y llamas deporte a la golfería?

—Pues claro, hombre; al menos en mi país.

—Entonces..., ¿quieres casarte conmigo y dedicarte a eso?

—¿Por qué no? Pero yo no he dicho que quiero casarme. Lo has dicho tú, lo que es diferente. Si nos casamos, desde luego yo necesitaré mis horas libres un par de veces a la semana. Desde pequeña sentía atracción por la golfería.

—Y... ¿te gusta para siempre o es sólo una afición pasajera?

—No; nada de pasajera. Durante años enteros ésa era mi única distracción. Sobre todo en la universidad.

—Claro; se encuentra la pareja fácilmente en una universidad.

—Eso es. A los muchachos les gusta la golfería también.

—Lo creo. Eso es general.

—No tan general, no creas.

Se puso Curro de un humor sarcástico. Le pregunté qué le pasaba y comenzó a mirar por la ventanilla y a cantar algo entre dientes sin responder. Yo pensaba: «¿Será el *cenizo* que se pone entre nosotros?» A la tercera o cuarta vez me dijo:

—¿Y ésa es la única condición que me pondrías? Digo la libertad para la golfería.

—Sí. No es mucho, ¿verdad? Bueno, si quieres regalarme un seguro, no diré que no; pero no te lo exijo. Yo no le exijo un seguro a un novio mío.

—¿Un seguro de qué? Ah, ya veo; un seguro de vida. ¿Para caso de fallecimiento? ¿Sí? ¿De quién?

—Tuyo, querido. Pero ya digo que, aunque es frecuente en los Estados Unidos, no te lo pediría.

—Ya veo—y se puso a tocar hierro—. Sólo me exigirías dos tardes libres cada semana para golfear, pero en caso de fallecimiento mío no te importaría quedarte a dos velas. ¿No es verdad, ángel mío?

—Eso es.

—Vaya. Se ve que no eres egoísta y que tu madre te crió bien. Sobre lo del seguro de vida, lagarto, lagarto. ¿Y dices dos tardes cada semana?

—En invierno y en primavera. En verano es mejor por la noche. Por el calor del día, ¿sabes? Además, me encanta el color de la hierba por la noche.

—¿A la luz de la luna?

—No; no es por la luna. La luna no basta. Es poca luz. Hay que poner reflectores. Al menos es la costumbre en Pensilvania.

Curro se quedó mirándome con los ojos muy abiertos y media sonrisa de conejo, sin decir nada. Por fin habló:

—Vaya, cada país tiene sus gustos. ¿Con que reflectores, eh?

Nos quedamos callados. El *cenizo* estaba entre los dos sin duda, y yo no sé por qué imaginaba al *cenizo* como un ser medio persona medio perro, con pelos grises cayéndole por la frente sobre los ojos. Yo conducía, como dije, y de pronto vimos que se había acabado el agua del radiador. Paramos frente a un cortijo. En la puerta había dos mocitas y un flamenco. Fue Curro, ha-

bló con las mocitas, y una de ellas entró y salió
con una especie de botellón muy grande y vacío.
Curro se acercó a una llave de agua, pero antes
tuvo uno de esos diálogos andaluces casi sin palabras que se oyen por aquí a cada paso. Curro
le dijo a la mocita mayor:

—¿Qué hay, prenda?

—Na.

—¿Y eso?

—Usté ve.

—¿Se diquela?

—Es un decir. Er aquel der camino.

—¿Solita?

—Con mi sombra.

—Buena.

—Ni buena ni mala, sino todo lo contrario.

—Que lo diga.

—No, que no.

—Salero.

—Y olé.

—Eso digo yo. La vida me daría usted si me
diera lo que yo le pidiera.

—Más que la vida le he dado ya. Le he dao el
bidón. No la vida, sino el bidón. Pero sólo pres-
tao, mi arma. Ande, lleve el agua y tráigamelo.

Curro trajo el agua, devolvió el bidón y quiso
reanudar el diálogo. Pero yo me sentía incómoda
sola en el coche y con el *cenizo* peludo al lado.
Toqué la bocina y oí a la niña que decía:

—Vaya usted allá, que si no a la señora le va
a dar algo.

Curro le dio una flor que llevaba en el ojal y
que le había puesto yo. El *cenizo* peludo gruñó
a mi lado. Curro lo hizo a propósito para molestarme después de lo de la golfería. Parece que

tiene celos del *golf*. Los andaluces son muy po-
sesivos, y tan irritables que, según dice Curro,
hay días que se da de bofetadas con su propia
sombra, contra el muro. En los Estados Unidos
yo le aconsejaría que viera a un psiquíatra. Pero
aquí parece que eso es habitual. Continuamos el
viaje. Yo le dije que mientras hablaba con la
mocita, el otro joven lo miraba de mala manera,
y que debía tener cuidado.

—¿El otro?—dijo él—. Bah, es un primo.

Porque Curro es el pariente universal. Tiene
primos en todas partes. Allí donde llegamos,
siempre encuentra alguna persona de quien dice
que es un primo. Al cabo de tantos siglos de en-
dogamia, en Andalucía todo el mundo es pariente, supongo.

Pero el *cenizo* seguía entre los dos, y yo le oía
a veces su respiración asmática.

Vimos en Jerez de la Frontera el alcázar con
la torre ochavada. De allí son los Ponce de León
que descubrieron la Florida. Se lo dije a Curro,
y él se quedó mirando la torre:

—¿Ese Ponce es el que os llevó allá la uva y
las naranjitas? Vaya, podía haberos llevado también un poco de canelita en rama. Y menos golfería.

—La golfería vino de Inglaterra.

—Lo creo, mi vida.

Pero no sé qué pasa con la canela aquí. Siempre anda mezclada con las cosas *sexy* la canela.

En Medina Sidonia había un castillo en ruinas,
y en una habitación, una lápida que decía: «Aquí
murió Doña Blanca, esposa del rey Don Pedro I
de Castilla.» Dijo Curro que como el rey se quedó sin blanca, no pudo pagar la reparación del

castillo, que tenía goteras (había llovido aquella mañana). Un guía nos dijo que Doña Blanca tenía mal humor y que estaba siempre gritándole a su marido y a los criados y a todo el mundo. Después de su muerte, durante el velorio, hubo una tormenta, y al oír dos truenos muy recios, Don Pedro suspiró y dijo: «Vaya, mi pobre Blanca ha debido de llegar ya al cielo.» Como ves, todos los guardas de monumentos cuentan cosas raras.

Desde el castillo oí el claxon fuera. Y por un momento pensé: es el *cenizo* que se impacienta. La verdad es que debió de ser algún niño de los que se acercan a los coches de los turistas.

Acordándose de la golfería, Curro estaba desatento conmigo y a veces se ponía un poco impertinente.

Para molestarme le dijo un piropo a una camarera de un restaurante delante de mí. Le dijo: «Me gusta usted más que comer con los dedos.» Eso es una grosería. Una grosería es aquí una expresión impertinente y *dull* que tiene que ver con las cosas de comer.

Yo le pellizqué en el brazo y él gritó y dijo que no le gustaban los cardenales. ¿Qué tendrá que ver lo uno con lo otro? Luego, un poco enfadado, añadió:

—Tú puedes dedicarte a la golfería y yo no puedo decir un piropo, ¿eh?

—¿Y qué tiene que ver el juego de *golf* con los piropos, querido?

Al oír esto, Curro se me quedó mirando como fascinado. Se levantó despacio de la silla y preguntó:

—¿Esa es la golfería tuya?

—Sí. ¿ Qué otra puede ser?

Te digo, Betsy, que no acabo de entender a mi novio. Me besó en la frente, miró al techo y dijo:

—Bendita sea la hipotenusa y las once mil vírgenes si es verdad que están en el cielo y que siguen siéndolo. Porque hace tiempo que llegó por allí don Juan Tenorio.

¿ Pero qué tendrán que ver todas esas cosas y reacciones con el juego de *golf*? Es lo que yo me pregunto todavía. En fin, la excursión fue agradable, aunque Curro estuvo a veces, como te decía antes, un poco desatento. La verdad es que desde aquel instante el *cenizo* desapareció y entre Curro y yo no se interpuso monstruo alguno.

Pero no creas que es tan fácil la relación con un amante andaluz y menos si tiene un cuarto de sangre gitana (yo diría que Curro tiene más; pongamos dos quintos). Son a veces violentos con nosotras, es decir, rudos y poco o nada sentimentales. Y aquí, te digo la verdad, no valen los trucos de América; digo las lágrimas. Aquí, no. Fíjate si serán crueles los hombres, que hay un proverbio que dice más o menos: «Nunca le faltan a la mujer lágrimas ni al perro pis.» Sin embargo, la dureza española no me disgusta. Ya te dije que he descubierto en mi personalidad un lado masoquista.

Fuimos al Puerto de Santa María. Mi novio dijo que de allí era una tal Lola que vivía en la isla de San Fernando y que debía de ser la única habitante porque cuando ella se iba al Puerto la isla se quedaba sola. Luego rió y me dijo que era una creación poética la Lola. De un escritor

que se llamaba Machado. Curioso nombre, Machado. Algo así como Viriato (muy hombre). Eso
me recuerda a Méjico, donde tienen la obsesión
de esa clase de hombres. Ya te acordarás de lo
que respondió el pintor Tamayo cuando un general le dijo: «Porque aquí en este valle de Méjico
todos somos muy machos.» Y Tamayo le respondió: «Pues en mi provincia, no. La mitad son
machos y la otra mitad hembras. Y nos diverti-
mos bastante.»

Entramos en un bar que había en una plaza
que llaman de Alfonso el Sabio. Por cierto que
la plaza era llamada hace años plaza del Burro,
y la lápida dice (Curro me hizo ir a verla): *Plaza de Alfonso X el Sabio, antes Burro*. ¿No es
gracioso?

Desde que desapareció el *cenizo*, todo lo que
decía Curro tenía gracia y reíamos constante-
mente.

Como ves, sigo con la buena costumbre de
apuntar lo que me dice Curro y a veces lo que
oigo a mi alrededor; pero no siempre lo entiendo. A veces Curro me corrige las notas. En el
bar había una gramola y alguien cantaba una
canción que hablaba del hijo de Espartero que
se había metido a fraile. Cuando pasaba por la
calle iba caminando tan marchoso que la gente al
verle pasar decía: «¡Torero como su padre!»
En eso yo veo que la herencia psicológica es muy
fuerte en Andalucía.

El hombre que nos servía resultó ser también
un primo de Curro. No me extraña. Bebíamos
manzanilla. Teníamos aceitunas en un platito y
las íbamos pinchando de una en una. Curro tra-

tó de pinchar la última y se le escapó cuatro o
cinco veces. Entonces renunció y yo fui y con
mi palillo la pinché a la primera. Se la ofrecí a
Curro y él alzó la ceja y dijo:

—Naturá. La has pillao cansá.

En la pared había una cabeza de toro diseca-
da, negra y grande. Cuando la miraba yo tenía
la impresión de que me guiñaba un ojo. A veces,
el toro, más que un animal, me parece un hombre
disfrazado, violador y temible como el de la isla
de Creta.

En otra mesa próxima había dos borrachos
que daban grandes voces y se ponían pesados.
Uno de ellos insultó al dueño, quien se acercó
despacio y le preguntó quién era y dónde vivía.
El interesado guiñó un ojo a Curro y dijo:

—Soy capitán de la armá.

El dueño preguntó con ironía a su compañero,
que no estaba menos borracho:

—¿Usted es también capitán de la armá?

—Hombre—dijo él, dándose cuenta de las cosas—. De la armá, no; pero de la que se va a
armar...

Iba a comenzar alguna clase de escándalo y
nos fuimos. Yo comprendo, Betsy, que estas trivialidades de mi vida no te interesan mucho.
Así, pues, seguiré dedicando más atención al aspecto cultural de mi excursión. Que fue encantadora. Pasamos por Tarifa y nos acercamos a
la alcazaba, en donde nos mostraron el adarve
—un corredor detrás de las altas almenas—desde donde un capitán famoso arrojó un puñal, recuerdo de familia, con tan mala fortuna, que se
lo clavó en el pecho—en el mismo corazón—a un
hijo suyo que estaba abajo jugando con un moro

que se llamaba Yebel Tarik, de donde vino el nombre de Gibraltar. La pena del capitán fue grande, y para consolarlo, el Municipio le dedicó un monumento en el alcázar de Toledo. La verdad es que no veo el motivo. En los Estados Unidos le habrían hecho pagar a ese capitán su imprudencia.

Finalmente, fuimos a Cádiz. Digo finalmente porque era el lugar desde donde pensábamos internarnos en el territorio de la antigua Tarsis hasta llegar al coto de Doñana, para cuyos dueños yo llevaba una carta de presentación de un profesor de Boston. En Cádiz recorrimos la ciudad, y al pasar por una puerta de las antiguas murallas vi un letrero que decía: «Puerta del Mar.» Pregunté a Curro por qué llamaban así a aquella puerta si no pasaba por ella el mar.

—No; pero pasa la mar de gente—dijo él.

La mar de gente quiere decir la gente de mar, así como pescadores y marineros. Rara forma de hipérbaton, ¿verdad? Es la influencia romana todavía. Como ves, estoy atenta al aspecto cultural de la excursión.

Olvidaba decirte que desde el incidente con la camarera del restaurante y mi reacción contra el piropo, Curro estaba muy fino conmigo. El *cenizo* desapareció (tal vez se tiró al mar).

Antes de salir de la ciudad, en un cruce de avenida, había un guardia de tránsito, y al vernos alzó la mano y detuvo a un viejo Ford de 1920, cuyos frenos chirriaron. El guardia me dijo a mí:

—Pase usted, primero, que lleva un coche más largo—y luego se volvió al Ford y añadió—:

Ahora anda tú, y no te apures, que lo que no va en largo va en alto.

Los guardias hablan con los conductores desde su puesto y dicen bromas a las mujeres.

Pasamos por Rota, una ciudad histórica y famosa por su vino tinto. Esto me recuerda a Mistress Dawson, que siempre confunde los géneros de las palabras, y no la culpo, porque a veces me pasa a mí. Ella quería comprar tinta y fue a una tienda y pidió una botella de tinto. El comerciante le dijo que lo vendían en la tienda de al lado. Ella pasó allí y pidió su botella de tinto. Se la dieron, y Mrs. Dawson, en su casa, llenó el tintero y trató inútilmente de escribir. Estaba escandalizada por la mala calidad de la tinta española.

Vimos en Rota otro castillo, también de Ponce de León. Cuando íbamos a entrar por la puerta principal nos hicimos a un lado para dejar paso no a un hidalgo ni a una infanta o cardenal, sino a un borrico enjaezado con adornos rojos y amarillos y, además, con un sombrero de paja contra el sol. «Míralo ahí—dijo Curro—, que parece que va a la plaza de toros a tomar la alternativa.»

Entramos. Había un ancho muro de piedra romana con un lebrel dormitando al pie y dos lagartos sobre las piedras tomando el sol.

En el castillo no vimos nada notable más que el borriquito. Pero cuando salíamos encontramos en un patio hasta quince o veinte chicos entre ocho y diez años. Era el patio de la escuela. Dentro se oía a los más pequeños cantar a coro su lección de Historia Sagrada. La maestra preguntaba cantando también:

—Niños, ¿qué es el *cíngulo*?

Y todos respondían a coro:

> *La cuerda con que*
> *a Cristo me le, me le*
> *ataron a la coluuuuurna.*

Preguntó Curro a los chicos por qué estaban tan bien vestidos y peinados, y uno de ellos dijo que iban a la parroquia a confesarse.

—¿Quién tiene más pecados?—pregunté yo.

Un chico alzó la mano. Le pregunté cuántos tenía, y él dijo:

—¿De los gordos, de los medianos o de los pequeños? ¿De todos? Tres docenas y media justas.

—Muchos son. ¿Y cuál es el peor?

—No lo puedo decir, porque uno que está en el corro si se entera me matará.

—Pues ven a decírmelo a la oreja—dije yo.

El niño vino y me dijo que había robado un nido de pájaros del árbol de otro chico vecino suyo, que estaba allí. «Si se entera, me degollará como a un puerco. No se lo diga.» Yo no me atreví a reír para no decepcionarle.

Seguimos allí un rato. Nos hicimos muy amigos de aquellos chicos. Aunque sólo fuera por eso, yo me habría quedado en aquel lugar un par de días. Los de España son verdaderos chicos silvestres y, sin embargo, comedidos. Y si les gusta una persona como yo, pues se abandonan a la mayor confianza. Un chico tocó la bocina del coche, otro se metió dentro y le llevamos a la iglesia, donde esperó a sus amigos.

Al ir a la fonda, mi amigo pidió una sola habitación con dos camas. Yo me interpuse y pedí dos. Mi novio se puso rojo como un tomate y dijo al empleado:

—Es verdad. La señora se encuentra delicada.

Yo, en voz muy alta, expliqué:

—No soy señora, sino señorita.

Entonces nos registramos cada cual por su cuenta. El empleado disimulaba la risa. Un gato rubio con grandes ojos verdes miraba a mi novio y luego a mí y luego otra vez a mi novio, y parecía sonreír burlón desde el mostrador al lado del libro de los registros. Curro estaba enfadado y yo no lo estaba menos. En el pasillo me dijo no sé qué de hacer el paripé. Yo le dije que había cometido una villanía. Me gusta esa palabra: villanía.

Después salí sola del hotel y recorrí el pueblo con uno de los chicos. Era una noche de luna muy clara. Lejos se oían las olas del mar y los grillos de los huertos. Yo caminaba lentamente, apoyando mi mano en el hombro del chico. Curro se fue con dos de ellos también por otra parte del pueblo. Lo bueno del caso es que los mozalbetes, al darse cuenta de que estábamos enfadados, nos reconciliaron yendo y viniendo con recados y salidas graciosas. Recuerdo que uno de ellos vino y, acercándose a mi oído, me dijo en voz muy baja:

—¿Sabe lo que dice él de usted?

Yo le contesté en voz baja también:

—No. ¿Qué dice?

—Que usted vale su peso en oro. Y que es más bonita que la mar y sus orillas a la luz de la luna.

—¿Y dónde está él ahora?

—Al otro lado del pueblo.

—¿Por qué me hablas tan bajito entonces?

—Yo porque estoy afónico. Usted hable como quiera.

Al fin, Curro fue el que bajó la cabeza, lo que es natural, ya que había sido el culpable. ¿No te parece? Aquella noche, al volver al hotel, Curro se adelantó porque tenía que llamar por teléfono a Sevilla. En la esquina del hotel vi a otro mocoso de unos diez años que estaba fumando y le dije:

—¿Ya sabe tu madre que fumas?

El me dijo gravemente:

—¿Ya sabe su marido que usted se detiene en la calle a hablar con hombres desconocidos?

Me hice la ofendida para no decepcionarle y seguí hacia el hotel. Como ves, en España los turistas hacemos relación fácilmente con los niños. Yo tenía miedo de que el *cenizo* hubiera salido de la mar para instalarse una vez más entre Curro y yo, pero por fortuna no fue así.

Después de cenar en santa paz hice tragar a Curro como penitencia una especie de *report* sobre la antigüedad de los pueblos de Andalucía. Tú sabes que pasé dos años entre Modern Languages y Antropología. Esta mezcla del hispanismo lingüístico y antropológico e histórico es para dar sentido y alegría y luz a una vida entera. Curro sabe algo de eso, no creas.

—De los pueblos antiguos—decía Curro—, los que mejor conozco son los bártulos.

—¿Eh?

—Como lo oyes, niña. ¿Quién no conoce a los bártulos? ¿Tú no has oído nunca hablar de ellos?

—No estoy segura, pero es posible. ¿Vinieron con los vándalos y los suevos?

—Ezo es.

—No he oído nada de ellos. Los suevos se quedaron en Galicia.

—Ahá. Por eso hay allí tanta gallina. Fueron los suevos los que trajeron las gallinas.

—Y los bártulos, ¿dónde se instalaron?

—En todas partes. No hay casa española donde no haya algún bártulo.

Todavía hoy. Ya ves. Continuidad histórica. Hablando de esas cosas yo le expliqué a Curro el origen étnico suyo, porque mi novio es de raza muy definida. Un ibero, desde luego, descendiente de Cam, es decir, un hombre de piel oscura. Un camita. Los iberos son todos camitas.

—Habrá también algún camastrón—respondió Curro—. Muchos camastrones.

Le respondí que no era fácil, porque el sufijo *on* y *ones* es celta y los celtas tiran a rubios.

Cuando le hablo de estas cosas me mira entre culpable y zumbón. No estoy segura de que crea las cosas que digo y a veces debe de pensar que estoy bromeando. Yo llevaba conmigo el libro de Schulten, y, como lo sé casi de memoria, le dije que los Antoninos romanos podían venir quizá de Argantonio, así como él, Curro—Curro Antolín—, venía quizá de los Antoninos.

El camarero que nos servía era el hombre de apariencia más lamentable y fúnebre que se puede imaginar. Verle y sentir ganas de llorar era todo uno. Curro le preguntó: «¿A qué hora es el entierro?» Y el camarero suspiró y se fue sin responder.

Expliqué a Curro que Argantonio entró a reinar a los cuarenta años y que reinó ochenta más.

Así es que vivió ciento veinte años. Los tartesos venían de los tirsenos, y la capital de éstos era Lidia.

—Eso se me hace natural. Somos gente de lidia. ¿Y el toreo viene también de allí?

—No; más bien de Creta.

—¿Tú no has oído hablar, mi vida, de los toros de lidia?

—Sí; pero el toreo comenzó en Creta. Era... ¿Cómo se dice al natural de Creta? ¿Cretino? No. Cretense. El toreo era cretense. Pero los toros no venían de allí, que los había mejores en las riberas del Guadalquivir. Lo que llegó de allá fue la corrida de toros. También vinieron otras cosas. Por ejemplo, los curetes.

—Los curitas, querrás decir.

—No; unos diablitos enredadores que se llamaban curetes en Creta. Mucho antes de que hubiera curas en el mundo. Los curetes.

—¡Mira los granujillas! ¿Y cómo averiguáis eso?

—Investigando debajo de la tierra. Sobre todo, en las sepulturas viejas.

—Mardita sea. ¿Con los macabeos?

—No. Los macabeos estaban en Galilea.

—También aquí. Pues no hay macabeos que digamos en los camposantos. ¿Y ese Argantonio era el único rey que tuvieron los tartesos?

—No. Hubo un tirseno muy valiente que se llamaba Neto.

—De ahí viene eso del valor neto y el valor bruto. Ese señor Bruto tengo oído que fue arguien también.

Como ves, Curro no es ignorante. No ha estudiado, pero coge en el aire la almendrita de las cuestiones lo mismo en literatura que en historia o en arte. El camarero iba y venía silencioso y triste y a veces parecía escucharnos.

Dije a Curro que otro rey ibero—es decir, tarteso, porque los iberos no admiten reyes—era Habis, que tenía una hija muy hermosa, con la cual, según la historia, cometió incesto. Aquí Curro hizo una serie de preguntas sobre los iberos. ¿No consentían reyes? ¿Y su religión? Yo le dije que tenían algunas supersticiones bonitas. Por ejemplo, consideraban sagrada y divina a la cierva joven, es decir, a la corza.

Al oír esto, el camarero que parecía tan lúgubre soltó a reír. Miraba a Curro y reía, y a veces se cubría la boca con la servilleta.

Curro lo miró extrañado y el camarero se puso lúgubre otra vez.

Dijo Curro que el nombre del coto de Doñana venía de una venadita misteriosa que hablaba. Y que se llamaba Ana. Doña Ana. Hace siglos. En tiempo de los bártulos.

Al oírlo el camarero volvió a reír, esta vez de una manera franca y abierta.

Pero yo seguía con mis arqueologías. Los andaluces inventaron el bronce en la antigüedad. Fueron los primeros que mezclaron el cobre con el estaño y fundaron y establecieron en la historia la edad del bronce, después del período neolítico. Curro dijo que ya lo sabía y que de ahí venía el hecho de que la gente del bronce fuera andaluza. Me dio una verdadera conferencia, ¿sabes? Los hombres no les dejan a las mujeres la iniciativa de la conversación aquí. Y yo se lo agradecí, porque me dijo que hoy mismo la gente del bronce es la que se bate el cobre y también la que da la lata (estaño) con su matonería. Batir el cobre y dar la lata (estaño). Mira cómo ha llegado hasta el folklore moderno ese hecho prehistórico. La gente del bronce dando la lata y batiendo el cobre en nuestros días. Eso mismo era lo que hacían en la prehistoria para fabricar el bronce.

Es asombroso el sentido de continuidad. Por ejemplo, días pasados, ojeando un libro de historia en la universidad, vi que la iglesia de la Macarena de Sevilla, favorita de los toreros, era en el siglo IX la mezquita de la Macrina, y que era la preferida de los árabes que cuidaban toros y de los matarifes.

La gente del bronce. La macrina. La venadita de Doñana. Pero esto último no me lo había explicado aún Curro con bastantes detalles.

Le pedí que me hablara más de aquello, y él miró de reojo al camarero y dijo: «Más tarde.» Los andaluces inventaron el vaso campaniforme, y a Curro le parece natural, porque dice que el bronce siempre ha tenido que ver con las campanas. Al hablar de la alfarería prehistórica y de los cacharros de cocina y los dibujos con que los adornaban, Schulten dice que en la alfarería los artesanos copiaban los dibujos de los cestos de esparto, de modo que el alfar salía de esos cestos. Curro dijo que hoy todavía los pucheros y las cazuelas salen de los cestos de esparto, y que se ve a diario en los mercados.

Al ver que me escuchaba, aunque su atención estaba dividida entre lo que yo decía y el ir y venir del lúgubre camarero, le dije también que Tartesos llevaba ya cinco mil años de civilización con leyes escritas, cuando en muchos lugares de Inglaterra—por ejemplo, en la isla de Amrum—la población era caníbal y se comían los unos a los otros.

—¿Qué te parece? Y si los de Creta se llaman cretenses, ¿cómo se llamaban los de Amrum?

—Ambrones.

No lo creía. Le mostré el libro donde él mismo leyó: *ambrones*. «Tanta hambre que hasta se han comido la hache—dijo él—. ¡Mardita sea su estampa!»

Luego añadió que él debía de venir de aquella isla de Amrum, porque le daban ganas de comerme a mí. Eso no creas que es canibalismo, Betsy, sino sólo galantería.

Le expliqué que Circe, la hechicera de Ulises, era española, y que los griegos más antiguos, según Schulten, decían que las puertas del infierno estaban en Andalucía, en Riotinto; es decir, en la confluencia de los dos ríos de esa comarca de Huelva. Allí está también la laguna de Acherón. Al oír esto, Curro tuvo una observación sagaz: «¿No será de esa laguna de Acherón de donde viene la barca de Caronte?» Yo creo que es posible y voy a documentarme sobre el caso.

Ya ves que mi novio tiene instinto de *scholar*. Ya te digo, la almendrita.

El camarero, aunque ya no tenía nada que hacer en nuestra mesa, se acercaba con la servilleta al brazo yo creo que tratando de escuchar. La verdad es que, tan solemne, tan curioso y tan lúgubre (con pequeñas explosiones de risa de vez en cuando), aquel hombre me intrigaba.

Parece que es un músico en las horas libres y que Curro lo conoce. Lo llamaba siempre «el gachó del harpa». Yo creía que entre estos andaluces sólo se usaba la guitarra.

Pero nosotros seguimos nuestra sobremesa. Me preguntaba mi novio cómo eran los iberos y le dije lo poco que de ellos se sabe. Desde luego, eran grandes corredores. También ahora, según Curro. Los corredores ibéricos tienen un rito que se llama «salir de naja». Lo que no entiendo es lo que la naja (la culebra negra de Africa y Asia) tiene que ver en eso.

—Esa debe de ser la bicha—dijo Curro y silbó.

Yo le respondí que no. La *Bicha de Bazalote* es una escultura ibérica hallada en el Cerro de los Santos, que es mitad toro y mitad hombre. El recelaba al principio y yo una vez más le enseñé el libro. Entonces Curro dijo:

—No me extraña. En mi calle hay un carnicero que tiene medio cuerpo de toro y manos de cerdo y cabeza de jabalí.

—Imposible.

Luego comprendí que era una broma—tenía todas aquellas cosas el carnicero para venderlas— y reímos. Así pasó la velada. Y al día siguiente salimos temprano. Al vernos los chicos en la calle vinieron y nos pidieron chicle. Dijeron que iban a la escuela, donde aprendían un poco de todo. Yo quise probarlos:

—¿Quién hizo el *Quijote*?

—Yo no he sido—dijo uno.

—Yo tampoco. Ha debido de ser éste, el hijo del *Bizco*.

Uno se subió al pescante, otro al motor. Arrancamos despacio, y al llegar a la esquina, donde había más muchachos, frené de golpe y el chico resbaló por delante y cayó como una ranita al suelo. Todos rieron, y el chico se levantó y dijo muy serio:

—¿De qué os reís, si ya iba a bajarme?

Muchas más cosas te diría sobre mis experiencias en aquella aldea encantadora, pero tengo miedo de hacerme prolija y pesada. Aquí el tiempo parece detenerse o al menos camina más despacio que en otras partes, y mi carta tiene la misma tendencia al *relenti*. Perdona si a veces te aburro.

Salimos y llegamos a otro pueblo que tenía puente y por donde debíamos cruzar el río. Yo pensé que sería bueno detenerse allí todo el día y la noche. Fuimos a la fonda y otra vez Curro pidió una habitación con dos camas. Yo dije con voz muy segura:

—Dos habitaciones, camará, que soy señorita.

Eso de *camará* hace flamenco, ¿sabes?

Curro comenzó a decir malhumorado que en aquel pueblo había pulgas y que más valdría seguir adelante. En el pueblo próximo no las había. Es verdad que hay pulgas en España. Curro dijo que los insecticidas abundaban, pero que, como decía un tío suyo, era difícil coger la pulga, hacerle abrir la boca y tragar el polvo mortífero.

—No es muy listo tu tío—le dije yo.

—No. No ha inventado la pólvora, eso es verdad. ¿Sabes? Es contratista de obras. Y un día se puso a hacer una casa de ladrillo para el perro, en el jardín. Para ir más de prisa se metió dentro, digo entre los cuatro muros. Cuando la terminó se quedó encerrado y no podía salir. Sacaba la cabeza por la puerta del perro y gritaba: «Auxilio, auxilio...», que daba pena.

Por ahí es por donde me vence Curro: por la

risa. Como habrás podido deducir, en este país es de mal gusto hablar seriamente de nada. Y no es de ahora. Era ya con los árabes. Y antes con los romanos, y mucho antes con los tartesos. Hablar siempre en broma no creas que es fácil, al menos para mí. Y es peligroso reír demasiado. A veces yo pienso que la risa por la risa es un poco de locura, como cuando dice Shakespeare en *El Mercader de Venecia*: «*And laugh like parrots at a bagpiper.*»

A veces los andaluces de clase baja riendo por cualquier motivo me parecen eso: loros riéndose del hombre que pasa tocando la gaita.

En fin, que pasamos el puente al atardecer. Al otro lado había tres caminos y no sabíamos cuál seguir. Un campesino al que le preguntaba Curro, respondía a todas las preguntas: «Yo no sé.» Molesto, mi novio le dijo:

—Pues entonces, ¿qué sabe usted?

—Al menos sé que no ando perdío—respondió el pobre, y tenía razón.

Por fin llegamos al coto de Doñana. Mi carta para el duque de Tarifa no surtió efecto, porque el duque murió en 1933 y ahora el coto pertenece al marqués de Borgheto. Sin embargo, me recibieron amablemente y me encomendaron al administrador, que nos dijo que nos daría caballos a Curro y a mí y podríamos recorrer libremente la comarca. Yo quise preguntarle por la leyenda o la tradición de la cierva—de donde viene el nombre del coto—, pero Curro me tiró del vestido disimuladamente. Luego me dijo que no había que hablar de aquello en la casa y que el caso de la venadita que hablaba pasó en tiempos de los bártulos y que ya no se acordaba nadie.

Misterios. Todo son misterios en este país.

—Casi metiste la pata, niña—decía Curro.

Los administradores conocían muy bien al profesor Schulten, a quien llamaban don Adolfito, riéndose también, aunque con un respeto natural sobreentendido, y con cierto cariño. A mí me invitaron a vivir en la casa de los administradores, pero no a Curro, que no era mi marido y cuyo nombre no estaba en la carta de Boston. Entonces yo dije que teníamos alojamiento preparado en Trebujena. Mentira. Dije también que pensábamos dar un paseo de noche a caballo. Esto era verdad. Y tan pronto dicho como hecho. Nos dieron dos caballos.

Salimos bajo la luna. ¡ Qué noche inolvidable, llena de dobles fondos tartesos, griegos, árabes, gitanos!

Fuimos hacia la laguna del Sopetón, nombre raro cuyo sentido me explicó Curro. Un sopetón es un pronto. La laguna se llamaba así porque aparecía de pronto y sin avisar. Así es que, en lugar de decir pronto, se puede decir sopetón. Es muy fonético: sopetón. Cuando me contestes, pues, contéstame sopetón, pero en inglés, *please*. Tu carta en español no está mal, pero resulta confusa. Y no te enfades, *honey*.

La laguna del Sopetón estaba rodeada de dunas de arena, y cuando llegamos había una corza en la orilla que alzó su cabecita nerviosa y... habló. No te rías, por favor, que tú sabes que yo no soy amiga de embustes ni de fantasías. Habló. Al menos yo la oí hablar. Dijo *I'm Ana*. En inglés. Luego dio un salto y salió corriendo. Curro me cogió la mano y dijo: «Piensa una cosa, una cosa que quieras mucho.»

Nos quedamos callados mientras la corza corría. Después yo dije: «Ha hablado.» Curro afirmó, sólo que él dijo haber oído: «Nancy debe entregarse a Curro en cuerpo y alma.» Muy largo me parecía a mí eso. Yo sólo le había oído decir *I'm Ana* con una voz delicadísima. Curro no creía que la corza supiera inglés. Pero puesta a hablar una corza y a hacer el milagro, ¿no es lo mismo que hable inglés o español? La superstición ibérica estaba una vez más en pie. Curro me decía que el deseo que nace viendo una corza se cumple siempre. La continuidad histórica, te digo. Le pregunté cuál era su deseo y él dijo: «No puedo decírtelo porque soy un caballero.» Luego dijo que no le extrañaba que la corza hubiera hablado en el coto de Doñana, porque el nombre del coto venía del siguiente caso: Una princesa de los bártulos que era hechicera tenía celos de una esclava que se llamaba Ana, a la cual convirtió en una corza. El rey de los bártulos se fue a cazar y encontró a la corza, que le habló como una doncellita. Le dijo los nombres de todas las personas de su familia desde el más viejo al más joven. El rey de los bártulos le preguntó: «¿Y tú quién eres?» Y ella dijo: «Ana.» Desde entonces está prohibido matar en este coto ciervos hembras, es decir, venaditas.

Concluyó Curro que aquella venadita que había hablado era una princesa bártula.

Una infantita encantada o algo así. ¡Qué fácil es para el íbero Curro creer en la divinidad de las venaditas!

Concluyó su relación diciendo que el rey de los bártulos era un tío.

—¿Tuyo?—le pregunté—. Es decir, ¿de algún antepasado tuyo?

El dijo que no. Caminábamos en silencio. Era noche cerrada. Cuando voy de excursión al campo llevo siempre mi traje de baño de nylon en el bolso de mano, pero no era fácil ponérmelo a cubierto de las miradas de Curro. Le dije que volviera a la casa del administrador, y él dijo:

—Niña, ezo está a ocho kilómetros de aquí. Si es que quieres nadar, puedes hacerlo, que yo no miraré.

Las dunas permiten esconderse bastante bien, porque entre una y otra hay depresiones. Así es que me puse el traje y me arrojé al agua.

—¿Y tú?—pregunté a Curro—. ¿No nadas nada?

—No traje traje.

Le dije que podía nadar en *shorts*. Nadamos más de dos horas. A la luz de la luna. Curro parecía de bronce de Tartesos. Yo debía de parecer algo raro también. Curro me dijo que yo parecía un pimpollo. ¡Qué raro, en masculino! ¿Por qué no usar el femenino? Curro me dijo que yo no sé gramática parda, que es la importante. Nunca había oído hablar de esa gramática. Sólo conozco la de la academia. Según Curro, el hombre es siempre masculino; pero la mujer no es necesariamente femenina, sino *masculona*. El hombre, masculino, y la mujer, *masculona*. En la gramática de la academia yo sólo había visto tres géneros: masculino, femenino y neutro. Para ciertas cosas hay que venir a España, querida. Ya ves, la gramática parda. Nunca había oído yo hablar de tal cosa en Pensilvania.

Cuando la luna comenzó a inclinarse sobre el

horizonte, salimos de naja (así dicen los iberos)
con nuestros caballos hacia las ruinas de Torre
la Higuera (llevaba yo conmigo un mapa de
Schulten). Curro vio dos veces más la corza y
me hizo correr con él detrás por algún tiempo.
Yo no la vi. Supongo que entre tanto tú estás
llena de curiosidad, Betsy. Pero por ahora es todo lo que puedo decirte. Un día hablaremos más
despacio. Como decía el otro día la decana, al
menos yo no fumo.

En unas alforjas (palabra árabe) que llevaba
Curro en su caballo había comida y sobre todo
bebida. El administrador fue bastante amable
para pensar en nuestros estómagos. Gracias a
eso pudimos comer en Torre la Higuera, al lado
del mar de los focenses y de los cartagineses. El
mar lleno de peligros y de monstruos, según decían los cartagineses para que nadie se aventu-
rara a navegar más allá del estrecho donde sólo
querían navegar ellos. El mar misterioso y tremendo de la *Odisea*. Aquellas ruinas que a mí
me embriagaban, a mi novio le tenían sin cuidado. Y decía:

—Después de hacer el paripé en dos fondas,
eso de pasar la noche en la Higuera con los calzones mojados tiene mardita la grasia.

Otra acepción nueva del paripé, como ves. A
veces creo que he averiguado lo que es el paripé,
pero siempre aparece algún malentendido nuevo.
A pesar de todo, aquí me tienes sin saber qué
pensar de eso.

Y de otras muchas cosas, Betsy querida.

¿Qué te diría yo de Torre la Higuera? Ruinas
de piedra. Al lado, playa baja, arena limpia como

polvo de oro y el rumor del mar que ya huele
un poco a América porque es el Atlántico. Yo no
tenía ganas de dormir. Me puse a remover piedras para ver si encontraba otro anillo como el
del profesor Schulten. El aliento de cincuenta
siglos me llegaba en la brisa de la noche. Debajo
de una piedra salió un lagarto.

Curro se burlaba de mí y me llamaba venadita
de Doñana. Le pedí que me cantara algo, y él,
después de decirme que aquel lagarto era animal
sagrado en tiempo de los bártulos, me cantó una
canción (creo que es de Lorca) que dice más o
menos:

...cuando seas novia mía,
con la primavera blanca,
los cascos de mi caballo
cuatro sollozos de plata...

La noche era muy hermosa, con el mar abajo
y las estrellas arriba. La vida es aquí como un
regalo inesperado de cada día. Todo es nuevo y
sorprendente. Sopetón aquí y allá. Habíamos llegado a Torre la Higuera como al fin del mundo.
De allá en adelante, el infinito. *Non plus ultra.*

Y como el silencio era imposible, porque si callábamos parecía que iba a suceder un cataclismo, nos pusimos a hablar otra vez de los iberos
corredores. Curro me dijo que es corredor de vinos de Sanlúcar. Ya ves. Le pregunté más cosas
sobre eso. Parece que los iberos agitanados cuando salen de naja toman un producto del país que
se llama soleta. Tomar soleta. Eso dicen. Debe
de ser un extracto del esparto, del que se hacen
las suelas de las alpargatas. Soleta. Eso les da

fuerzas especiales hoy lo mismo que hace setenta siglos. Continuidad. ¿No es excitante?

Curro creía que la corza ibérica estaba detrás de cada arbusto diciendo: *I'm Ana*, y que también la sentía en cada gesto mío. Poco antes del amanecer se oyó a un ciervo—es la época del celo—, y era un bramido articulado, engolado y alto. Era como la voz de un caballero antiguo y parecía decir en inglés: «*I worship her. I worship her.*»

Magia pura. Resultó que el deseo que yo cuajé en mi corazón y el que cuajó Curro en el suyo eran el mismo. Pero no te diré cuál era. Eso que decías en tu carta (que antes de la puesta del sol los colores del día son más vivos) pasa también con la noche. Antes del amanecer el cielo era más negro y las estrellas como sartas de pedrería brillante.

Soy feliz. Acordándome ahora de aquella noche en Torre la Higuera, recito el verso de Rubén:

De desnuda que está brilla la estrella.

¿Por qué lo recuerdo? Ya te contaré, querida. Estoy en el *climax* de mi juventud y a veces

...cuando quiero llorar, no lloro,
y a veces lloro sin querer.

No le escribas estas cosas a nuestra amiga holandesa, digo a Elsa, porque la harás sufrir. Yo no sabía que ella estuviera tan enamorada de Curro y creía que se trataba sólo de un *flirt* sin importancia. En todo caso, si crees que debes decírselas, mejor será que lo hagas con cuidado para no herirla demasiado. Bien pensado, ella no tiene ya derecho alguno sobre Curro, porque él le dijo un día cuando ella le preguntó por qué no pasaba nunca por su calle ni se acercaba a su reja:

> *Tu calle ya no es tu calle,*
> *que es una calle cualquiera,*
> *camino de cualquier parte.*

Y Curro todo lo importante lo dice en coplas. De veras. Pero, en fin, si le escribes no olvides poner lo de la venadita. Curro me llama ahora así. Venadita de las Californias. Y dice que soy para él «er querer más fino y más hondo de su vida». No te lo digo por nada, no vayas a creer. Si le escribes a la holandesa, te dejo en libertad de decirle lo que quieras. Pero que sea sin herirla, ¿me entiendes? Tú sabes hacer estas cosas.

CARTA VI

NANCY Y EL ABEJORRITO RUBIO

En esta carta Nancy me alude a mí. Venciendo mi natural modestia y por no alterar el manuscrito de mi amiga, incluyo las líneas donde aparece mi nombre. Mentiría si dijera que esa alusión de Nancy no me gusta.

Dice Nancy:

Mistress Dawson envió un telegrama para mí al coto Doñana diciendo que volviéramos a Sevilla en seguida porque necesitaba su coche. En el coto enviaron el telegrama a Trebujena (donde yo había dicho que teníamos hospedaje reservado), y al no encontrarnos allí, lo devolvieron a Doñana. Total, que cuando fuimos a llevar los caballos el administrador nos miró con recelo, como pensando: «¿Dónde han pasado la noche estos pájaros?»

Y tuvimos que volver a Alcalá de Guadaira el mismo día. Yo temía que le hubiera sucedido al-

go a Mrs. Dawson, pero cuando llegamos resultó
que no. Ella, según dijo, nos había prestado el
coche para el fin de semana, y era lunes y lo
quería.

También se enteró de que nosotros no estábamos en el coto de Doñana ni en Trebujena, y
se ha pasado algunos días preguntándose dónde
dormíamos. Lo mejor sería decirle que no dormíamos en ninguna parte. No se lo he dicho
porque odia a la gente bohemia.

Dos días después fuimos con ella a Sevilla y
nos pidió que la lleváramos a la catedral menor
—así la llamaba—, que era una iglesia antigua
y sombría cerca del barrio de Santa Cruz. Quería mostrarnos algo. Pensaba haber hecho un descubrimiento en la capilla donde Miguel de Mañara, este notable sujeto muerto a principios del
siglo XVII, tiene su estatua de piedra sepulcral.
Alguien le había dicho a nuestra amiga que Mañara fue el modelo del don Juan de Tirso de Mo-
lina. Y ella me miraba con una especie de pe-
dantería académica y preguntaba a Curro:

—¿Sabe usted quién es ese caballero, digo, el
de la escultura?

—¡Vaya usted a saberlo!, con la gente que
traen a estas iglesias antiguas—decía Curro.

Declaró Mrs. Dawson que aquel ciudadano había sido el verdadero don Juan Tenorio. Yo me
acordaba de lo que nos dijo un *visiting professor*
en sus conferencias sobre don Juan. ¿Te acuerdas? Era Sender. Dijo que el mito de don Juan
es de origen mozárabe y nació en la Baja Edad
Media bajo la influencia de las costumbres mu-
sulmanas. En tiempos de los árabes la vida social, la picardía, los martelos, lo que llamamos

ahora *flirt*, se hacían en los cementerios. Había un día a la semana—el viernes, según el escritor argelino Levi Provençal—en que los cementerios estaban llenos de muchachitas y de pícaros galanes. Era el día de la galantería. Allí, entre los sepulcros... De ahí viene el ser «un calavera», es decir, un galán que se pasa la vida en el camposanto esperando una ocasión. Porque los martelos se iniciaban y se consumaban a veces en aquellos floridos pero lúgubres parques. Un calavera. Es decir, un habitual de los cementerios. Y además el mito de don Juan comenzó con el romancillo de los dos amigos en el fosal, uno de los cuales tropieza con una calavera y la convida a cenar en su casa. ¿Te acuerdas? Eso decía el *visiting professor* español.

Mistress Dawson creía haber descubierto a don Miguel de Mañara, calavera ilustre y escandaloso que antes de morir se arrepintió y dejó su fortuna a los jesuitas. Estos lo absolvieron y publicaron incluso un pequeño libro sobre sus virtudes no conocidas y sobre la salvación de su alma. Seguía nuestra amiga hablando. Curro se rascaba la nuca para decir:

—Ezo yo lo había oído en arguna parte, la verdá.

—¿Dónde?

—Deje usted que me acuerde.

—Usted no lo ha oído en ninguna parte.

—¡Y que podría ser verdad!

Miró Mrs. Dawson de arriba abajo a Curro y me dijo en inglés: «Es un ignoranus.» Pero Curro comprendió la palabra, que al fin es casi la misma en español, y se sintió ofendido:

—Vamos a ver, señora—dijo provocador—.

¿Qué desea usted saber sobre ese cabayero? Digo, sobre don Miguelito del carcañar de mármol. Es er mismo don Juan en persona, con su capa encarná y sus calzones bordados de plata. Es don Juan. No digo que no aquer don Juan que desía:

> *Cuán gritan esos malditos,*
> *pero mal rayo me parta*
> *si en acabando esta carta*
> *no pagan caros sus gritos...*

Mistress Dawson se quedó sorprendida y Curro añadió: «Así comienza *Don Juan Tenorio.*» Como vio que le escuchábamos, siguió hablando. Alzaba la voz y declamaba como un viejo cómico: «Su suegro er comendador va a la hostería der laurel y mira alrededor, y viendo los malos muebles de la casa, levanta los ojos al cielo y dice con voz de caverna:

> *¡Que un hombre de mi linaje*
> *descienda a tan vil mansión!*

Se quedaba Mrs. Dawson muda de asombro. Y me preguntaba si Curro había ido a *College.* Yo le decía que sí. Y que sabía mucha historia, especialmente sobre los bártulos. Mrs. Dawson repetía con aire soñador: «Los bártulos...» Mi novio, comprendiendo el cambio de actitud de aquella mujer, alzó la voz:

> *...¡Villano,*
> *me has puesto en la faz la mano!*

Y sin dejar que Mrs. Dawson acabara de respirar, añadió que a él le gustaba especialmente el final del acto tercero, cuando don Juan dice:

> *¡Llamé al cielo y no me oyó,*
> *mas si sus puertas me cierra,*
> *de mis pasos en la tierra*
> *responda el cielo, no yo!*

Mi amiga escuchaba con la boca abierta y preguntaba de vez en cuando: «¿Es un especialista en teatro español? ¿Cómo no me lo habíais dicho?» Pero Curro seguía recitando. Ya ves, querida, lo que son los hombres aquí. ¿Cuándo un boxeador de Chicago, pongamos por tipo nacional equivalente al torero o al cantador andaluz, podría recitar tiradas enteras de una obra de Shakespeare, o Bacón, o el romántico Byron? Pero aquí la cultura nos sale al paso en todas partes. Y no es que Curro estudie, sino que la cosa está en el aire y «se respira». En medio de la iglesia recitaba alzándose un poco sobre las puntas de los pies:

> —*¿No es verdad, ángel de amor,*
> *que en esta apartada orilla*
> *más pura la luna brilla*
> *y se respira mejor?*
> —*Don Juan, don Juan, yo lo imploro*
> *de tu hidalga condición,*
> *o arráncame el corazón,*
> *o ámame, porque te adoro.*

Dijo mi amiga que aquel drama era un misterio medioeval y al oír la palabra misterio Curro alzó las cejas: «No es nada el misterio que hay en el dramita ese.» Y mirando a Mrs. Dawson de reojo y con recelo y ahuecando la voz recitó:

> *Esa aldabada postrera*
> *ha sonado en la escalera.*

Antes de que Mrs. Dawson reaccionara añadió:

> *Muertos a quien yo maté,*
> *no os podréis quejar de mí;*
> *si buena vida os quité,*
> *buena sepultura os di.*

Con el entusiasmo Curro se abandonaba y alzaba la voz demasiado. Acudía el Manús (el de la peluca y la pértiga) con su mirada oriental, y Curro dijo que había llegado la hora de salir de naja. Mrs. Dawson miraba a Curro como si fuera Menéndez Pidal y en voz baja me repetía: «*Honey*, te vas a casar con un verdadero *scholar*. Enhorabuena.» Yo exultaba de gozo, y Curro, dándose cuenta, tomaba un aire modesto, porque era lo que correspondía a un verdadero sabio. «Uno ha visto un poco de teatro», decía.

Salimos de la catedral bajo la mirada del Manús. Al llegar al atrio vimos que llovía. Mistress Dawson quiso salir, pero volvió mojada a cobijarse bajo la bóveda. «Tenga cuidado, señora —dijo Curro—, porque cuando llueve las americanas se encogen.»

¿Quería decir con eso que las americanas somos *sissy*? No sé, querida.

Por fin amainó y nos fuimos hacia el café. Por el camino, Mrs. Dawson hacía preguntas tímidamente a mi novio sobre don Juan, y él le respondía con alguna estrofa nueva:

Yo a los palacios subí,
yo a las cabañas bajé,
y en todas partes dejé
memoria triste de mí...

Siempre el don Juan de Zorrilla. Cosa extraña. Le pregunté si no le gustaba el otro, el don Juan clásico.

—Yo, la verdá—dijo—, no tengo nada contra ese caballero.

—¿Cómo?

—Quiero decir que estoy en buenos términos con él.

Mistress Dawson, hablando de lo que tomaría en el café, dijo que pediría té con «pastos» y que los «pastos» españoles le gustaban más que los de Virginia. Ya ves. Los pastos son la hierba, y sólo comen pastos las vacas y las ovejas. Quería decir *pastas*, pero siempre equivoca los géneros. No he visto a nadie hablar con más soltura y con menos corrección. En una tienda donde quería comprar jabón pedía «una caja de *sopa*». Le dijeron que la sopa se vendía en latas y no en cajas y ella decía como si tuviera razón: «¿La *sopa* en latas? ¡Qué inadecuado! Esas cosas sólo pasan en España.»

Camino del café, pasamos delante de un camión lleno de muebles estacionado frente a una casa. Un hombre cruzaba la ancha acera llevando un reloj de caja antiguo y enorme a la espalda. Mientras avanzaba fatigado pasaron dos mocitas, y una preguntó:

—Compare, ¿me hace el favor de decirme la hora?

Y la otra, con una voz de pajarito jovial:

—¿No le sería más cómodo llevar un reloj pulsera?

El hombre sudaba y seguía adelante diciendo algo entre dientes de muy mal humor. Curro explicó: «Se mudan de casa. Y ahí va el camión con los bártulos.» Yo recordaba ese nombre histórico. «¿Los bártulos? ¿Dónde están?», pregunté. Curro señaló con un gesto el camión:

—Ahí. ¿No los ves?

Había en el camión sólo dos hombres, uno al volante y otro al lado, que me contemplaban risueños. Tenían expresiones un poco primitivas. Los *bártulos*. Sentí verdadera emoción histórica. Y seguimos caminando. Mrs. Dawson no se había repuesto de su impresión con Mañara y con Curro y preguntaba si don Miguel de Mañara había llegado a ser un mito popular en su tiempo. Curro contestaba que «er gachó del harpa se las traía», y juntando los dedos de la mano izquierda en el aire, recitaba:

> *Por dondequiera que fui*
> *la razón atropellé,*
> *la virtud escarnecí,*
> *a la justicia burlé*
> *y a las mujeres vendí...*

Me miraba la Dawson y parecía decirme: «Si hubiera sabido esto, os habría dejado el coche una semana entera.»

—Eze don Miguelito de la capilla era un maula, señora.

Eso no. Los maulas, según nos dijo el *visiting*

professor *, eran en la España musulmana los redimidos, los esclavos libertos. Los árabes los llamaban así: *mawlas*. Y don Miguel de Mañara no debió de ser nunca un esclavo. Curro decía que los *maulas* son gente pícara que tienen sus trucos y saben salir siempre adelante. Es posible que el nombre venga de ahí. Te digo que a cada paso tropieza una con páginas vivas de la más vieja antigüedad. Y alusiones históricas y proyecciones al más remoto pasado: *maulas*.

Así llegamos al café. Mi novio solía vender vinos a aquel establecimiento, y al verlo llegar el encargado, que le había dado el día antes un vale firmado en lugar de dinero, le preguntó bajando la voz:

—¿Vale el vale?

—Sí—dijo Curro—. Pero no vino el vino.

Mistress Dawson repetía: «Vale el vale. Vino el vino.» Parecían consignas secretas en clave. En aquel momento dos contertulios estaban hablando animadamente y uno se lamentaba de tener que ir cada día a casa del dentista, donde pasaba grandes molestias. El otro le preguntaba cómo se las arreglaba para comer y el de los dientes respondía agriamente:

—¿Cómo como? Como como como.

Bajó la voz Mrs. Dawson para preguntarme qué idioma hablaba aquel hombre que repetía la misma palabra cinco veces en diferentes tonos, como los chinos. Curro dijo que hablaba portugués «del otro lado de la mar». Y añadió:

---

* Perdone el lector esta nueva alusión, con la cual a un tiempo sufre mi modestia y se siente halagada mi vanidad. (Ramón J. Sender.)

—Eze tiene una tía mulata en Riojaneiro. ¿No ha oído mentar esa tierra? Er que la descubrió era de la Rioja y de ahí er nombre. La tía es la que suelta la mosca para que er niño estudie en la Universidad de Sevilla.

Eso de soltar la mosca es, creo yo, una superstición. Parece que en las cajas de caudales tienen una mosca guardada. Cuando sacan dinero sueltan la mosca. Cuando meten dinero en la caja parece que guardan la mosca otra vez. No sé si es la misma mosca u otra. Curro me explicó que es una superstición del tiempo de los bártulos. Tengo que estudiar seriamente a los bártulos. Sospecho que tienen algo que ver con los etruscos.

Otro de la tertulia me dijo que la mosca es de una especie un poco rara, que se cría en Cataluña y que la llaman *pastizara vulgaris*. En Andalucía no usan esa mosca, sino otra que llaman «guita». *Guita tartesa*. Soltar la guita o guardar la guita, dicen.

Curro tenía que cobrar algo del dueño de aquel café y le preguntaba al encargado:

—¿Cuándo suelta la mosca el Seis Doble?

Porque al dueño le llaman el *Seis Doble*. Podrían llamarle el *Doce*, ¿verdad? Mrs. Dawson, que no pierde palabra de las que se dicen a su alrededor, me preguntaba qué clase de mosca era aquella que guardaban y soltaban, y yo le expliqué lo de la *pastizara vulgaris*. Se lo expliqué tal como me lo habrían explicado a mí. Ella decía: «Ya ves. Curro, vendedor de vinos, es un erudito. El dueño del café es un entomólogo además de comerciante. Confieso que la clase media es más culta aquí que en América.»

Había en la tertulia un joven a quien yo creía haber visto antes. Era andaluz y sin embargo muy rubio, con ojos azules. El contraste me llamaba la atención. En cuanto vio que estábamos hablando de don Miguel de Mañara cambió de asiento, vino a mi lado y, bajo la mirada recelosa de Curro, entró en el diálogo. Comprendí yo en seguida que se trataba del poeta de quien te hablé en otra carta, y aunque rubio, no sólo es andaluz, sino gitano también. El contraste resulta bastante sugestivo.

Como poeta que es, me habló mucho de Mañara, y al ver que Mrs. Dawson y yo habíamos ido a la iglesia a ver la estatua, me leyó un soneto dedicado a ella:

> *La negra azabachería*
> *de la noche te exaspera,*
> *por mi alma una jauría*
> *de perros va caminera,*
> *nunca el celo de la harpía*
> *luna se mostró mayor,*
> *ni el respirar de la fría*
> *parca más alentador.*
> *Eres la muerte, la vida;*
> *eres en fin el amor,*
> *—no el amor de los amores—,*
> *y entre las parcas menores*
> *del arquitrabe, rendida*
> *se ha desmayado una sor.*

Yo le pedí el manuscrito para leerlo a solas en casa, porque me resultaba un tanto difícil entenderlo todo la primera vez. Las parcas son aquí como las euménides. Pregunté a Curro quiénes eran y me dijo que eran «las gachíes del harpa». Todo lo arreglaba con el harpa aquel día. Luego he sabido que los gachós del harpa no son músicos, sino personas ausentes a las que se refieren sin citar el nombre.

Se fue Curro al mostrador para hablar con el *Seis Doble*. El poeta rubio que se llama Quin se acercó a mi oído y me recitó otros versos en voz baja. Yo no entendía mucho, pero está claro que eran galanteos. Curro volvió y, como el que no se da cuenta, dijo en voz alta que no le gustaban los mosquitos que se acercaban a la oreja con la trompetilla y menos los moscones que traían coplas. El poeta dijo que no eran coplas, sino sonetos, se apartó y se puso a hablar de otra cosa con Mrs. Dawson. De vez en cuando, Curro y él se cruzaban una mirada a veces venenosa, a veces evasiva.

Busqué en el diccionario de Mrs. Dawson —siempre lo lleva consigo— la palabra *moscón*. Es un *bumble-bee*; es decir, igual que abejorro. Al hablar de eso, algunos contertulios me dijeron que hay abejorros de mal agüero: los negros. Y otros de buen agüero: los dorados o rubios. Y el poeta, desde el otro lado de la tertulia, me miró sonriente, como diciendo: «Yo soy de ésos, de los rubios que dan buena suerte, aunque a Curro le parezca mal.»

Y es verdad que aquel chico era pequeño y dorado como un *gilden bumble-bee*.

Una chica que era medio pariente de Curro y que bailaba en la Eritaña los sábados acababa de llegar y le dijo al poeta:

—Abejorrito rubio, convídame a una caña.

El perfil de Curro cuando se pone tormentoso

anuncia cosas tremendas. Yo lo conozco. Pensé
que habría sido mejor no ir al café aquella tarde.
Estaba Curro de mal humor. Por el abejorrito
rubio y porque, además, según me dijo, «el *Seis
Doble* no·soltaba la mosca».

Como no podía menos de suceder, apareció Mistress Adams en la puerta, vino a nuestro grupo
y comenzó a decir cosas inadecuadas. Así como
los errores de Mrs. Dawson son sólo por cambio
del género de las palabras, los de Mrs. Adams
son más sutiles. Por ejemplo, la manera de colo-
car los acentos. Dijo que venía a esperar al secretario de la cofradía del Gran Poder, que le da
informes sobre el folklore de la Semana Santa.
Pero siempre llega tarde el secretario a las citas
según Mrs. Adams porque se queda horas extras
en la oficina «gozando de su *secretaria*». Quería
decir que le gusta su *secretaria*, es decir, su trabajo. Claro, hubo choteo.

Choteo es una palabra que no se usa mucho
porque es como te dije la versión culta de la
ironía. Después viene el «cabreo», que es la versión culta del enfado. Esos sufijos en «eo» me
suenan a la Grecia clásica. La aristocracia del
idioma.

Curro dijo que aquel secretario era un Panoli.
Hay varios linajes nobles en Sevilla que son como las castas antiguas entre los árabes. Y entre
esos linajes hay tres que Curro no puede tolerar.
Ya te he hablado el otro día de los llamados Gilipoyas, y hay que añadir los Daosportal (nombre
raro, ¿verdad?) y también, como acabo de decirte, los Panolis. Con todos los demás Curro se
lleva bien, pero a ésos no puede verlos. Y cuando
vuelve la cara con disgusto y dice de alguien que

es un Panoli, un Gilipoyas o un Daosportal, yo veo siglos de atavismo y de orgullo de tribu. Porque, como te he dicho otras veces, Curro es de casta real (los Antoninos) y tiene sangre de reyes en la palma de la mano. Los tres linajes cuyos nombres te digo tienen escudos de armas especiales con yelmos de plata y plumas como los abencerrajes.

Me dijo Curro que aquel secretario del Gran Poder era un prójimo. Yo le pregunté: «¿Qué es un prójimo?» Y Curro contestó: «Un prójimo es un prójimo.» Eso no me resolvía el problema y el *abejorrito rubio* se dio cuenta y me explicó desde el otro extremo de la mesa con mucha intención:

—Un prójimo es aquel cuya mujer deseamos. Esa es la definición de la Biblia.

Y miró a Curro. En aquel momento yo descubrí que el poeta agitanado pero rubio—rara combinación—estaba enamorado de mí. Como te lo digo. Y no le importaba darlo a entender. Curro dijo con doble sentido:

—Pero hay prójimos bravos. Y esos son peligrosos a veces.

—Eso creen ellos—dijo el poeta rubio—y por mí pueden seguir creyéndolo.

Nadie me había presentado al poeta, porque en las tertulias se olvidan muchas veces de presentar a las personas. O tal vez nos presentaron en otra ocasión y no me acuerdo. Confieso que era un hombre atrayente. Curro dijo:

—Ese joven de las coplas es Joaquín Gómez. Quin, lo llaman. ¿No es usted Quin?

Había un poco de burla en la voz de Curro. El otro respondió con el mismo acento:

—No estoy seguro, Curro.

—Más valdrá—dijo mi novio entornando el ojo izquierdo—que se lo pregunte usted por teléfono a su tía la que lo llevó a cristianar. Para cerciorarse, digo.

—¿Qué tía?

—La tuerta.

—Su teléfono no funciona.

—Puede usted llamarla al teléfono de la pollería de la esquina.

—El que yo uso es el de la huevería de al lado.

—Tengamos la fiesta en paz, señores—dijo alguien.

La chica de la Eritaña preguntó:

—¿Y cómo es que no sabe si eres Joaquín? ¿Qué guasa es esa?

—Lo explicaré, preciosa. Nacimos dos hermanitos gemelos exactamente iguales, y estando los dos desnudos y en el baño uno se ahogó. Ahora no se sabe si se ahogó Félix o Joaquín. Y esa es la razón por la que a estas horas yo no sé si soy yo o si soy mi hermano.

—Pobrecito—dijo Curro con ironía.

—Se agradece la buena voluntad. Al fin se ve que ha calado usted la cuestión.

—También puedo calar otras cosas.

—Los melones de Alcalá del Río.

—Y las calabazas de Triana.

—¿Me lo dice o me lo cuenta?

Iban poniéndose nerviosos a medida que hablaban y los ojos echaban chispas. Curro se levantó, me levanté yo porque aquí la novia hace causa común siempre con el novio, cosa rara ¿verdad? Antes de irnos él hizo un saludo general y dijo al poeta:

—Cuando voy con la señorita no me acaloro, zeñó. Pero a veces ocurre que no voy con eya, ¿entiende?

—Aquí me encontrará, a no ser que prefiera verme en Alcalá de Guadaira.

—¿Tiene usted allí la querencia, es un suponer?

—Tengo argo más.

—No hay que molestarse en ir tan lejos. Nos vamos a ver aquí dentro de...—miró el reloj con un abandono insolente—minuto y medio. Los señores son testigos de que voy a volver.

Curro y yo salimos dejando detrás un silencio bastante dramático, *darling*. Ya en la calle buscamos el coche de Mrs. Dawson. Curro me llevó allí y yo le pregunté:

—¿Qué te pasa con ese joven?

—¡Bah!, es un Daosportal. Pero aguárdame un instante.

Volvió al café. En la puerta se cruzó con Mistress Dawson, que vino a mi lado:

—¿Qué le sucede a Curro?—me preguntó alarmada—. Pasó a mi lado sin verme.

Y yo pensaba: si el poeta es un Daosportal comprendo toda la inquina de Curro. Expliqué a mi amiga quiénes eran los Daosportal y su noble linaje sólo comparable con los Panolis y los Gilipoyas. Ella lo anotaba todo, y un poco después se oyó algarabía de voces. Y salió Curro rodeado de tres amigos que lo sujetaban. Venía diciendo con voz ronca:

—Déjenme ustedes, que sólo quiero darle un recadito.

Pero sus amigos lo trajeron al coche de viva fuerza y lo obligaron a entrar. Luego le hicieron prometer que dejaría en paz al poeta, es decir, al abejorrito rubio, y cuando Curro prometió volvieron al café. Curro parecía tranquilo y se arreglaba la corbata mirándose en el espejito del parabrisas. Toda aquella agitación con sus amigos fue como una descarga magnética y estaba ya satisfecho sin que hubiera habido riña ninguna. Es decir, que no llegó a pelear con el abejorrito porque lo impidieron sus amigos. Le preguntó Mrs. Dawson por qué quería tan mal al pobre poeta, y Curro dijo:

—Yo no lo quiero mal. Ar revés:

> *dondequiera que lo encuentre*
> *tiene er entierro pagao...*

Ese es un propósito cristiano, pero se veía que en el fondo se trataba no tanto de pagarle el entierro como de matarlo.

Era un Otelo frustrado. Horrible, Betsy.

Llegamos a Alcalá en poco tiempo. Cuando llegamos, Curro me dijo que yo tenía que dejar el hotel y vivir en un pisito independiente. Porque en el hotel había un bar con terraza a la calle siempre llena de señoritos desocupados y se fijaban demasiado en mí. Los graciosos, viendo tanta gente tumbada en sillones de paja y sin hacer nada llamaban a aquella terraza la Unión General de Trabajadores.

No sé como decirte. Desde que hicimos la excursión al coto de Doñana me siento un poco sonámbula y obedezco ciegamente a Curro. Lo peor es que me gusta esa sumisión y esclavitud. Tú crees que me conoces. Bien, pues si me vieras aquí no me conocerías. No me conozco yo a mí misma.

Algún día te explicaré, pero por ahora—como te dije—por lo menos yo no fumo.

Dos días después estaba instalada en un pisito muy coqueto con macetas de albahaca por todas partes. Y geranios.

Curro me advirtió: «No digas a nadie dónde vives por ahora, niña. Tú para mí y yo para ti. Luego, ya veremos.» Me recordó que tenía que ir a Sanlúcar a liquidar su trimestre de comisiones y ventas. Me pidió que los días que estuviera sola no fuera al café. Yo le dije que no iría (ya ves hasta dónde llega mi sumisión) hasta que él volviera. Y lo cumplí. Aquí las novias se conducen con una fidelidad monstruosa. Aunque siempre se mezcla el azar en mis buenos deseos y esta vez de una manera diabólica, como verás.

Pero no precipitemos los hechos. Aquella tarde Curro abrió mi bolso de mano para sacar una de las llaves del piso y llevársela. Al abrirlo vio el papel con el soneto octosílabo. Yo le dije que me lo había dado el *abejorrito rubio*.

—¿Quién?—preguntó él con la voz temblorosa.

—El abejorrito rubio.

—Niña, por los pendientes de la Macarena, no lo llames así.

Curro leyó el soneto. Por fortuna, como has visto, no era un soneto de amor. Porque hubo momentos en que yo vi en Curro la misma expresión de Otelo en el momento cumbre de la tragedia. En serio, querida mía. Ya sabes que yo no exagero y menos en cosas de esa naturaleza íntima. No me gusta dramatizar. Pero puedo estar segura, repito, de que si hubiera encontrado

un soneto hablando de amor—como hay tantos—
ese soneto había sido como el pañuelo de Desdémona. Yo habría parecido culpable siendo ino-
cente. Ah, querida. Yo sentí en el aire el ala de
la fatalidad. Y aquella sensación, peligrosa y
todo, no me disgustó. Me he contagiado tal vez
del erotismo fatalista andaluz.

Ya te digo que aquí entro fácilmente en situa-
ciones erótico-trágicas quiera o no quiera. Y yo
no diría que es desagradable, la verdad.

No soy Desdémona, claro. Tampoco Curro es
negro como Otelo, aunque le falta poco, la verdad. Su raza no figura en los libros de antropología. Lo podríamos llamar verde jade y cuando
se enfada verde botella.

Por fortuna el soneto se refería a Mañara. He
prometido a Mrs. Dawson una copia, y como ella
no sabe dónde vivo y no quiero que se entere se
la mandaré por correo.

Cuando Curro se convenció de que el soneto
no quería decir nada, me besó dulcemente y se
marchó. Yo me di cuenta de que me había sacado
del hotel y traído a una dirección nueva y secreta para aislarme de mis amigos y sobre todo
para que el enamorado rubio no pudiera encon-
trarme si me buscaba. La verdad es que se trata
de un joven sugestivo. En el peor caso, mientras
el poeta se orientaba o no, pasarían los cinco días
que, según Curro, iba a tardar en volver.

Yo estaba dispuesta a obedecer fielmente a mi
amor. Es increíble cómo se acostumbra una, y es
como una esclavitud gustosa. Mi nueva vivienda
era ni más ni menos una dirección escondida.

El no me dijo nada de eso (digo, de la direc-

ción escondida) porque tiene un sentido de la
dignidad que yo llamaría hispanomusulmán.

Curro me presentó a una mujer de la vecindad
que vive al lado en una casita llena de flores.
Su padre, ya viejo, tiene ochenta años y ella dice
que desde el año anterior es «octogeranio». Curro me dijo que la mujer haría las faenas de la
casa y me lavaría la ropa. Esa mujer tiene una
niña que se llama Carmela, encantadora. Tiene
cuatro o cinco años y viene y me habla con su
media lengua agitanada. Es la cosa más *cute*.
Había que verla alzar las manitas y girar sobre
un pie mientras cantaba:

> *Aquí no hay naíta que ve,*
> *porque un barquito que había*
> *tendió la vela y se fue.*

El barquito era Curro. Estábamos la niña y
yo casi siempre en un cuarto que tiene una ventana sobre un huerto con arrayanes moriscos. Al
otro lado del huerto se veía una casa de aire
mudéjar que llaman la *casa de la reina mora*. Ya
ves si hay color local en mis *surroundings*. El
«color local» no me gusta en la literatura, porque
hace «inferior y provinciano», pero en la vida es
la chipén. La segunda tarde entró por la ventana
un abejorro dorado, recorrió la habitación, fue
a la cocina, al dormitorio, a la sala, se quedó
zumbando al lado de la ventana un rato, miró
su propia sombra en el muro, se dio de cabezadas
contra el cristal y por fin se fue lo mismo que
vino. Yo reía y decía: «Ha averiguado mi dirección y ha venido a verme.» La niña preguntaba:

—¿Quién?

—¿Quién ha de ser? Mi enamorado, el poeta—y reíamos las dos como tontas.

Al día siguiente por la tarde, apareció otra vez el abejorro. Entró, hizo su recorrido, se quedó girando alrededor de las flores de los tiestos, visitó de uno en uno los geranios y una brazada de nardos que había en un rincón y luego se acercó, dio la vuelta alrededor de mi cabeza—yo le dije a la niña que el *bumble-bee* me había besado en el pelo—y se fue igual que el día anterior.

Lo mismo sucedió los días siguientes. Cuando lo veía acercarse a la ventana, la niña Carmela juntaba sus manitas y decía: «Ahí está tu enamorado que viene.» Luego el abejorrito rubio hacía como siempre su recorrido. La niña creía de veras que era un ser humano. Yo casi lo creía también, porque la fe de la niña se me contagiaba. Y así son las cosas de la vida en esta tierra. No sabe una dónde empieza la verdad y dónde acaba el sueño. *Charming*.

Llegaba cada día con cierta puntualidad. Creo que le gustaba al *bumble-bee* el perfume de mi cabello, porque desde que estoy en Andalucía me he acostumbrado a perfumarme como las mocitas del país. A no ser que lleve un clavel natural, como sucede en este momento.

Pasaron los cinco días sin sentirlo y yo leí mucho aprovechando que estaba sola. Terminé el Levi Provençal y llené de notas dos cuadernos. No salí de casa. Fue una vacación saludable. Cada tarde, con sus aromas y colores y con la visita del abejorro, era como una serie de sonetos octosílabos. Y no dejaba de pensar en Curro, quien me envió dos o tres telegramas muy cariñosos.

Cuando Curro volvió un día al anochecer su-

cedieron mil cosas extrañas. Pon atención a lo
que voy a decir para darte cuenta de cómo se
enredan las inclinaciones pasionales en esta antigua Tartesos. Curro antes de subir a casa fue
a llevarle un regalito a Carmela, que vive al lado.
Es su padrino. Y jugando con ella le preguntó,
no sé si inocentemente:

—¿Iba alguno a ver a la señorita americana
estos días?

—Sí—dijo Carmela—. Iba su enamorado todas
las tardes. El abejorrito rubio.

—¿Qué dices?

—Cada día a la misma hora. Al llegar le daba
un beso en el pelo.

Sin hablar más, Curro vino a verme muy pálido. Pálido como un muerto o como un condenado
a muerte. (La palidez de Curro es verdosa, como
te he dicho muchas veces.) La madre de Carmela
me dijo después que salió tambaleándose *con su
media en las agujas*. Imagina. Estaba tan confuso
Curro que al parecer se llevó las agujas de hacer
calceta de la pobre mujer sin saber lo que hacía.
También Otelo hacía pequeñas incongruencias,
¿verdad? La ceguera del amor en estos países
de tradición tarteso-musulmana.

No puedes imaginar la escena que me hizo porque en los Estados Unidos estas cosas no suceden.
El pensaba que había venido el poeta rubio y yo
no podía imaginarlo. Aunque hubieran sido verdad
las visitas del poeta, ningún marido se habría
considerado en Pensylvania con derecho a ofen-
derse y menos un novio. ¡Pués no faltaría más!
No somos esclavas. Pero aquí, como te digo...
Curro llegó al oscurecer con la media en las agujas (las de la madre de Carmela), y éstas en el

bolsillo, supongo. A los ojos de Curro se asomaba el genio del mal con sus amenazas milenarias. Tartesos, turdetanos, iberos, bártulos con sus pasiones acumuladas.

—¿No ha venido nadie a verte?—preguntó con un acento raro—. ¿No? Vaya, quiere decirse que te has aburrido.

—Ya sabes que yo no me aburro cuando tengo libros de historia. Buscaba a los bártulos, pero no los he hallado en ninguna parte.

—¿De veras?

—De veras, Curro. ¿Por qué?

—¿No te ayudaba a encontrarlos el abejorrito rubio?

Yo solté a reír:

—¿Te lo han dicho? Venía todos los días a la misma hora. Entraba por esa ventana.

Pero él se puso furioso:

—No te rías. ¡Malditos sean los mengues que mecieron mi cuna! ¡Carmela me lo dijo todo y desde que me lo ha dicho no me llega el aliento al corazón!

Yo creía en aquel momento que Carmela le había dicho la simple verdad, es decir, que se trataba de un moscardón, y la idea de que Curro tuviera celos de un *bumble-bee* me parecía graciosísima—cosa de gitanos, pensaba yo—y poética y mágica y me hacía reír más. Tú sabes cómo soy. El estaba tan furioso que yo lo creí un momento capaz de todo. Enseñaba los dientes sin sonreír como hacen los perros antes de pelear.

—¿Cada día, eh?

—Cada día venía el abejorrito rubio, a la misma hora.

—¡No lo llames así!

—¿El abejorro rubio?

Se puso frenético y le faltó poco para golpearme. De veras. Sentía yo una emoción muy compleja, mezcla de placer y de miedo, que no había sentido desde la infancia cuando mi madre me daba *spankings* (azotes).

—He hablado con Carmela—repetía él con los ojos encendidos—¡Mardita sea tu arma!

Bah, aquello comenzaba a ser demasiado. Yo sé que a veces se da de bofetadas con su sombra, según me ha dicho; y un hombre que hace eso, la verdad, no tiene control de sus actos. Puede ser una neurosis peligrosa. Pero aquí, querida, nadie va al psiquíatra sino unos ciudadanos bastante desacreditados que llaman *los chalaos*. (No es como en Pensilvania, que vamos al psiquíatra como se va al dentista.) La alusión de Curro al arma me dio una idea. Viéndolo venir sobre mí otra vez con la expresión de Otelo y sintiéndome ya Desdémona, pero menos resignada—al fin estamos en el siglo XX—, fui a mi baúl, que estaba abierto, y saqué la pistolita calibre 22 que compré un día en Nueva York. Al verme con la pistola en la mano, Curro cambió de actitud. Se sentó, hundió la cabeza entre las manos, suspiró y dijo con una voz que no le había oído nunca:

—Anda, dispara.

—¡Curro!

—¡Dispara!

—¿Yo?

—Ezo es. Mátame, criatura. Dispara y verás que no sale una gota de sangre porque la tengo toda helada en el corazón. Anda, dispara; que lo mismo me da vivir que morir. Dispara y vete con tu poeta.

Era la primera vez que me insultaba llamándome *criatura*. Tú sabes que en América una criatura es un monstruo incalificable. Criatura. Y repetía:

—Mátame, mardita sea la holandesa malange que nos presentó. Mátame y vete por la ventana con tu abejorro de la buena suerte.

Nos quedamos los dos callados un largo rato. Por fin Curro, con una expresión que daba pena, murmuró:

> *Quién me había de decir*
> *que una cosita tan dulce*
> *tuviera mortal el fin.*

Agonizaba por soleares, Betsy. Pero esto lo pienso ahora. En aquel momento yo estaba casi tan loca como él. De momento el revólver me salvaba de cualquier crisis de Curro. Pero mi propia precaución me daba vergüenza. Ya te digo que Curro no ha ido nunca a un neurólogo como vamos nosotras cuando tenemos alguna fijación o manía. Y yo le dije con la mejor intención del mundo:

—Lo que tenemos que hacer mañana es ir a ver a un psiquíatra.

—¿Yo? Yo no soy un chalao. Calla y dispara de una vez.

—¿Por qué voy a disparar, si te quiero? ¿Por qué, Curro de mi arma?

Y mi arma calibre 22 me temblaba en la mano. Entonces él dio un gran suspiro:

—Así sois ustedes las hembras—dijo—. Me quieres y, sin dejar de quererme, en cuanto vuelvo la espalda te orvidas de mí.

Yo creía que iba a llorar el pobre Curro y me daba pena. ¿ Pero qué podía hacer yo?

—¿ Vas a disparar o no?—preguntaba él.

—No, querido; no puedo.

—Entonces deja ese chirimbolo en er sillón, Nancy. ¡ Por los clavos de la pasión del Cristo del Gran Poder!

—¡ No!

—¡ Que lo dejes, niña!

Yo lo hice y entonces él se acercó y me abrazó muy conmovido. Te digo la verdad, Betsy. Nunca había sabido yo lo que es un beso hasta entonces. Te digo que mientras me besaba oí las campanas del paraíso, los gritos del infierno, las músicas de todos los compositores clásicos y románticos mezcladas y el himno nacional americano. De veras. No me soltaba Curro y yo comenzaba a lamentarme de haberme quedado sin el revólver, porque a veces me faltaba el aliento, cuando mi novio me dijo:

—Tendremos, a pesar de todo, nuestra felicidad hasta el momento de hundirse er firmamento para los dos. Porque te juro que se va a hundir antes de cuarenta y ocho horas.

Decía yo que sí a todo, como puedes imaginar. El me besaba y a veces yo sentía su mano en mi garganta y te aseguro que se me ponían los pelos de punta, pero al mismo tiempo me besaba y... *honey*, qué pasión. No se tiene idea de lo que es eso en Pensilvania. Cuando pudo hablar, dijo:

—Porque mañana se va a hundir el firmamento también para ti. ¿ Qué dices?

—Nada, Curro.

—¡ Di argo, mardito sea *Undivé*!

—¡ Que se hunda el firmamento ahora si a ti te parece mejor! Nada me importa.

—¡ Será cuando yo lo diga!

La verdad es que no sé a lo que se estaba refiriendo. Suspiró y repitió: «¡ Mardito sea Undivé!» Creo que ese *Undivé* es un pariente suyo lejano con quien vivió de niño. En los momentos desesperados habla de él. Lo que sucedió poco después nunca lo imaginarías. En lugar de hundir el firmamento—Curro me dijo que lo dejaba para después—fuimos a pasear por el río. Antes pasamos por una tienda donde vendían flores y mi novio encargó diez docenas de varas de nardo, que pagó en el acto dando una propina de marqués. Esas flores no las hay en América. Nardos. Son flores fragantes como la carne de las «mujeres mocitas», dice Curro. Mandó que las llevaran a la madre de Carmela y que le dijeran que las subiera a nuestro piso, para lo cual les dio su llave. Yo no comprendía para qué tantas flores y él dijo con la voz quebrada por la emoción :

—Tal vez serán las úrtimas. En ese caso, para la capilla ardiente.

—¿ Para qué dices?

—...Así nos acompañarán en el tránsito.

No llevaba yo diccionario conmigo. Aquella capilla y aquel tránsito tenían algo que ver con la caída del firmamento. Mirábamos la estrella de la tarde y Curro suspiraba.

Compró también media docena de botellas. Lo más fino del país, decía. Y caviar y otras cosas caras que me gustan a mí. También compró algo misterioso en una farmacia y recuerdo que el boticario le decía: «Curro, no me busques un

compromiso. ¿Para qué quieres tantas?» Curro
miraba otra vez a la estrella de la tarde y suspiraba. Yo pensaba en el tránsito con cierto temor. Pero si te digo que en ese temor había una
verdadera voluptuosidad, no lo creerás.

Total, que hacia medianoche volvimos a casa,
y antes de subir regaló Curro cien pesetas a Carmela y trescientas a su madre. «¿Es mi salario?», preguntaba ella sin entender. Curro suspiró y dijo no sé qué de los inútiles que eran para
los desgraciados los bienes de la tierra. También
dijo algo—una vez más—-del firmamento. Se quedaron la madre y la niña nerviosas y desorienta-
das, pero contentas.

Subimos a mi cuarto y... ¿qué decirte? Curro
no volvió a hablar del abejorro. Fui a decirle yo
algo y él me atajó y dijo: «No hablemos. Confe-
saste y no pido más. A tu manera eres honrada y
te lo agradezco. No tenéis ustedes la culpa, digo
las hembras, sino er mengue, que las hizo como
son.» Eso decía. Añadía: «¡Mardito sea Undivé!» Y se quedó en mi apartamento toda la noche. Bueno, tú sabes... Hay dos dormitorios... En
fin, piensa lo que quieras. Tú me conoces. Yo no
voy a explicarte todas las cosas, porque las mejores cosas de la vida no se pueden explicar. Por
otra parte, ni tú ni yo somos ya niñas; y el amor,
y la capilla ardiente, y los nardos, y el tránsito,
hicieron la noche larga y profunda como un misterio religioso antiguo. Creo que serían las seis
de la mañana cuando me quedé dormida. Supongo que Curro tomó algunas cápsulas y puso el
contenido de otras en el vino.

Nos bebimos las seis botellas y todavía no sé
cómo. En fin, serían ya las tres de la tarde cuan-

do medio desperté y lo vi a mi lado de pie y me asusté, y él me dijo entonces con una expresión que me dio miedo: «Corazón mío: lo que no han querido hacer las capsulitas del boticario lo harán éstas.» Y mostraba algunas balas de mi revólver en la mano.

Yo medio dormida temblaba pensando: «Ya sé lo que es la capilla ardiente», y estaba a punto del *breakdown.*

Pero sucedía algo encantador. Como puedes suponer, la casa estaba llena de nardos. Parece que entre las flores habrían traído sin darse cuenta docenas de caracolitos pequeños color de nácar que con la humedad (las flores estaban en cuatro cubos con agua) habían salido y trepaban por paredes, cortinas, lámparas, techo. Era una delicia despertar y ver todo aquello lleno de graciosos caracolitos trepadores, tan blancos y tan dulces como las flores mismas.

Por los cristales y las ventanas, por las patas de las sillas, por el muro de estuco blanco, por las cortinas. Todo era como una broma floral. Caracolitos arriba, en medio y abajo. En los cristales dejaban una estelita brillante como de escarcha.

—¡Mira, Curro!—gritaba yo excitada y medio muerta.

Pero él suspiraba todavía, bebía un sorbo de vino y murmuraba mirando las puntas de sus pies, más pálido (digo verde) que nunca:

> *Madresita mía,*
> *mire usted por dónde,*
> *a aquel espejito donde me miraba*
> *se le fue el azogue...*

Seguía muriéndose, al parecer por seguiriyas. (No creas que esto lo pensaba entonces, *honey*. No estaba para bromas.)

Pero Dios no abandona a los pobres seres humanos. Cuando yo comenzaba a sentirme caer en los abismos del *breakdown* vi que entraba por la ventana el abejorro dorado. Lo miré con recelo, la verdad. No comprendía las reacciones de Curro, y dije tímidamente:

—Ahí está el abejorrito como todos los días. Pero no te enfades, por favor.

—¿Qué dices?

—El abejorrito rubio, que viene a verme.

Lo miraba Curro alucinado y el moscardón zumbaba flotando en el aire. Ya te digo, Betsy, que en aquel momento el *bumble-bee* era más humano que Curro y que yo juntos. Y confieso que veía en él claramente al poeta del soneto. Tan culpable me sentía a pesar de mi inocencia que no me atrevía a mirarlo allí delante de Curro. Desde la huerta la pequeña Carmela dio una voz:

—¡Señorita, ahí está su enamorado, el abejorrito!

—¿Pero es eze? ¿Eze bicho na má?—decía Curro sin acabar de creerlo.

Se desperezó mirando al techo—el moscardón se retardaba zumbando contra un rincón—y dijo en voz alta, con los ojos huidizos de vergüenza:

> *Er querer quita er sentío,*
> *lo digo por experiensia,*
> *porque a mí me ha susedío.*

Ahora se disculpaba por bulerías. Luego soltó a reír como si se burlara de sí mismo. ¡Qué risa aquella! Siglos de sarcasmo, Betsy. Veinte siglos desde los Antoninos de la famosa Itálica. Curro atrapó un pañuelo que me pongo yo a la cabeza cuando hace viento y se puso a perseguir al abejorrito para matarlo.

—¡No!—grité yo asustada.

Pero ya le había dado un golpe y el pobre animalito había perdido algún ala y se arrastraba por el suelo zumbando y avanzando en remolinos. Yo le pedí a Curro que no lo matara.

—¡Pero es un moscardón!

—Es un abejorro de los que traen buena suerte, según dicen tus amigos. Y es mi amigo. Es el mejor amigo que he tenido mientras estabas fuera.

Lo tomé suavemente con la pinza de las cejas, mientras decía Curro: «La vida me ha devuelto a mí ese bicho.» Lo arrojé por la ventana. Se oyó un zumbido y salió volando aunque de un modo irregular. Había perdido el ala grande del lado derecho. Me miraba Curro con esa expresión congelada que pone cuando ve algo que no espera llegar a comprender en lo que le queda de vida.

—Curro, ¿qué te pasa?—le pregunté con un poco de miedo.

—Na, venadita. Soy feliz. Eres mi vida y podrías ser mi perdición. Has estado a punto de ser mi perdición, venadita.

—¿Por qué?

—Estuvimos los dos con un pie en el otro lado, bendito sea *Undivé*.

—¿En qué lado?—preguntaba yo sólo por hacerle hablar.

Yo sabía muy bien, Betsy, a qué lado se refería: al otro lado del Río Tinto, es decir, a la laguna que los antiguos llamaban de Acherón, donde tenía su barca Caronte.

¡ Vaya si lo sabía!

La madre de Carmela dijo algo desde abajo y Curro se asomó para advertirle que las trescientas pesetas que le dio eran su salario del mes. Yo me apresuré a decirle a Curro que le pagaría ese dinero al recibir mi cheque. No puedo vivir a expensas de un hombre, porque no soy una esclava, es decir, una *mawla* de la Edad Media. Curro seguía hablando con la madre de Carmela. Dijo que la vida era un regalito de Pascua y volvió a mi lado con la expresión del que ha hablado no con la *house keeper*, sino con los ángeles.

—Vámonos a Sevilla—me dijo muy decidido abrochándose la chaqueta a lo torero.

Antes de salir cogió mi revólver pequeñito y se lo guardó:

—Lo quiero como recuerdo del día mejor—dijo gravemente—y del día peor de mi vida.

—¿Qué día?

—Hoy. Malo como la entraña de la hiena y bueno como el corazoncito del nardo.

Me besó otra vez y yo sentí una inquietud de dobles y triples fondos mixta de gozo y de misterio. Fuimos a ver a Mrs. Dawson. Curro le pidió el coche porque acabábamos de nacer los dos, según decía, y teníamos que celebrarlo. Ella dijo que siempre estábamos celebrando algo, y se invitó a la fiesta. Por lo menos iría a la ciudad con nosotros. Le pregunté a Curro si tenía una cerilla (llevaba yo un cigarrillo sin encender en los labios). Curro sacó la caja, la abrió, dijo que tenía tres; la cerró y se la volvió a guardar. Yo preguntaba:

—¿No me quieres dar una?

—Si, mujer.

—¿Pues por qué no me la das?

—Mujer, tú sólo me preguntaste si tenía cerillas. Yo te he dicho que tengo tres. Si quieres una, eso es otra cosa. Podrías decirlo.

Me encendió el cigarrillo. Esa broma Mrs. Dawson tardó en comprenderla, pero cuando la comprendió comenzó a reír y luego se acordaba y volvía a reír aquí y allá sin motivo aparente.

Salimos juntos. De vez en cuando mi amiga vieja me miraba y decía: «Hija, qué cara. ¿Es que no has dormido?» Yo me ponía muy roja y decía: «No bastante.» Curro cantaba a media voz en el coche:

> *Bendita sea esa luna*
> *que nos sigue por el sielo*
> *y ha puesto en un abejorro*
> *la fin de mi desconsuelo.*

De veras había una luna diurna, Betsy. Lo que no sabía era que la palabra *fin* fuera femenino: *la fin*. En todo caso no he visto nunca un hombre más feliz. Me besó otra vez, allí delante de Mrs. Dawson, sólo para molestarla.

Al acercarnos al café—porque íbamos allí a pesar de todo—yo vi al poeta rubio que salía con la bailarina de la venta Eritaña. El corazón me dio un salto porque (es caso de asombro) el poeta llevaba el brazo derecho en cabestrillo. El derecho, del mismo lado del ala rota del abejorrito. No nos vieron, menos mal. Mi novio seguía a aquella pareja con una mirada burlona y amistosa, casi de simpatía.

—Ahí va er panoli como zi tal coza.

Al llegar al café el encargado se acercó a Curro y le dijo que el dueño había soltado la mosca. Curro, que veinticuatro horas antes era un hombre desesperado y sin futuro, como Otelo, ahora parecía de veras feliz. Todo porque entró—pensaba yo entonces—un moscardón en mi cuarto y porque salió una mosca de la caja del dueño del café.

Así es la vida aquí, querida. Se diría que una está en otro planeta. Un planeta encantador cuya existencia nunca pude sospechar desde Pensilvania. Ya ves la influencia que un abejorrito y la mosca *pastizara vulgaris* tienen en el destino de los seres humanos más nobles.

Aquel día en la tertulia estuvieron discutiendo sobre el materialismo de los americanos y el espiritualismo de los españoles. Parece que la gente que tiene automóvil es materialista y los que no lo tienen y quisieran tenerlo son espiritualistas. Eso es lo que yo deduzco de lo que discutían. Pero tal vez la cosa es más complicada. Ya te explicaré.

CARTA VII

EL PATIO, LA RIVALIDAD Y EL POZO ENCANTADO

Después de dos meses comenzamos a «descansar» de nuestra pasión. Yo evité el *breakdown* y Curro el hundimiento del universo. Vamos renaciendo poco a poco.

Los bártulos no existen. Son una broma de Curro. No volveré a escucharle más en materia histórica. La palabra me sonaba porque había oído algo parecido, pero eran los *bárdulos*. Ya ves: los bárdulos.

Un bártulo es una cosa sin valor y sin importancia. Un utensilio inútil, por ejemplo.

La vida es un edén aunque con algunas novedades. Desde que pasé a vivir al apartamento de Alcalá de Guadaira Curro quería pagar todos mis gastos y yo tuve que pararle los pies. No soy una esclava. En el amor hay que respetar las fronteras de la personalidad. El en su casa y yo en la mía como Dios manda. Y él es él y yo soy yo. ¿No te parece, Betsy?

Curro aceptó, pero poco después comenzó no sólo a permitirme pagar mis propios gastos, sino también algunos gastos suyos pequeños o grandes con una completa despreocupación. Al cabo de dos meses y a fuerza de pagarlo yo todo me quedé sin un centavo, y ahora aquí me tienes colgada de su brazo y esperando que me invite a las cosas que necesito o que me gustan. Hasta que llegue mi cheque del mes próximo estoy, pues, a su merced. Creo que Curro no puede tolerar que haya dos economías. Es como si tuviera celos de mi independencia. Quiere que yo viva a su costa o él a la mía. Esta situación, aunque ilógica y ligeramente humillante, tiene su atractivo: una especie de relajo moral autorizado por el amor.

Porque todo es amor ahora en mi vida. Absolutamente todo, querida.

El abejorrito rubio por el cual me preguntas tampoco es *grandee* y se llama Quin Gómez—ya te lo dije—. Aquello de ser hermano mellizo era una chufla del género que llamaríamos pugnaz. Es pugnaz cuando el de la chufla enseña los dientes sin reírse como los perros antes de pelear, cosa frecuente en España cuando los hombres discuten sobre mujeres. No necesito decirte que el abejorrito es hoy un fantasma entre Curro y yo. Un fantasma que no tiene peligro alguno creo yo, pero que, de todas formas, crece. Bueno, no lo entiendas mal, a mí no me interesa sino por la distinción—digámoslo así—de su espíritu.

Me dicen—aunque yo no suelo preguntar—que va todos los días al café, pero a horas diferentes que Curro. Prudencia. Para mí no existe como galán porque comprendo que si existiera podía volver a producir el horrible *misunderstanding* de la noche de los nardos. Fue horrible y sublime. Las cosas de España son así: horribles y sublimes. Mrs. Adams, que se mete en todo, ha indagado los ires y venires del poeta y viene a contármelos. Dice que el abejorrito bebe los vientos por mí. Eso le ha dicho él mismo. Bebe los vientos. A eso le llaman en los Estados Unidos aerofagia y acaba por producir dolores de estómago. Y úlceras. Yo no tengo la culpa. Soy sólo una pobre turista universitaria trabajando en su tesis.

No es que me interese Quin. Pero es el polo opuesto de Curro y siempre tiene algún atractivo un hombre que nos recuerda con sus ojos azules y pelo rubio a los compatriotas del lejano país.

Pero ya digo que no pienso nunca en él y si ahora parece lo contrario es porque trato de responder a tus preguntas.

Lo encontramos el otro día en un patio. Al principio me asusté, sobre todo viendo la cara que ponía Curro. Pero al fin y al cabo Quin y Curro viven en el siglo XX y son civilizados, digo yo. Sobre todo Quin.

La institución sevillana del patio viene de lejos. De muy lejísimos como diría Curro, mi dulce amor. Los griegos llamaban a esos patios peristilos y tienen porches alrededor; el centro está defendido del sol por una lona como la vela de un barco—que da a las caras un suave color topacio—y descubierto de noche. Flores en el centro, en los alrededores del pozo (un pozo que no se usa por una razón que te diré) geranios, rudas, aspidistras volantes, todo, hija mía. Un patio sevillano es una canastilla de boda, digo de flores de boda. Los árabes hicieron de ellos en la Edad Media una imagen del oasis en el desierto. Esto es historia y poesía juntas, como todas las cosas de la Bética.

El pozo del patio tiene un hechizo que en este momento no sé cómo explicar. Ya sabes que mi mente es más iluminativa que constructiva.

Había un piano de cola cubierto con unas mantas de filipinas (así creo que se llaman) pero yo no veía nada a mi alrededor, preocupada por la presencia de los dos rivales. Yo creo que aunque Curro aparentaba ligereza de ánimo tampoco pensaba en otra cosa.

El abejorrito, impresionado por nuestra presencia, se disimuló detrás de un biombo japonés que tenía pavos reales bordados en seda de colores. Y en algún lugar alguien tocaba la guitarra.

Las puertas de las habitaciones bajas estaban abiertas y se entraba y se salía con libertad. En uno de aquellos cuartos había dos viejecitas con el cabello blanco sentadas en mecedoras. La abuela de la casa y una ancianita francesa de Limoges. La francesa no sabía español y la española ignoraba del todo el francés. Pero cada una hablaba en su idioma, y aunque no se entendían, charlaban sin parar y reían y se divertían mucho.

Había luces, pero no demasiadas. La señora de la casa, que es viuda con siete hijas, tiene más de cuarenta años y no quiere tener luz directa sobre su cara, como tampoco las mujeres de su edad en los Estados Unidos. Es interesante y, cosa rara, tiene un colmillo retorcido, según Curro. En cuanto a las hijas, las tres mayores estaban cada una en su reja con el novio. «Todas las rejas ocupadas», decía la madre con acento

doliente, aunque en el fondo satisfecha. Las otras
cuatro que andaban por allí eran como frutas un
poco ácidas, pero fragantes. Curro dice que son
de costumbres muy puritanas, y no es raro, porque la madre es tan severa en su catolicismo,
que Curro dice de ella que es «un pendón». (Pendón es el estandarte religioso que se lleva en las
procesiones.)

Quin el abejorro galanteaba mucho a las otras
hijas de la casa. Las cuatro que no tienen novio
están también enamoradas de alguien, y siempre
es un torero, o un militar, o un cura. Del cura,
platónicamente, claro. Pero ellos se diría que les
hacen la corte lo mismo—miradas, sonrisas, sus-
piros—, aunque sólo por el lado espiritual. Yo
vigilaba a Quin, él a Curro y Curro a mí con
miradas inquietas y furtivas. Al decirme la señora que sus tres hijas mayores estaban en la
reja con los novios, pregunté por qué no entra-
ban ellos en el patio.

—No pueden. No son novios formales aún.
Eso lleva años. Entretanto, pelan la pava.

No he visto esa pava por ninguna parte. En
una de mis primeras cartas te he hablado de eso.
Debe de ser una figura de dicción. Pelar la pava.
Me dijo Curro que la niña mayor está coladísi-
ma. En el diccionario eso quiere decir que está
pasada por un colador *(perforated sink cover)*.
¿Cómo se puede colar a un ser humano, digo yo?
El novio, según Curro, es un *lilaila*. No sé qué
profesión será ésa.

Esas reuniones del patio son una especie de
fiestas de familia que celebran dos veces a la
semana con amigos, gente joven, alguna pareja
y un cura viejo que se llama don Oselito. Hay

casas que tienen patio abierto todos los días.
Yo pensaba si se atrevería Quin a acercárse-
me y, en caso afirmativo, qué sucedería.

Olvido decirte que había también en el patio
—en una hornacina en el muro—una imagen de
la Virgen con el corazón descubierto y siete puñales clavados en él. ¡Qué crueles los españoles,
a veces! Tenía una lamparita al pie. La gente
tan despreocupada y bromista junto a la Doloro-
sa con los siete puñales me resultaba un poco
incongruente. Si tanto quieren a la Virgen, ¿por
qué le ponen esos puñales en el corazón? Pero así
son las cosas. A veces, sin dejar de ser feliz.
tengo un poco de miedo, la verdad. Pero ese miedo es voluptuoso.

En estas fiestas, los diálogos son rápidos y
una se vuelve loca. Yo trataba de entender, pero
las palabras tienen electricidad y echan chispas.
Cuando una no puede más se queda confusa, en
un estado de turbación típico de Andalucía que
creo se llama *la tarumba*. Cuando repiten las
mismas palabras de un modo obstinado se pro-
duce un efecto retórico que llaman la monserga.

Los hombres y las mujeres hablan por medias
palabras, adivinándose lo que van a decir y sin
decirlo casi nunca. Cuando llevábamos un rato
Curro y yo en el patio se oyó una guitarra, y
Quin se levantó poco a poco al lado del tocador.
Yo me quedé helada. Pero él me sonreía y cantaba:

> *¿Qué quieres que le haga yo*
> *si siendo suya la rosa*
> *hasta mí llega la olor?*

Me hice la distraída. Curro torció el gesto:

—Eze niño se empeña en buscarse la ruina.

El abejorro cantador, tal vez para disimular, miró a la hija más pequeña de la casa, una niña de quince años un poco boba, y le cantó con ojos tiernos:

> *¿Qué tienes en el pecho*
> *que tanto huele?*
> *Azahar de los puertos,*
> *romero verde.*
> *¿Qué huele tanto?*
> *Azahar de los puertos,*
> *romero blanco.*

Un loro gritó desde su jaula.

Hubo un silencio súbito y en alguna parte se oyó una risita nerviosa. Era la niña boba, creo yo. Se había acercado a Quin y le miraba en éxtasis con una expresión afeminada un poco excesiva.

—La niña es linda, ¿no te parece?—preguntó Curro.

—Bah, si le quitas los quince años no le queda nada.

—¿Tú crees?

—Cualquiera diría lo mismo.

Me miraba Curro agriamente. Aquella mirada quería decir: «No te gusta la niña porque el abejorro la corteja, ya veo.» Y tenía razón. ¡Qué fácilmente me atrapa a mí Curro con su perfidia de macho tarteso!

Al lado del tocador, Quin parecía una esfinge con su cabello leonado. A mí se me estaba quitando el miedo a los posibles incidentes y tenía una gran curiosidad.

La hija pequeña, al ver que me interesaba por el loro, me contó que de día andaba suelto por la casa, y como lo habían pisado una vez cuando caminaba, ahora por los pasillos oscuros iba gritando:

—Cuidado..., cuidado...

Yo no sé si creerlo. Tal vez ella tampoco lo creía. Curro dijo a la señora que pensábamos casarnos pronto (es prudente cuando los demás nos ven juntos a todas horas). Yo creí mejorar la cosa diciendo que si salgo por la noche es imitando a las estudiantes españolas que hacen la carrera. Hubo un vago silencio.

La pequeña le preguntaba a Curro con una expresión adormecida y casual:

—¿Y os vais ustedes a ir a América, digo, tan lejísimos?

—No; eso no—respondió Curro ofendido—. ¿Por quién me tomas, niña?

Nunca habíamos hablado de esa posibilidad, y las palabras de Curro fueron una sorpresa y una ducha fría para mí. Alguien dijo que yo había subido a caballo a la Giralda y me miraron con admiración. ¿En un verdadero caballo? Yo dije ingenuamente: «Bueno, en una yegua.» Rieron creyendo que lo decía por hacer gracia.

La niña de los quince años, que parecía una virgen de Fray Angélico, volvía al tema preguntando a Curro con los ojos dormidillos y la mandíbula un poco colgante:

—¿Por qué no quiere ir a los Estados Unidos? ¿Se puede saber?

—¡Hombre..., yo...!

—¿O no debo preguntarlo y he metido la patita?

Yo repetí la pregunta un poco desafiadora, y Curro dijo muy serio que no iría a causa de los perforantes. Añadió que los perforantes son unos *insertos* americanos en forma de barrena que se meten debajo de la piel y allí ponen sus huevos... Entonces resulta que a veces se desarrollan dentro y van minando el cuerpo, al extremo de que una pierna, por ejemplo, queda vacía y hueca, y la persona sigue yendo y viniendo como si tal cosa. Al caminar y tocar el suelo, la pierna hace «cling, clang»...

Era absurdo aquello, pero debía tener alguna base, porque Curro exagera pero no suele mentir. Por fin caí en que se refería a las *niguas*.

—Es verdad—dije echándolo a broma—que hay unos *bugs* muy pequeños en los jardines y parques que de veras anidan en el cuerpo debajo de la piel. Pero no se comen la pierna, y menos la dejan vacía.

—Ezo dependerá del apetito, digo yo.

Algunos se escalofriaban imaginando a los *perforantes*. Yo explicaba, tratando de reír, que con un poco de algodón impregnado en soda todo se arreglaba. Un invitado me preguntó si había que ir entonces por los Estados Unidos con una botella de soda y un algodón en la mano. Curro insistía muy serio en la peligrosidad de los *perforantes*, y viendo que los otros le escuchaban dio una verdadera conferencia. Dijo que esos bichos se reproducen tan deprisa que en un mismo día son padres y abuelos, y que una vez debajo de

la piel se extienden por todas partes haciendo
estragos. Lo había leído en el libro de un malasombra que se llamaba Julio Camba y que había
estado allí.

—¿ Por qué es un *malasombra*?—preguntó el
cura.

—Hombre, es un gallego que quiere hacerse el
gracioso. ¿ Cuándo se ha visto cosa igual?

Volviendo a los perforantes lo peor era que el
individuo no moría, porque los perforantes no
atacan las partes vitales del cuerpo, como el corazón o las venas y ni siquiera los nervios. Por
lo tanto se podía llegar a estar casi vacío o vacío
del todo—es lo que decía él—sin morirse. La
cosa llegaba a ser alucinante. Un hombre hueco
por dentro—así decía Curro—y caminando por
la calle. «Un mastuerzo lleno de aire.» Y cuando
ese hombre hablaba parecía que la voz salía de un
barril o de un cántaro vacío. Era que los perforantes se lo habían comido ya por dentro y sólo
quedaba el cuero inflado por el aire del aliento
y los tendones. Los tendones y las venas sueltos
por dentro como cuerdas de guitarra vieja. Por
eso muchos americanos—concluyó, seguro de sí—
prefieren venir a España. Porque aquí no hay
perforantes. Y si algunos americanos se ponen
huecos en Sevilla (es decir, si se inflan de vanidad) es por otra cosa: por la buena vida que
se dan con los vellerifes del banco de Nueva York.

Eso decía Curro. Con tantos detalles nadie dudaba de los perforantes y me miraban a mí com-
pasivos pensando que tal vez estaba yo medio
hueca por dentro también. En un extremo de la
sala se oyó a Quin decir a media voz: «Eso es
hablar por hablar.» Yo me quedé sin aliento pen-

sando: ¿lo habrá oído Curro? El loro cantaba
entretanto una canción torera titulada «La novia
de Reverte». (*Reverte* quiere decir volver a verte otra vez. Muchos nombres españoles tienen
sentido funcional. Por ejemplo, Concepción quiere decir mujer especialmente apta para la mater-
nidad.) Y el loro repetía:

Con cuatro picadores, mamita...

Curro se acercó a la jaula del loro y dijo a los
más próximos:

—Ezte loro es muy patriótico.

Yo respiré: «No ha oído a Quin.» Pero Curro
volvía a insultar a mi país:

—Además, en América no hay nada que beber.
En España tenemos jerez, en Francia hay cham-
paña, en Inglaterra whisky, ¿pero en América
qué hay? Gazolina, señores.

Esa «gazolina» con zeta resultaba de veras ve-
jatoria. Yo seguía ofendida, y viéndolo Curro
hizo un gran esfuerzo para ponerse razonable:

—La verdá es que yo tendría que aprender
inglés si fuera al otro lado del charco. ¿Y cómo
voy a aprenderlo? Es una lengua mentirosa. Nada
se dice como se escribe. Nada se pronuncia como
es debido. Por ejemplo, escriben Shakespeare y
parece que pronuncian...—se quedó un rato haciendo memoria en vano. En el otro lado del
patio se oyó una voz.

—Shopenhauer.

—Ezo és. Shopenhauer.

Había sido el cura quien lo dijo. No sé si lo
decían inocentemente o para hacer reír. Con estos andaluces nunca se sabe. Es como lo de los

bártulos. Desde el otro lado del patio Quin le decía al guitarrista para que lo oyera Curro: «Tonterías. Shakespeare y Shopenhauer son dos personas distintas.» Añadió que sólo los confundían los flamencos ignorantes.

Yo me llevé otro gran susto, pero gracias a Dios no pasó nada. Parece que Curro no oyó aquellas palabras atrevidas.

La hermana que seguía en edad a la tercera de las novias de la reja dijo que en América no se podían decir piropos a una mujer, y eso le parecía incivil y salvaje. Entonces las pobres mujeres, ¿ para qué se acicalaban y salían a la calle? El cura don Oselito para cambiar el tema dijo que el día antes había tenido un incidente en la calle. Pasaba por delante de una taberna cuando vio a dos borrachos peleando. Intervino para separarlos y uno de ellos le dio una bofetada. El cura se aguantó y acordándose del evangelio puso la otra mejilla. El borracho le dio otra bofetada. Entonces el cura dijo: «Bien, ya he cumplido con Jesús. Ahora voy yo.» Y le dio al borracho una paliza que tuvieron que recogerlo después en una espuerta. Eso decía él: en una espuerta.

—Osú, don Oselito—gemía la señora de la casa—¡ Qué cosas tiene!

Y el gemido se iba convirtiendo en una risa muy aguda. No creíamos al cura. Pero Curro la había tomado con América. Faltaba la acusación general y sabida: la de los hombres trabajando en la cocina. Todos hicieron grandes extremos, y la niña quinceañera parecía muy divertida con las alarmas de los chicos. Los miraba a la cara, de uno en uno, con su linda mandíbula de nácar un poco caída.

—Los hombres son allí—decía mi novio—demasiado cocinillas.

Todos callaban y él añadía muy solemne:

—Lo peor es que uno podía volverse igual.

—No te apures, mi arma—le dije yo—, que tú no trabajarás nunca en la cocina de mi casa.

—¡Y olé mi venadita! Ustedes son testigos.

La hija pequeña de la casa susurró al oído de su vecina: «La americana se le sube a la cabeza a Curro como la manzanilla sanluqueña.» Yo pensé: «Vaya con la niña que parece tonta.» Pero entonces vino a mi lado y se puso a contar en voz baja pequeñas cosas de su vida. Algunas tenían gracia. Por ejemplo, llevaba un año viendo en la vitrina de una librería cerca de casa un libro que tenía un título muy prometedor: «Lo que debe saber toda muchacha antes de casarse.» En la cubierta, una novia con velo y formas abultadas. No se atrevía la niña a comprarlo, pero, por fin, el día anterior entró un poco avergonzada, y al salir con el libro a la calle lo abrió y resultó ser... un libro de cocina. Dijo que me lo regalaría si quería, porque tenía muchas recetas españolas.

—Aunque ustedes las americanas—añadió con cierta picardía—parece que cuando se casan saben ya guisar.

Le dije que en todo caso las españolas siempre podrían enseñarme algo y que me gustaría tener el libro. Ella corrió a buscarlo. Yo comprendí que la chica no era boba, pero lo simulaba por coquetería. ¡Cosa más rara! En los Estados Unidos una tonta es una tonta, pero aquí la tontería puede ser un atractivo. ¡Viajar para ver!

Me acerqué al pozo. Curro vino y dijo, bajando la voz:

—Ese pozo tiene un hechizo.

Al lado del tocador de guitarra, Quin, quien no quería callarse, cantaba a media voz:

> *Quisiera ser como el aire*
> *y estar a la vera tuya*
> *sin que me sintiera naide.*

Estaba Quin tentando al destino.

Aunque, la verdad, después de las experiencias anteriores yo comenzaba a pensar que no había verdadero peligro. A propósito «naide» es una metátesis que todo el mundo emplea. Naide. Curro ninguneaba a Quin (como dicen en México). Es decir, lo ignoraba. Poco después, por el bien parecer me dejó y se fue con otros invitados. Pero cuanto más lejos se iba más cerca lo sentía yo. Su presencia era cálida y su ausencia magnética. No exagero, Betsy. Aunque llevamos cerca de cuatro meses de relación siempre parece el primer día.

Uno de los chicos que se me acercaron dijo refiriéndose al pozo que tiempos atrás se había arrojado dentro una niña que se llamaba Soleá. No era de la familia, sino hija del jardinero. Diciendo esto parecía querer atenuar la desgracia. Yo no debía darme por enterada—advertí—porque no le gustaba a la familia que se hablara de aquello. El chico añadía:

—La pobre Soleá dejó arribita en el brocal un pañolito bordao con cuatro hojas de guipur y er nombre del novio: *Juanito*

—¡Juanito!

Otro corroboró: «Ezo es, Juanito.» Como yo seguía con la obsesión de los platos sucios en las cocinas americanas, dije que ni los hombres ni las mujeres tienen que lavarlos, porque hay máquinas para eso. Pero tengo la impresión de que no me creían. Nadie se considera obligado en Sevilla a creer lo que le dicen y si escucha con interés es sólo atendiendo a la gracia o a la falta de gracia del que habla. Tampoco pretende nadie ser creído, sino sólo ser escuchado.

En un grupo cercano estaba Curro y cerca de mí el cura con su perfil fúnebre decía que había tenido mucha suerte naciendo en Sevilla.

—Porque si llego a nacer en Chicago, con las dificultades que tengo para el inglés...

Era broma, pero aquella noche a mí todo me incomodaba. Es verdad que a muchos sevillanos no les gusta América. Una de las chicas cantó de pronto como si quisiera cambiar las ideas de los invitados:

Ay qué penita, serrano,
que se te aflojan los dedos
cuando te cojo la mano...

Me dio tristeza esa canción, porque yo sentía como si a mi novio se le aflojaran los dedos cuando yo hablaba de mi país. A mi lado un muchacho decía tonterías sobre el mismo asunto:

—En Chicago hace tanto frío que cuando cruzas la calle en invierno para ir a ver a la novia se te forman bisagras de hielo en los ojos y no puedes **abrirlos.**

—¡Bisagras!—decían aquí y allá aterrados.

Yo me volví como una viborita:

—California es también América, y allí hace más calor que aquí en invierno. Y en Florida y en Luisiana y en Tejas.

El loro imitaba el toque militar de diana y la señora de la casa se llevaba las manos a la cabeza y decía: «Ay, ese periquito que me quiebra er sentío.» La niña de quince se acercaba a la jaula con un poco de chocolate:

—Periquito, no le quiebres er sentío a mamita. ¿Oyes, monín?

Ya dije que parecía tonta la niña, pero no lo era. Me dio el libro, que tenía una cubierta con dibujos sugestivos. Seguí hablando de California y fue mala ocurrencia, porque alguien dijo que en aquel país condenaban a muerte a los que se propasaban con una mujer, y que según los periódicos, habían ejecutado en la cárcel de San Francisco a un joven que violó a una anciana de sesenta años.

—Y se lo tenía merecido, por asaúra—dijo Curro.

Una palabra nueva: asaúra. Parece que llaman así al que viola a una mujer anciana. En eso Curro se puso a mi lado como ves—le pareció bien que lo ejecutaran—y aunque tú sabes que yo no soy partidaria de esas leyes terribles, se lo agradecí. El añadió alzando la voz:

—Además, que hay lugares en América donde el domingo un ciudadano tiene que beber agua porque lo manda la ley. Es como si la hubieran hecho las ranas esa ley.

Hubo un silencio escandalizado, y para sellar y consolidar el efecto de su revelación mi novio añadió:

—¡O leche! Beben leche en vasos así de grandes, como si todos se pusieran enfermos de repente.

El silencio era completo. El loro cantó desde su rincón:

Coronelita, canela,
canela, coronelita.

No sé si te dije que la señora de la casa era viuda de un coronel.

Curro nunca se había conducido así con América. Yo creo que no le gusta que sienta nostalgia por mi país. Querría separarme de mi patria con verdades o mentiras. Es como si tuviera celos del puente de Brooklyn. Aquella noche yo cavilaba, pero no caía en esto. Cuando estoy en sociedad sólo pienso en hacer buena impresión y no puedo decir que soy especialmente aguda y sagaz, al menos no tanto como los sevillanos. Las cosas buenas se me ocurren después, en mi casa. «Cuando me dijeron esto—pienso—yo debía haber contestado tal o cual.» Tú comprendes. Así, pues, el tener Curro celos de América se me ha ocurrido después en mi casa.

Por el momento la atención se distrajo de nosotros porque la novia de la reja número uno entró diciendo que había roto con el novio para siempre, que era un canalla y que le iba a devolver las cartas. La madre la miraba con una ternura sonriente y decía:

—No grites, niña, que si se enteran tus hermanas les dará el tolondrón de pelear también.

Añadía mirando a la gente:

—Es la tercera vez que se pelean en este mes los tortolitos. Y estamos a dose nada más.

La chica juraba que aquella vez iba en serio.
Y fue a buscar las cartas. La madre se hacía aire
con un abanico y dijo que a los hombres había
que entenderlos. Con un acento lloriqueante añadió que los hombres se dividían en seis clases:
paganos, feligreses, babiecas, seráficos y mártires. Ah, se olvidaba de uno: los granujas. «Este
feligrés de la reja número uno parece que no
quiere entrar por el aro», dijo la niña tonta detrás de mí.

A todo esto, Quin se me acercó disimuladamente y me dijo que consideraba mi país como el
más digno de respeto del mundo. Sería feliz—añadió—si pudiera vivir en Pensilvania como un
americano, con su coche en la puerta, su teléfono blanco en el baño y, sobre todo, la libertad
para hacer lo que quisiera y decirlo y escribirlo
como un hombre digno de llamarse tal. Todo esto
es admirable de verdad menos el teléfono blanco, que es *corny* o, como dicen aquí, «cursi». La
palabra viene también del árabe. Llamaban «cursi» los árabes españoles a un cierto asiento re-
camado de nácar y de metales preciosos, según
la riqueza de cada cual, que tenían en casa para
ofrecerlo al visitante.

Quin se daba cuenta de mi gratitud; pero otro
de los chicos, con su vaso de manzanilla en la
mano y hablando zarzalloso, dijo:

—En las Américas la gente no pasea, porque
eso me lo han dicho a mí. Digo, luciendo el garbo
y viendo pasar a las mocitas.

—Tú te callas—le dijo Quin—, que estás borracho y no dices más que simplezas. Cuando
veníamos aquí, pasó cerca una mujer que parecía una jirafa y este vaina gritó: «¡Osú, qué

mujer más fea!» Y la mujer se detuvo y respondió: «¡ Y qué borracho más indecente!» Y
tenía razón.

—Sí, pero a mí se me va mañana.

Aquel chico era bastante malasombra y yo dije
a Quin para premiar su entusiasmo por nuestro
país que si algún día decidía ir a los Estados
Unidos yo le daría mi *affidavit*.

Los otros prestaron más atención. Creo que
nadie sabía lo que es un *affidavit* y sospechaban
cosas incongruentes. El del vaso bebió un sorbo
y dijo con cierta sorna pesada:

—¿ Qué es eso que le quiere dar a Quin?

—El *affidavit*.

—Vaya—dijo poniéndose un poco rojo.

Aquella palabra fue circulando y alguien aven-
turó una hipótesis: «Debe ser un chirimbolo
nuevo para er automóvil.» El chico borracho decía que aquel mismo día tenía que haber salido
para Cádiz a ver a su novia y fue a la estación,
pero cuando entró en el andén el tren salía y
sólo acertó a ver el último vagón a lo lejos. Co-
mentaba, estoico:

—Llegué tarde, pero ya lo dice el refrán: más
vale tarde que nunca.

Como había perdido el tren y se quedó sin ver
a la novia fue al casino y se puso a beber. En
aquel momento yo sentí a Curro a mi lado:

—Si miras al fondo del pozo—dijo señalando
el brocal lleno de macetas con claveles—y comes
tres aceitunas negras, tendrás sueños dulces por
la noche. Sueñesitos de fiesta en *ternicolor* como
en er cine. Eso es lo que dicen las niñas.

Era evidente que hablaba Curro pensando en

otra cosa. Viendo pasar a la niña quinceañera
añadió:

—A eze angelito le gustan los toreros más que
a los perros los picatostes.

Los picatostes creo que son una casta de pájaros de pico largo. Pero Curro seguía pensando
en otra cosa y yo me preguntaba en qué. De
pronto me dijo si quería que nos marcháramos,
y los chicos que estaban cerca protestaron. Entonces Curro me advirtió en voz baja: «Está
bien, nos quedaremos, pero como se te acerque
ese moscardón malasombra voy a armar la de
Dios es Cristo.» Yo sentí otra vez el ala de la
fatalidad tartesa y griega pasar por sus ojos.
Cuando se arma la de Dios es Cristo hay sangre,
pero no es frecuente que eso suceda en un patio
sevillano. Suele pasar más bien en un lugar lejano donde al parecer Cristo dio tres voces. No
sé cuáles. Lo he oído decir.

A veces en esos lugares lejanos y nocturnos no
pasa nada, sino que el ofendido le da dinero para
el pelo (para cortárselo) al otro. Es un misterio
que no entiendo todavía. Tiene un sentido demasiado crítico para mí. Darle para el pelo, dicen.
Yo pregunté una vez si eso tiene que ver con el
scalp de los indios, y nadie supo darme razón,
porque no sabían lo que era un *scalp*. Pero yo
me pregunto por qué van a un sitio lejano y oscuro para darle dinero al que necesita cortarse
el cabello.

La novia de la reja pasaba otra vez muy adus-
ta con el cofrecito de las cartas. Dejaba detrás
un perfume de sándalo. Se le cayó un envoltorio
del que salieron varios objetos que se desparra-
maron por el suelo: dos colillas viejas de ciga-

rrillo que tenían fecha escritas en un lado y que la novia recogió como si fueran objetos preciosos. También recogió una flor seca diciendo: *¡ay, qué flor criminal!* Dos envolturas de caramelos con fechas también escritas (¡amargas fechas!), una caja de cerillas vacía *«como su corazón»*, una entrada de cine arrugada y un pequeño sujetador de corbata, que contempló sollozando. Guardó todo aquello y con el cofrecito de las cartas contra el regazo se fue heroicamente hacia la reja. La madre sonreía bonachona:

—Siempre están así los tortolitos. Son los más reñidores de la familia.

Yo, pensando en aquellas colillas, en aquella caja de cerillas vacía y en las otras cosas «sagradas», dije:

—¡Pero eso es fetichismo! Una aberración, señora.

La madre me miró contagiada de mi alarma, pero sin entender. Después de un largo espacio en silencio preguntó:

—¿Feti... qué?

—Fetichismo.

—No sé, hija mía. Ahora esas cosas parece que están prohibidas.

—¿Qué cosas?

—Los partidos políticos.

—Me callé pensando que era inútil explicarlo. En las perversiones la mitad del mal está en la palabra. Más valía callarse. Pero estas novias españolas con toda su pureza a mí me parecen un poco... pornográficas, la verdad.

En el grupo de Curro se hablaba de madrugar y de trasnochar y de las costumbres de cada cual en esa materia. En aquel grupo no había más que hombres y cada uno decía la hora a que se acostaba o levantaba. Curro declaró:

—Yo, zeñores, me levanto todos los días a las seis de la mañana. En invierno y verano.

Hubo un clamor de incredulidad. Creían que era bluff.

—¿Y qué haces a esa hora, tan temprano?

—Pues voy un momentito al lavabo y luego vuervo a acostarme.

Las bromas de siempre. Tú dirás que son de mal gusto, pero ya sabes lo que dice de ellas la psicopatología moderna. No son un desdoro ni mucho menos.

La de Curro es una salud tremenda. Insolente.

Suspiraba don Oselito y decía que él no podía trasnochar, porque tenía que ir al día siguiente al rosario de la aurora. La madre reía con las inflexiones del llanto.

—El rosario de la aurora. No me haga usted reír, don Oselito.

Parece que ese es un rosario-procesión que hacen al amanecer donde al final rompen los faroles y los fieles (la gente piadosa) se disciplinan los unos a los otros con los palos o con cuerdas, o lo que tienen más a mano. Influencia oriental de los derviches. Los derviches se disciplinan también en las procesiones. Continuidad histórica como te he dicho otras veces.

Los días que llueve la procesión no sale, sino que se queda dentro de la catedral alrededor de los claustros. Entonces cada uno se flagela a sí mismo y de ahí el dicho: *la procesión va por dentro*. Con eso quieren decir que está lloviendo.

En el grupo de Quin, éste seguía defendiendo a América—Dios lo bendiga—y un chico de piel

granujienta, es decir apicarada, porque a los que
tienen esa piel los llaman granujas, le llevaba la
contraria y contaba un caso del que había sido
testigo. Hay aquí un matrimonio que trabaja
en la base de Morón. Marido, mujer y una niña
de once años. Tienen un gatito siamés (de la
niña) y un perrito *spaniel,* de la mamá, y el otro
día el chico granujiento encontró en la calle a la
niña, le preguntó cómo estaban en su casa y ella
dijo: «Oh, el gatito ha estado con *distemper,*
pero ya está bueno.» Más tarde encontró en el
parque a la madre, quien se apresuró a decirle:
«El perrito estuvo malito con pulmonía.» Por fortuna se había curado también. Aquella misma
noche encontró al padre en el café, y al preguntarle por su salud el pobre padre americano dijo:
«Tuve un ataque de apendicitis y me operaron
hace dos semanas.» De eso no le habían dicho
nada la esposa ni la hija.

Reconozco que es posible y que en los Estados
Unidos la gente es demasiado sentimental con las
mujeres, los niños y los animales, y no bastante
sensitiva con los hombres. En una familia donde
el padre fuera como Curro, sin embargo, no sucedería nunca un incidente como ése. De modo
que todo depende de la *stamina* del varón.

A pesar de todo, el abejorrito rubio se confia-
ba y volvía a acercarse a mí. Yo estaba inquieta
pensando en Curro y tampoco Quin parecía sentirse seguro en su piel, con lo cual los dos debíamos tener—lo vi en un espejo—un aire alucinado
de mártires antiguos.

Estaba Curro al lado del guitarrista, a quien
ofrecía un vaso de manzanilla. El tocador la bebía de un sorbo:

—Se agradece.

Lo decía como el sacerdote en la misa cuando dice: «*Dominus vobiscum.*»

La coronela rogaba—siempre hablaba con un acento gemebundo—a Curro: «Por la Macarena, niño, no me levanten un Tiberio de coplas con segunda» (quería decir *segunda intención*). Prometió Curro que por él no había cuidado, pero poco después el tocador comenzó a rasguear y Curro viendo a Quin a mi lado cantó por lo bajini:

> *A mí se me da muy poco*
> *que un pájaro en la arbolea*
> *se pase de un árbol a otro.*

Aquello fue una decepción. Había dicho antes que mataría a Quin si lo veía a mi lado. Y ahora se mostraba *cold, calm, and collected.* No me gustó, Betsy. ¿Qué otra cosa habría hecho un vulgar americano de Pensilvania? Te digo que a pesar de subírseme la sangre a la cabeza me puse pálida. ¡No le importaba que yo, pájaro de alameda, me pasara de un árbol a otro! ¡Te digo que me decepcionó de veras!

—¿No se encuentra bien?—me preguntó el caballeroso Quin.

Yo respondí mirando a otra parte:

—Lejos de mi país me siento a veces un poco perdida.

—¿El amor no la consuela?

—¿Qué amor, amigo mío?—y suspiré.

El me dijo que los españoles llaman al dolor de la ausencia añoranza, nostalgia, querencia, saudade. ¿No es bonito *querencia?* Quin dijo que esa palabra olía como la hierba recién cortada.

—¿Y saudade?

—Saudade no huele, pero suena como el batir de alas de la golondrina contra el cristal de la ventana. Digo, en el poema de Bécquer.

Tal como yo lo repito parece un poco *corny*—no tanto como desear un teléfono blanco en el baño—, pero él lo dijo con una expresión modesta e inspirada, rezumando intimidad.

¿Tú recuerdas, querida, la encuesta que hizo el periódico estudiantil de nuestra universidad hace dos años entre las muchachas? El repórter—un chico muy inteligente—nos preguntaba: «¿Qué clase de individuo prefiere usted para el amor? ¿El hombre dulce y tierno, o el hombre prehistórico, brutal y violento, es decir el hombre de la tranca?» ¿Recuerdas que hubo mayoría de chicas que preferían el hombre violento? Yo, no. Yo prefiero el hombre civilizado y afable.

Tenía yo el libro de la niña boba en la mano. Al ver el título—tan estimulante—algún chico me lo pedía, pero al averiguar que se trataba de recetas de cocina hacía un gesto muy raro:

—Tiene guasa—decía devolviéndomelo.

Aquí todo es guasa. Estoy divagando demasiado, querida. Yo te hablaría mucho sobre el amor, pero ¿qué decir? Se ama y eso es todo. Hablando así con Mrs. Dawson nos enfadamos el otro día, y lo siento, porque me he quedado por el momento sin coche. Fuera de los Estados Unidos las mujeres americanas se hacen irritables. A Mrs. Adams le molestan mis comentarios y a Mistress Dawson mis risas. Yo creo que a las dos les molesta mi juventud, y eso es todo. Hay que tener cuidado con las mujeres viejas para no ofenderlas. Les dices «Buenos días» y ya creen que estás dándote importancia. Dentro de nuestro país no son tan sensitivas. Aquí parece que andan con la piel arrancada y cualquier contacto las hiere.

Debe ser por un lado la influencia oriental, por otro, que nadie les hace caso como tales mujeres en cuanto salen de América—son ya viejas— y finalmente este aire *sexy* de Sevilla perfumado de azahar que a ellas no les sirve ya para nada, supongo. Porque los hombres aquí no quieren ser asaúras como en California.

A propósito, estuvo en la fiesta—digo la noche del patio—la sobrina de Mrs. Dawson, de la que te he hablado otras veces. Ahora habla ya español y lee afanosamente todo lo que cae en sus manos, pero se arma un lío. Y hojeando un libro de reproducciones de arte, un chico dijo aquella noche al ver el entierro del conde de Orgaz: «Ahí está el famoso entierro.» Y ella preguntó: «¿Es eso lo que llaman vulgarmente el entierro de la sardina?» Yo en su caso habría querido que me tragara la tierra. Pero no vayas a creer. Sus errores caen bien entre los chicos. Es que según dice Curro tiene «mucha espetera». Un eufemismo, *espetera*. Quiere decir que puede hablar tonterías sin cuidado, porque el timbre de su voz tiene *appeal* erótico. ¿No son delicados todos esos matices españoles sobre la inclinación amorosa?

La sobrina de la Dawson no tiene ángel, sin embargo. Y diciendo Curro que le extrañaba no ver entre los turistas americanos hombres viejos y en cambio muchas mujeres de edad avanzada, la sobrina (la llamo así porque tiene cara de sobrina y parece haber nacido sólo para eso) respondió muy ufana:

—Es que en América los hombres mueren jóvenes de tanto trabajar para nosotras.

No puede hablar esa chica sin decir una inconveniencia. Pasó una brisa fría por los ojos de los hombres. ¿Qué creerán ahora los españoles de nosotras? Creerán que somos tigres. Al oír aquello Curro, tocaba hierro y se apartaba. En aquel momento el loro comenzó a cantar una saeta:

Míralo por dónde viene...

Y se reía como un loco. Se reía a veces aquel pájaro de una manera muy oportuna, por ejemplo, cuando la niña boba se santiguó frente a la imagen de la virgen. Y cuando a la novia reñidora se le cayeron los fetiches (las colillas de cigarrillo, las envolturas de caramelos, etc.).

Ultimamente se reía con motivos que yo llamaría poéticos, es decir, viendo una mariposa nocturna pasar y volver a pasar.

Mi novio seguía con su obsesión antiamericana. Dijo que los americanos comían maíz cogiendo la panocha por los dos extremos e hincando el colmillo como jabalíes. El lo había visto en el cine. Añadió que comíamos también perros *(hot dogs)* y cuervos. Esto viene de que una vez amenacé a Mrs. Dawson con «comer cuervo»—obligarla a tragarse sus propias palabras sobre Curro y sobre mí—. Yo se lo traduje a Curro y ahora mi novio cree que Mrs. Dawson come cuervo asado, de verdad, en su cuarto del hotel. Curro no tiene costumbre como yo de analizar los problemas y cae en malentendidos que hay que disculparle. ¿No crees?

Yo sé bastante español y no caigo en esos malentendidos nunca.

Curro decía que en Norteamérica además de los perforantes hay indios con flechas envenenadas y cerbatanas detrás de los árboles de los parques, y cuando uno sale a respirar el aire, ¡zás! Condiosito. R. I. P. Dice otras cosas raras, por ejemplo, que las monjas andan en Nueva York en motocicleta y que un amigo suyo, que vive en Florida, fue al bosque de la eterna juventud, descubierto por el andaluz Ponce de León, y se le apareció un hada (ya ves tú qué fantasía encantadora) y le dijo: «Pídeme lo que quieras, que te lo concederé por haber nacido en Triana.» Y mi amigo pensó un momento y dijo: «Pues sólo quiero que todas las mujeres que me vean se enamoren perdidamente de mí.» Ella dijo: «Concedido.» Y luego el amigo salió del bosque y al ir a su casa por una calle extraviada salió una vieja mulata de sesenta y cinco años, sin dientes, medio calva, fea como un demonio, lo atrapó por un tobillo y se lo llevó a un sótano, donde lo tuvo encerrado veinte años sin ver la luz. El pobre pasó las moradas. (Quiere decir que pasó grandes dificultades y pruebas espirituales por alusión—creo, aunque no estoy segura—a las siete moradas de Santa Teresa.) Pero usan el apócope; es decir, que Curro dice «las morás» en lugar de «las moradas».

A Curro además no le gusta el mar. «Todavía si hicieran una carretera de aquí a Nueva York, lo pensaría y calcularía los pros y los contras.» Yo lo oía sin rencor, porque cuando empieza a contar historias—como esa de Florida—tiene gracia y todo se le puede perdonar. Voy contagiándome también y convirtiéndome, como dice la pedante Elsa, en «una entidad estética». Yo me hago andaluza, pero Curro no se hace americano, y eso a veces me duele. Oh, sí, Betsy, me duele, y tú lo comprendes.

Como te dije antes, Curro tiene celos de los Estados Unidos. Se lo dije a Quin y él respondió: «No veo por qué. Yo quiero más a los Estados Unidos desde que sé que es la patria de una criatura como usted.» Era un piropo patriótico y le di las gracias. Siempre que doy las gracias a los andaluces por un piropo se quedan un poco raros, como cuando se les atraganta el embeleco en el paripé. Un poco *frozen*. Es que no están acostumbrados.

Se hablaba también de política americana y Curro dijo que en los Estados Unidos la opinión se divide entre los partidarios del burro y los del elefante. Curro prefería la venadita. Menos mal, esa alusión me hizo recordar Torre la Higuera, donde lo pasamos tan bien. Le explicaba a Quin que el burro y el elefante son meros símbolos. El muchacho, que no se chupa el dedo, me preguntó con cierta acritud:

—¿Y la venadita? ¿Es símbolo también?

Yo le respondí que era una deidad que los iberos del norte adoraban y que le habían regalado una venadita blanca a Sertorio, el general romano. Era una manera de disimular, ¿verdad? ¿Qué culpa tengo yo de que Curro me llame así?

Lo que no sabía es que tuviera Quin tanto fervor religioso. Todos dicen de él que es un ¡viva la Virgen!

Entretanto Curro nos volvía la espalda y hablaba con dos de las hijas de la casa. Quin me

preguntó qué era el *affidavit*. La palabra se le
había quedado en la imaginación y echaba raíces.
Cuando se lo expliqué pareció decepcionarse un
poco, pero se recuperó y me dio las gracias.

Yo recordaba lo que había dicho Quin del teléfono blanco. Suspiré. «Suponiendo que usted y yo
congeniáramos y fuéramos novios y nos llegára-
mos a casar—le dije en broma—, vendríamos a
veranear todos los años a Sevilla.» El respondió
secamente que si tenía un día la suerte de casarse
conmigo no vendríamos nunca a Sevilla, donde
yo era feliz con otro. Y miró en la dirección de
Curro de un modo siniestro. Recordé esos melo-
dramas donde un enamorado dice a su rival:
«Este planeta es demasiado pequeño para los
dos.» Yo creía, Betsy, que eso no sucedía más
que en las novelas.

Curro no quiere ir conmigo a América, y no
sólo por los perforantes, sino porque supone que
he tenido allí otros novios. Quin dice que no vol-
vería a España por la misma razón. Si un día
me caso con un español, tendremos que irnos a
Australia.

—Además—decía Curro todavía—que los yan-
quis comen en las farmacias, donde se prepara al
lado, si a mano viene, la receta para un moribun-
do. ¡Ezo es!

Me volvía yo a mirar a Quin, pero él suspiraba, se estremecía debajo de su chaqueta y no
decía nada. Cambiando el tema se puso a hablar
del famoso bandido del siglo pasado, Diego Corrientes, cuya calavera enseñan al parecer en una
jaulita en siete ventas diferentes diciendo que
es la genuina. Por lo visto Diego Corrientes tuvo
siete cráneos. El poeta dice que está escribiendo

algo sobre los siete cráneos de Diego Corrientes. Incidentalmente, ese bandido no mató a nadie nunca. Sólo robaba.

La niña de quince años se había acercado otra vez a Curro y seguía con sus curiosidades inocentes:

—¿De veras se va a casar, Currito? ¿Y tendrá bastante con una americana para toda la vida aunque sea tan bonita?

—A ver. Cuando uno promete matrimonio a una niña yanqui y no lo cumple lo ponen a uno a la sombra. (Quería decir en la cárcel.)

Rió la niña, rió el loro en su jaula, y aunque era obvio que Curro hablaba en broma, yo quise responder en serio a la niña y a mi novio:

—Curro, te devuelvo tus promesas cuando quieras.

—Gracias, no me interesan. Pero comprende que todo se puede tolerar menos lo que hace la policía en tu país con la gente. ¿Saben ustedes lo que hacen cuando un hombre va por la carretera en su coche a una velocidad mayor de lo corriente? Pues se enteran por radar desde una caseta que tienen escondida. Y entonces lo detienen a uno y le quitan la camisa y le sacan de la vena maestra con una aguja así de grande un cuartillo de sangre y la analizan para ver si hay alcohol o no. Y según lo haya, así le va al payo. Vamos, hombre. Una pinta de sangre le sacan. Aquí en Sevilla eso no se hace ni con los gatos. No digas que no, prenda.

Entretanto el loro cantaba algo. Aquí los loros son todos así.

La novia de la reja volvía a entrar con el cofrecito de sándalo y el envoltorio con las viejas colillas, la flor seca y otros objetos preciosos.

—Vaya—dijo la madre—. Mis niñitos hacen las paces otra vez.

—Oh—comentó la novia, airada—. La curpa la tienen los demás. La gente. ¡Si Dios quisiera que el mundo se acabara y nos queáramos solos mi novió y yo, no nos pelearíamos nunca!

—¿Pero qué iban ustedes a hacer solos en un planeta desierto?—les pregunté.

—Pues, ¿qué sé yo? Haríamos lo que hacían Adán y Eva, supongo.

Reía alguien entre quejumbroso y escandalizado. «No peleen ustés—dijo la madre—, porque dan ejemplo a los otros novios que son del género seráfico-granuja y un día se les vuelan a ustedes.» El que reía a carcajadas era el lorito en su jaula.

Curro seguía implacable hablando de la inhumanidad de nuestras costumbres. En cuanto un americano cae enfermo la familia lo envía al hospital. En España sólo va al hospital el pobre que no tiene un perrito que le ladre. ¿Qué tendrá que ver el ladrido de los perros con la salud? Entonces Quin dijo, aunque mirando a otra parte, que en América la gente toma jugos de fruta y de legumbres y la alimentación es más racional. Curro lo aceptaba, pero según él eso no alargaba la vida a los americanos. Se morían a la misma edad que los españoles, más o menos, aunque había que aceptar que se morían más sanos. Muchísimo más sanos.

—¡Morirse más sanos! ¡Cómo se burlaba, el *rascal!*

La niña de los quince dijo que hacía calor. A

pesar de sus bracitos desnudos tenía calor. ¿No tenía calor Curro? Y le preguntó con su vocecita de ángel custodio:

—¿No quiere que le quiten la americana?—luego se volvió hacia el abejorrito rubio—: Quin, ¿no quiere quitarle la americana a Curro y llevársela al vestíbulo?

¡Quién iba a pensarlo en aquella niña! Los ojos de Quin se apagaron, se encendieron y se volvieron a apagar. La niña miró despacio a Curro y se apartó con su sonrisita y con movimientos de pavo real. A pesar de su apariencia, te digo que era un diablo.

Curro y Quin se cruzaron una mirada de veras asesina. Yo me hallaba en un dilema: el patriotismo por un lado y el amor por otro. Entonces componía una expresión neutra y hablaba con el cura.

El resto de la velada se fue en cantos y bailes. El cura no bailaba pero jaleaba a los bailadores. También los jaleaba el loro.

Una hora más tarde cuando salíamos vi que salía también el abejorrito rubio con otro grupo. La niña de los quince decía a Curro todavía en el zaguán:

—Usted no se deja quitar la americana así como así..., ¿verdad?

En la calle anduvimos hasta doblar la primera esquina, y Curro, exasperado, alzó la voz y dijo:

—¡Dejarme yo quitar la americana! Y menos por un niño fifí...

Lo oyó Quin y entonces lo hubieras visto venir hacia nosotros. ¡Qué gesto, qué iracundia, qué arrogancia! Viéndolo comprendí por vez primera el espíritu de los héroes de la Edad Media. El abejorrito parecía un visigodo belicoso y Curro un sarraceno filosófico y peligroso. Pero a Quin lo atraparon sus amigos. Lo sujetaban y él forcejaba como un león:

—Déjenme ustés, que a ese tío lo tengo atravesao en la boca del estómago.

Curro impasible pero verde respondía: «Suéltenlo ustés, que tengo que darle una lección y esta noche me siento con facultades pedagógicas.» Te aseguro que aquella noche despertaron en mi conciencia los atavismos del tiempo de las cavernas, cuando la hembra era conquistada con el hacha y la maza, es decir por la lucha y la violencia. Sin embargo, debo añadir que no pasó nada. Por eso yo ahora no me siento culpable. ¡Si hubieras visto cómo resonaban las voces de los dos rivales en la callejuela medioeval! Cuatro hombres sujetaban a Quin, y por fin se lo llevaron en volandas. Un perro ladraba en una esquina, asustado. Te digo que fue un momento memorable, Betsy. ¿Tendrán razón, al final, las muchachas que en la encuesta del periódico de la universidad decían preferir el estilo cavernícola, es decir, la tranca? Aunque Sevilla no es una selva africana, sino más bien una corte oriental como Bagdad.

Se llevaron a Quin en un estado semiconsciente, de rabia. Pobre muchacho. Como ves, Quin había querido pegarle a Curro y sus amigos lo impidieron. En otra carta anterior te contaba cómo Curro había querido matar a Quin y los de la tertulia se interpusieron también. ¿No es *exciting?* Aunque yo prefiero el sistema afable. Me había dejado olvidado el libro en el patio y volví a buscarlo. La niña de los quince se había enterado bien del escándalo, pero me preguntaba como si no supiera nada. Yo cogí mi libro y le dije que deseaba asomarme un momento al pozo.

—Ah, vamos—dijo ella—. ¿Se lo han contado a usted? ¿Qué le han dicho, que se ahogó la niña? No, eso no es verdad. La gente siempre quiere que pase lo peor, pero no se ahogó, sino que la sacaron vivita y chorreando. Fresca como un cangrejo. Atrapó un buen resfriado, pero luego se salió con la suya y se casó con Juanito.

—¿Y por qué se quiso matar la niña?

—No sé. Chalaúras que le pasaron en un cine al aire libre. Es un poco bruja. Era la primera vez que iba al cine y en la pantalla veía una mar que no era la mar, y hombres que eran hombres y no eran hombres al mismo tiempo, y ella esperaba a su novio y no llegó o llegó con otra. Cosas de la vida. La sacaron del pozo, pero salió diciendo que abajo había visto algo. Yo no le diré lo que vio porque es una cosa de muchísimo malange.

—Por favor, dígamelo. ¡No me iré hasta que me lo diga!

—Bueno allá va y sálvese el que pueda—dijo la niña—. Descubrió ahí abajo una especie de calendario subterráneo y una fecha, eso es. Hay un día que es el aniversario anticipado de nuestra muerte (antes de morirnos, claro) y nadie se da cuenta y nadie lo celebra. Sólo celebramos el del nacer. Todos pasamos por ese día de nuestro aniversario mortal, sin verlo, una vez cada año. Y añadía Soleá cosas por el estilo. Ella descubrió esa fecha suya ahí abajo. Es lo que dice, al menos. Y la celebra con sus amigos cuando llega el caso. Siempre fue Soleá una niña con duende.

Un poco bruja. Y cuando lo celebra arma una que para qué te voy a contar. Demasiado duende para mí. Yo no quiero saber mi aniversario. Digo, el del día que la tierra se ha de comer mi cuerpo—y añadió por lo bajo con una voz ronquilla de sueño—: ¡siquiera se le indigeste!

Curro me llamaba desde la cancela. Yo pedí a la niña tres aceitunas, y salí. Es verdad lo de los sueños. Aquella noche, en mi casa, después de comer las tres aceitunas, soñé que había muerto. Debía ser el mes de octubre, pero no sé el año ni el día. Y estaba caída en el parque de María Luisa y me comían los pájaros.

Quiero conocer a la niña del pozo, digo a Soleá. Ya te contaré. Se lo dije a Curro y él se puso verde otra vez y me dijo: «Vaya niña, ¿qué bicho te ha picao?»

—¿Por qué?

—No es por ná, pero Soleá tiene el sexto sentío.

CARTA VIII

NANCY Y LA FLOR

Dices que no entiendes algunas palabras colo-
quiales. A partir de ahora te las explicaré (las
que pongo en español en mis cartas). Si me acuerdo, querida.

Como puedes suponer hace ya tres meses que
soy amiga de Soleá, la que se arrojó al pozo en
un pronto o *sopetón*. Tenía una neurosis, cuyo
nombre técnico es en español *la guilladura*. Craziness

Ayer pasé la tarde con Soleá. Por cierto que
antes había estado en casa oyendo una canción
americana de radio y se me había quedado en la
cabeza esa canción que dice:

> *I've got you under my skin...*
> *(Te has metido debajo de mi piel...)*

Oyéndola me acordaba de los perforantes de
Curro.

Entre paréntesis, Quin y Curro no habían vuelto a encontrarse ni en el café ni en los patios de nuestros amigos. Yo creo que se evitan razonablemente aunque sólo sea por respeto a mí, es decir, a mi buena reputación. No es discreto que dos enamorados rivales peleen como tigres en medio de la calle. Y a mí ni me gusta ni me favorece. (Aunque confieso que es una novedad y que en Pensilvania una muchacha no es fácil que conozca experiencias como ésa.) Pero ya te digo que yo no la quiero.

La mujer que hace las faenas en mi casita dice que yo soy una hembra cabal, porque sólo me baño de vez en cuando. Para ella bañarse demasiado no es decente, y, además, ¿cómo pueden ser tan sucios algunos americanos que necesitan bañarse cada día? Eso dice.

Su marido es un marrullero, según Curro. No sé qué profesión será ésa. Tal vez no es profesión, sino sólo rasgo de carácter. A veces me equivoco en eso, todavía. Carmela, la niña de mi vecina, a quien le pregunté, dice que un marrullero es un vendedor de gatos y perros a plazos. No lo creo. Pero con su media lengua todo lo responde esa niña. El otro día, cuando iba a salir, vino y me dijo abrazándose a mis piernas:

—¡Lléveme con usted!

—¿Adónde?

Había una luna grande en el balcón.

—A la luna para ver desde allí los soldados de Cataluña.

Habla también por medias coplas, a su manera. Otras veces dice que la lleve al fondo del mar a *buscar las llaves*. ¿Qué llaves?, me digo yo. Supongo—es decir sé positivamente—que es otra canción.

Soleá no toma vino. A mí me ofreció leche fría cuando llegué, pero he oído decir que en España la leche es peor que nunca y que desde hace veinte años la mala leche ha causado más de un millón de muertos. Eso dicen.

¿No crees que debería intervenir la sección de salubridad de la O. N. U.?

Soleá tiene unos treinta y cinco años, y al caminar parece que baila. Caminar es un arte, como te dije. En los Estados Unidos no sabemos nada de la cimbreación—así se dice, creo—, ni de mover la faldita a un lado y al otro con gracia para «sembrar campanillitas de plata», como dice la canción.

Soleá tiene una sobrina en su casa que no debe de tener más de catorce años, es muy linda y acaba de llegar de la aldea. Soleá me dijo que los primeros días la muchacha al ir al retrete y hacer correr el agua salía pidiendo auxilio, asustadísima por el ruido. Y es que en las aldeas las gentes son bastante atrasadas. No creo que mejoren, porque se están mano sobre mano como los orientales, en un estado filosófico muy parecido al nirvana que se llama *la murria*.

Pregunté a Soleá si era verdad que se había arrojado al pozo. Ella se puso colorada y dijo que sí. Luego añadió:

—Vaya, esas cosas no se preguntan, pero ya que es usted de las Californias y no comadrea con mi gente se lo diré. Pues... mi novio me castigaba, se iba con otras mujeres, llegaba tarde y cuando yo le reñía me respondía: «Todavía no nos hemos casado, niña, y cuanto más gritas más se me pasan las ganas.» Lo quería yo más que a mi vida al condenado. Cuando me convencí de que no era nadie para él me entró el cenizo. Aquella noche habíamos estado en un cine al aire libre y había una mar que no era la mar y era la mar, y al volver a casa me fui al patio y..., bueno, lo del pozo ya lo sabe usted.

—¿Es verdad que vio en el fondo escrita la fecha de su muerte?

—¿Dónde iba a estar escrita esa fecha? Esas son tonterías que dice la Nena. Lo que me pasó es que en el pozo, al sentir tanta negrura, comprendí que la muerte consistía en eso: en ser tragada por las sombras. Y cuando me sacaron del pozo yo dejé abajo el cenizo para siempre. Y salí muy aprendida. Lo primero que aprendí es que la muerte la llevamos pegada al pie. De veras, en la sombra. Y va y viene con una. Mirando mi sombra un día, el 23 de octubre, vi que se ponía pálida y que temblaba. Estando yo quieta temblaba mi sombra. Aquel día me dio un patatús (nombre científico del desmayo, Betsy) y vi como en un sueño mi propio entierro, sólo que la gente del duelo tocaba las castañuelas. Desde entonces yo imagino que muerte y boda tienen algo en común y por eso Juanito y yo nos casamos el día 23 de octubre. Eso es.

—¡Qué romántico! El aniversario de su muerte.

—Cada año celebro yo al mismo tiempo el aniversario de mi muerte futura y el de mi boda pasada. Ese día 23 de octubre mi sombra tiembla y yo me desmayo con el menor motivo. Algunas personas se han enterado de todo ese brujería mío, han venido a preguntarme por el aniver-

sario de su muerte también y me ofrecen veinte
y hasta cincuenta chulíes. (Un chulí es cinco beatas, Betsy, y lo mismo que la beata, el *chulí* es
una moneda antigua que usan los gitanos todavía.) Veinte chulíes me ofrecen, pero yo digo nanay. (Quiere decir ese *nanay* que ya lo pensará.)

—El 23 de octubre. ¿Y de qué año?

—Ah, eso no lo sé gracias a Dios. Si supiera el
día y el año sería como si el cenizo saliera del
pozo y me siguiera por la calle otra vez. Dios no
lo quiera.

Yo la imaginaba caminando por el parque de
María Luisa y el cenizo detrás, mitad perro y
mitad hombre, con pelos grises caídos sobre los
ojos.

Son felices ahora Soleá y Juan, aunque no tienen hijos. El único defecto de Juan es que tras-
nocha y se recoge a dormir muy tarde. Ella le
dice:

—¿Por qué no vienes más temprano?

Y él responde:

—Son las cuatro de la mañana, Soleá. ¿Te parece que no es bastante temprano?

Ayer me había citado con Curro en casa de
Soleá. Necesitaba yo una amiga como ella aquí,
digo una amiga indígena. Al verme llegar Soleá,
se asustó un poco y dijo que Quin iba a presen-
tarse en cualquier momento. «Figúrate si Curro
y Quin coinciden», añadió muy pálida. Coinci-
dieron precisamente en el zaguán (palabra árabe, *zaguán*) poco después. Yo estaba alerta y pensaba: ahora sí que se hunde el firmamento. Corrí
al segundo piso a mirar desde un ventanuco di-
simulado que hay en el suelo y que se abre le-
vantando un ladrillo (costumbre muladí, ese la-

drillo movedizo, Betsy). Primero llegó Curro, y mientras se frotaba los zapatos en la esterilla apareció Quin.

El diablo había intervenido en aquello.

Quedaron mirándose. A mí me palpitaba el corazón arriba, en el ventanuco.

—Hola—dijo Quin con una voz así como resfriada.

—Ya veo que los mengues no pierden el tiempo—contestó Curro.

Miró Quin alrededor a ver si había alguien por las cercanías y dijo:

—Es verdad que los mengues nos reúnen a usted y a mí solos. Esta vez no se va a interponer nadie.

—¿Se alegra usted o no?

—Esa es más bien una cosa para decirla otro día.

—¿Qué día?

—Pasado mañana después de misa. Por lo pronto aquí estamos solos.

—Solos como la una.

—Como las dos, diría yo.

Desde mi ventanuco muladí pensaba yo: *como las tres.* Aquel era el momento de armarse lo que llaman «la de Dios es Cristo». Curro sonreía con la mano en el bolsillo, pero no sacó la pistola, sino la tabaquera—quién iba a pensar—, ofreciendo un cigarrillo. Le temblaba un poco la mano.

—Los abejorros de cualquier color—dijo con la voz todavía alterada—pueden vivir al mismo tiempo. Flores hay en el mundo para todos. Y si a los dos se les antoja la misma pues no vamo⸗

a matarnos por eso. El antojo pasa y tal día
hará un año.

Yo no acababa de creer lo que oía, Betsy. No
sólo no se mataban, sino que bromeaban: «tal
día hará un año».

—La verdad es que yo tenía otra idea de usted,
Currito—dijo Quin cogiendo el cigarrillo y encendiéndolo—. Creí que era usted más echao
p'alante.

—En eso le han dicho la verdad y cualquier
hora es buena para demostrarlo. Pero los valientes mueren jóvenes o van a gurapas. (*Gurapas*
creo que es un campamento militar en Marruecos, Betsy.) Yo querría llegar a viejo si es posible, Quin, y morir en los noventa. Bueno, mejor
sería no morir de ninguna manera, ni viejo ni
joven. ¿Para qué? Esa es una cosa que no tiene
utilidá, digo, el morirse. ¿Qué saca nadie con eso?

Callaban los dos. Quin sonreía de medio lado y
Curro añadió: «La única que saldría ganando
sería la hembra que se sacaría su realce. Con
nuestra sangre se sacaría su realce.»

El realce no sé lo que es. Tal vez llaman así al
dinero del seguro de vida y es probable que Curro haya hecho uno a mi nombre y que no me
haya dicho nada hasta ahora por delicadeza. Entretanto hablaban como si tal cosa. Confieso que
estaba decepcionada. Curro le puso la mano en el
hombro de Quin y le soltó un discurso:

—Usted sabe, Quin, que no llegaré a viejo, porque si me tocan al querer me dan unos prontos
que el corazón se me sube al garguero y la mano
se me va sola a la faca o al revólver. En eso no
le había mentido a usted. Pero no se lo han dicho
todo y quien se lo va a decir ahora toíto soy yo.

Quiero a Nancy y ella es mi amante. La quiero como ella merece, ni más ni menos.

Yo pensaba: ¡viva tu madre! (Ahí es donde va bien esa exclamación y no donde tú la ponías en tu carta, Betsy.)

—Eso es—seguía Curro—. Yo la camelo y me siento orgulloso de Nancy. Es una gachí de mistó. (No estoy segura, Betsy, pero la palabra tiene la misma raíz de misticismo y de *mist*, niebla.) Merece todo lo que pueda merecer una niña de las Californias.

—No digo que no.

—Hay que *diquelar*. (Eso quiere decir mirar astutamente a través de los *diques* de la personalidad, Betsy.)

Hizo una pausa Curro y luego añadió:

—Pero hay mujeres y mujeres. Las niñas de las Californias no son como las que se estilan aquí. Ellas tienen sus costumbres, van y vienen con su libertad... Una mijita demasiada libertad, digo yo...

—Prejuicios, Curro. Nadie en el mundo tiene esos prejuicios más que los españoles.

Mi novio alzó la voz:

—Calle usted, que no he terminao. Lo que voy a decir es que yo la quiero, pero no me mato con nadie por una hembra que cuando la conocí estaba sin su flor. Ezo es. Yo tampoco me caso con ella. ¿Está claro? ¿Lo entiende o no?

Quin enseñaba los dientes y decía:

—¿Qué más da la flor o no la flor?

Estaba helada yo, escuchando. Curro no se casaría conmigo porque cuando me conoció no tenía yo mi flor. ¡Quién podría imaginar en los Estados Unidos una cosa así! Corté un clavel de una maceta que tenía al lado y me lo puse en el pelo. Desde aquella revelación tartesa oída por un ventanuco yo llevo siempre una flor en el pelo, no porque quiera que Curro se mate con nadie ni tampoco porque yo tenga el propósito de casarme con él (tú sabes que dejé un medio novio en Pensilvania, a quien, por cierto, debes dar a leer estas cartas, ya que ha seguido siempre interesándose por mí). Tú ves la importancia que tienen las flores para estos turdetanos—iberos—ligures. No hay más remedio que aceptar lo que dice Elsa sobre las entidades estéticas de Andalucía. Cuando me conoció Curro estaba yo sin mi flor, es decir, que no llevaba la flor de las mocitas andaluzas en el pelo. Te aseguro que si pongo este incidente en la tesis, aunque lo desarrolle con el genio de Aristóteles, no me creerá nadie en los Estados Unidos. Estoy tentada, porque tal vez mi tesis se convertiría entonces en un tratado de costumbres. En todo caso y en aquel trance, perdía yo mis temores, Betsy, y a veces me daban ganas de reír. Te digo, sin embargo, que viendo a los dos rivales reconciliados estaba bastante confusa. Ahora mismo me acuerdo de la noche de los nardos, y de los caracolitos trepadores, y la luz en la ventana, y el abejorrito rubio volando alrededor; y es el erotismo fatalista que vuelve a mi sangre.

¡La importancia que pueden tener las flores entre estas gentes! Yo diría que es un sentimiento religioso atávico, desde la prehistoria. Decadentes no lo son, insisto. Aunque hay un pueblo cerca de la vieja Tarsis donde los hombres tienen fama de afeminados y cuando fui con Mrs. Adams ella preguntó a un guía si era verdad que lo eran y el guía respondió (no creas que lo invento):

—Señora, en eso sucede igual que en todo. Como presumir presumen muchos, pero serlo lo somos muy pocos.

Yo me quedé asombrada. Ya ves, Betsy. Cuando el guía hablaba así tal vez fuera cierto. Aunque André Gide dice en *Corydon* que España es el país del mundo donde hay menos homosexuales. Yo lo creo, porque aquí nadie tiene la preocupación formal y exterior de la hombría. Y cuando se tiene esa obsesión es lo que yo digo: *I smell a rat*. ¿No crees? En América hay esa obsesión y ya ves lo que dice el Kinsey report. Con esto no quiero decir nada.

Como te digo, los dos rivales, en cuanto se encontraron a solas y sin compadres que los separaran, se trataron como amigos. Viéndolos yo desde el ventanuco del techo se podría decir con el poeta Manuel Machado, a quien estoy leyendo:

> *Currito y Joaquín,*
> *mirándose sin*
> *rencores,*
> *en vez de pelear,*
> *pusiéronse a hablar*
> *de flores.*

Bueno, los versos no son exactamente así. El poema de Manuel Machado comienza de la siguiente manera:

> *Pierrot y Arlequín,*
> *mirándose sin*
> *rencores,*
> *después de cenar,*
> *pusiéronse a hablar*
> *de amores.*

¿Cabe cosa más peculiar? Y yo, pobre Colombina en el ventanuco muladí. Ahora recuerdo también esa canción castellana que dice:

...yo la vi y ella me miraba
y en la mano llevaba una flor.

Esa muchacha de la flor en la mano era una novia prudente, y en cambio yo... Bueno, cuando Curro me conoció no llevaba flor alguna. Como ves, aquí no debe ir nunca una mujer sin su flor.

Estaba yo atenta a las reacciones de Quin, pero el que gritaba más era Curro:

—¡Yo no me acaloro por una mujer que no reúne ciertas condiciones! Y no hablemos más del caso aquí, en este lugar, que no vale la pena. Si quiere seguir discutiéndolo, puede ir más tarde al casino, que allí estaré sobre las once.

Quin no va nunca a ese casino. Dice que es «donde salta la liebre», porque hay un refrán que dice: Donde menos se piensa salta la liebre. Y según Quin es aquel casino el lugar de Sevilla *donde menos se piensa.* Esto es un juego de palabras un poco satírico.

En aquel momento yo le habría preguntado a Curro qué flor era la que prefería para tener una fresca y nueva cada día en el pecho. Pero el poeta rubio seguía discrepando:

—A mí eso de la flor me tiene sin cuidado, Curro.

—Lo que pasa es que no dice la verdad. Al fin es usted andaluz y flamenco y antes se casaría, lo mismo que yo, con una mujer fea, pero que tuviera su flor, que con Nancy. Yo la quiero a Nancy, pero no para madre de mis chavales. Y usted no se interesa poco ni nada por ella. A los artistas les pasa lo de la copla:

> *Tengo un sentir no sé dónde*
> *nacido de no sé qué,*
> *y se me irá no sé cuándo*
> *si me cura no sé quién.*

Yo me pregunto una vez más, Betsy: ¿cuál será la flor de Curro? ¡Hay tantas en Sevilla! Esta ciudad es un verdadero vergel y sería difícil elegir entre las que tienen Soleá y Juanito en su huerta: tulipanes, claveles, rosas, magnolias, rododendros, gladiolos, lirios, violetas, alelíes, azucenas, nardos, jacintos, asfodelos, jazmines, narcisos, clavelinas, orquídeas, dondiegos, peonías, anémonas, amapolas, camelias, margaritas, nenúfares, pimpinelas, miosotis, azahares, mimosas, siemprevivas, madreselvas, pasionarias y otras muchas todavía. ¿Cuál de ellas será la que prefiere Curro? Cuando escribo estos nombres me mareo como si percibiera todos los aromas juntos, y, además, los nombres suenan como cascabeles. Todo es así en casa de Soleá. El marido de Soleá se llama Juan y suele ir con un carrito por la calle pregonando:

> *Llevo un carmen en er carro,*
> *clavelinas, azucenas,*
> *rositas de olor y nardos.*

Y luego, después de un ratito, añade: *Al bonito funerá de las criaturas der Señor...* Y del carro tira un burrito con sombrero de paja y alamares como un banderillero. Eso del *funerá* es porque tiene Juan en un lado del jardín de su casa un cementerio de gatos, perros y canarios,

es decir, de *pets*. Y fabrica unos ataúdes para
los canarios muy graciosos. En el cementerio
les pone su nombre en una tablita y todo. Ya ves.
¿A quién se le ocurriría en los Estados Unidos
fabricar ataúdes para los canarios? Con esto y
algún jornal en los jardines públicos o privados
y la venta de sus flores marcha como un sultán.
Así dice él.

Curro dice que Juan tiene pesquis. Lo dice to-
cándose la cabeza. (*Pesquis* creo que es peluca
falsa.) Lástima, porque Juan es un hombre hermoso.

Pero perdona la divagación. Es que cuando me
acuerdo de la escenita del zaguán me impaciento
demasiado y tengo que ponerme a hablar de otra
cosa. ¿Pero de qué cosa puedo hablar que me
interese más? El diálogo entre Curro y Quin no
había terminado aún. Quin ponía la mano en el
hombro de Curro y cantaba también a media voz:

> *Una me dice que sí*
> *y otra me dice que no;*
> *la del sí ella me quiere,*
> *la del no la quiero yo.*

—La mujer que te dice que no, ¿quién es?
¿Quién te dice que no?

Habían pasado a tutearse. Tú no puedes imaginar la importancia que tiene el tuteo en este
país. Lo tuteaba, es decir, que se hacían verdaderos amigos. ¡Y pensar que hace dos meses
Curro quería matarme y suicidarse (ese era el
firmamento que se derrumbaba) por culpa del
abejorrito rubio!

Los tartesos son versátiles.

Quin le respondió tuteándolo también:

—Mucho quieres saber, Currito, en un solo día.

Se miraban de pronto otra vez como perros que van a morder, pero de pronto—quién iba a pensarlo—se cogieron del brazo:

—Vamos a la taberna de enfrente, que estoy un poco desguitarriao—dijo Curro. (*Desguitarriao* es el nombre técnico del cólico nervioso, Betsy.)

Pensé por un momento que no volverían—la camaradería masculina conspirando contra el amor, ¡oh!—y que Quin desertaba a su novia y Curro me desertaba a mí. Irritante. Se iban a alguna parte a celebrar las paces, creo yo. Mientras volvían fui a buscar a Soleá, que estaba en la cocina, y le dije:

—Por favor, cuando venga Curro dile que no he venido.

Ella se extrañaba:

—Ojo con él, que es un poco bronco para el castigo.

Bronco es el masculino de bronca, Betsy, que es cuando se pelean dos clientes en el número siete de un colmado. Así se dice: ¡*bronca en el siete!*

—Pero es verdad—añadió Soleá—que a los hombres hay que domarlos. ¡Son muy perros los hombres!

Un perro que había en la cocina dormitando alzó la cabeza y miró a mi amiga. Parecía haber comprendido.

Nos pusimos a hablar de la familia de las siete hijas, del pozo, del lorito jovial y de la coronela. Mi amiga me dijo algo increíble. Estuvo sirviendo de doncella en la casa de las tres rejas. El padre de Soleá era el jardinero y ella la doncella.

Vivía aún el coronel, que era hombre enamoradizo. El coronel—decía Soleá—me hacía la rueda como un pavo real y me prometía el oro y el moro (esto quiere decir, Betsy, que le prometía dinero y vestidos de tul marroquí). Yo era muy mosita entonces y eso encalabrina a los viejos. Tanto me apretó que fui con el cuento a la señora. Al principio ella se enfadó, pero luego vio que yo no tenía la culpa. Entonces preparó una encerrona (un *plot* a puerta cerrada) porque es muy liosa. Y me dijo: «Anda, Soleá, dile al señor que sí y dale cita en tu alcoba a medianoche y a oscuras, digo en tu casa, ahora que tu padre está en Lucena. Yo me acostaré en tu cama y él creerá que está contigo, pero estará conmigo como Dios manda. A ver si esa lesionsita le enseña a ser un buen marío.» Y así fue, pero pasó algo con lo que no contábamos. El capitán ayudante de plaza encontró al coronel en el casino (donde salta la liebre) el día de la cita y al oír las confidencias del viejo le dijo que aquello era profanar el hogar. Dudaba el coronel de que hubiera tal profanación, porque no era en el hogar, sino en casa del jardinero, donde sucedería la cosa. En fin, tantas razones le dijo el capitán, que el coronel, avergonzado, confesó que realmente su mujer era una santa y él un cerdo. Con lágrimas en los ojos añadió: «Vaya usted, capitán, por mí a la cita. Vaya usted, que es soltero, y a quien Dios se la da, San Pedro se la bendiga.» Total, que fue el capitán y estuvo con la coronela creyendo que estaba conmigo. Los dos a oscuras y sin hablar porque ni ella ni él querían descubrirse por la voz.

Cuando el coronel se conducía un poco demasiado amorosamente por la noche, la coronela le daba por la mañana un desayuno de jamón, huevos, vino especial, en fin, algo como para recuperarse, el pobrecito. Y la señora durante el desayuno le descubrió el pastel. ¿Creía que había estado con Soleá? Pues había estado con su legítima esposa. Al coronel le entró aquel día una melancolía perniciosa—así decía el médico—y le daban a veces ramos de locura. Vivió tres meses con una fiebre cerebral maligna y al cabo murió. El capitán fue al entierro y después pidió el traslado.

Muy sensitivo se me hace ese coronel, Betsy. ¡Morirse por una cosa así! Hace tiempo que no quedarían coroneles si todos fueran como el de Sevilla, ¿no te parece?

Entretanto llegó a la casa de Soleá la niña de la venta Eritaña—novia de Quin—que se llama Clamores. Al saber que Curro y Quin habían hecho las paces se quedó también asombrada, aunque contenta. Dijo que cuando volvieran se escondería conmigo en algún lugar desde donde podríamos oír lo que hablaban. Porque no acababa de creerlo.

Es una chica bondadosa, Clamores. Me decía: «Mi novio Quin está perdidito por usted y no me extraña ya que es usted la americana más bonita que ha caído por Sevilla. El pobre Quin es un sol, pero sabe que no la conseguirá a usted y entonces, a falta de otra cosa mejor, me quiere a mí.» Yo la besé en las dos mejillas, agradecida. Aquí viene bien lo del paripé. Hacía Clamores el paripé con los dos, con Quin y conmigo. (En este caso el paripé es como un acto de generosidad excesiva y un poco desairada.) Ella repetía que Quin tenía un alma de cristal. No sé cómo serán esas almas, pero en todo caso le dije:

—¿No es grande ser novia de un poeta?

—¿Poeta? Ya veo que usted no lo conoce a Quin—añadió con los ojos muy brillantes—: Pone banderillas al cuarteo como nadie en Sevilla. Bueno, sólo en beneficios y becerradas se entiende.

Sentía yo súbitos arrebatos de amistad por aquella bailarina. Está enamorada de Quin hasta más allá de la muerte. Aquel día se la veía tan contenta por las paces entre Quin y Curro que alzando las manos comenzó a batir palmas y cantó a media voz:

> *Lo quiero porque lo quiero*
> *y por poner banderillas*
> *como las ponía Frascuelo.*

Soleá dijo riendo: «Esta niña está majareta.» Esta palabra—sigo explicándote—viene de «maja». Diminutivo de maja: majareta. Pequeña maja o algo así. Entonces Clamores cambió de maneras, se sentó en una silla y preguntó a Soleá dónde estaba su marido.

—Ha ido a entregar quince docenas de esquejes de clavel al alcázar. Está un poco mosca y se fue sin decir oste ni moste.

Oste ni moste es una frase cabalística para conjugar al duende, creo yo. Algo como la mosca que entra o sale de la caja de caudales. Pero no estoy bastante enterada. Tal vez me equivoque. Al principio yo creía que Juanito era comerciante de pinturas—tú ves que confieso mis errores—porque todos me decían que era pinturero.

Yo pensaba que pintureros eran los que vendían pintura como zapateros los que venden zapatos. Error. El único que he cometido con mi español desde que estoy en Sevilla. Pintureros son aquellos individuos a quienes les gusta pintarla. Esto es, pintar la casa, supongo; aunque a eso le llaman «el calijo», es decir, poner cal en las paredes. La casa de Soleá es tan blanca que hace daño mirarla, pero las rejas y las puertas están pintadas de verde, y con las flores y la verbena de la azotea se compensa el blanco, un blanco más escandaloso que la nieve.

Soleá (que es un nombre funcional también, y quiere decir soleada, es decir, *sunny)* al oír la campanilla del zaguán nos escondió a las mujeres en un cuarto interior donde sólo había un diván y dos sillas, y nos dijo:

—No hablen, no hagan ruido, que vienen esos malas sombras.

—¡Curro no es malasombra!—salté yo.

—Tampoco lo es Quin—protestó Clamores.

Se fue riendo Soleá y diciendo que estábamos chalás. Nos quedamos allí escuchando. Poco después Curro hablaba en la sala de recibir:

—Tu no comprendes ná—le decía a Quin con la obstinación de los borrachos—. Una novia sin su flor es como un jardín sin rosal o un rosal sin perfume o un perfume sin narices que lo perciban.

—Yo tengo mis narices como cada cual, Curro—decía Quin amenazador—. Y ella tiene su perfume.

—No digo que no.

—La mar de perfume.

Desde nuestro escondite oíamos decir a Soleá:
«Las niñas no han venido aún y a lo mejor no
vendrán ya.» Pero los otros seguían con su tema:

—La flor que da Dios, esa—insistió Curro—no
tiene precio.

Debía referirse pienso ahora a la que llaman
pasionaria y tiene en su corola todos los signos
de la pasión y muerte de Jesús.

Nuestros novios pasaron al jardín sin dejar
de discutir, y desde allí apenas si llegaban sus
voces hasta nuestro escondite. En cambio se oyó
poco después otra vez la campanilla de la puerta
y Soleá ir al zaguán y volver a entrar con otro
hombre que tenía una voz rara—yo diría una
voz de alta clase—y que repetía:

—¡Qué mala uva, Soleá, no encontrar a Juanito!

Ella balbuceaba con una voz humilde: «Si el
señor quiere pasar...» Yo estaba intrigada y Clamores me dijo que Soleá trataba con gente de
verdadera distinción y que aquél debía ser el
duque de los G.

Seguíamos en el desván, que era un cuarto sin
más muebles, como dije, que un sofá contra el
muro y dos sillas. Aquella soledad y aquel silencio comenzaban a ponerme nerviosa. Y en un
momento en que el cuarto y la casa y el mundo
entero parecían muertos o deshabitados pasó algo
que tú no comprenderás como yo tampoco lo entendí entonces. El diván se movió solo. Las cuatro patas resbalaron un poco sobre el suelo. Contuvimos el aliento y Clamores se levantó muy pálida:

—En esta casa hay duendes—dijo—. Duendes
de los malos.

Yo pensé en el cenizo del pozo y sentí hormigueo en la nuca, pero soy más lógica y antes de formar opinión me incliné a mirar por debajo del sofá. Se veía el muro blanco entre el asiento y el suelo. No había nadie. En aquel momento el diván avanzó un gran trecho—casi un metro—hacia nosotras, arrastrándose. Clamores gritó y las dos salimos corriendo. Fantasmas. *Elfs*. Al vernos fuera encontramos a Soleá que estaba con un hombre de unos cincuenta años, alto y *handsome*.

—El sofá está vivo y camina—gritó Clamores súbitamente tranquila.

Pero en los ojos de Soleá no vi extrañeza ninguna. El caballero nos miraba sin escucharnos, distante y frío. En lugar de presentarnos, Soleá se llevó al caballero al otro extremo de la sala y siguió hablando en voz baja con él. Era un hombre flaco y vibrador con algo de viejo soldado inglés. Aunque yo evitaba mirarlo demasiado, él se dio cuenta de mi atención. También a mí la presencia de aquel hombre me devolvió de pronto la calma.

Iba muy afeitado, el color de su piel era entre pergamino y topacio. Su delgadez tenía algo heroico. En su conjunto aquel hombre que hablaba a Soleá como Dios debe hablar a sus ángeles—es decir, de arriba abajo—era español y pertenecía a una de las casas más nobles de todos los tiempos. Tenía un cortijo cerca de Sevilla. En su distinción había signos de decadentismo y de degeneración, pero nada de eso le quitaba atractivos. Su bigote corto, en cepillo, tenía un color como desteñido, y hablaba diciendo cosas sin importancia:

—Soleá, dile a Juan que venga a ver los arriates del pabellón nuevo.

—Le aseguro que irá sin falta. La otra vez no fue porque le dio un pasmo y tuvo que guardar cama. Irá el sábado y estará allí el tiempo que sea menester, señor duque.

El aristócrata nos miró intrigado:

—¿Puedo preguntar qué sofá es ese que camina, señoritas?

Entonces Soleá nos presentó, y aquel caballero al ver que yo era americana pareció alegrarse y me habló en un inglés perfecto. Me preguntó entre serio y bromista si yo creía que un sofá podía caminar solo y respondí que no tenía más remedio que creerlo porque lo había visto con mis propios ojos.

Soleá no parecía extrañarse de que el sofá caminara. El aristócrata me dijo en inglés que estaba dispuesto a creerlo todo desde que vio un día en pleno mar Pacífico (es oficial de reserva de la Marina) un barco de guerra que iba al garete (los *garetes* creo que son los puertos de Polinesia, Betsy) tripulado por cerdos vestidos de almirantes, capitanes, contramaestres, marineros, etc. Animales vestidos de uniforme porque la armada yanqui quería comprobar los efectos de una bomba atómica en seres vivos vestidos y el cerdo es el animal físicamente más parecido a las personas. El caballero subió a bordo de aquel barco—dijo—sin saber qué sucedía ni de qué se trataba. Los cerdos llevaban su gorra de oficiales muy bien asegurada de modo que no se les cayera y sus trajes se los habían hecho a la medida. Llevaban algunos su cuello duro de pajarita y su corbata. Ver a toda aquella lucida marinería caminando por la cubierta de un barco a cuatro patas era notable. El oficial español desde entonces estaba dispuesto a no extrañarse de nada. Luego, aquel hombre me dijo en inglés algunas cosas galantes que las otras mujeres no entendieron. El mejor milagro de la casa de Soleá lo tenía él allí. (Yo era el milagro, ¿entiendes?)

Más que viejo yo diría que aquel hombre era ancestral. Ancestral pero juvenil. Clamores se adelantó a ir al desván y la seguimos. Caminaba el aristócrata con movimientos así como arcaicos. Ese sí que era un *grandee,* Betsy. Soleá repetía:

—Por la Macarena les pido que me guarden ustedes el secreto.

En el cuarto no había nadie. El príncipe—permíteme que lo llame así con motivo o sin él—miró detrás del sofá y vio que había en el muro a la altura del respaldo un agujero por donde podía pasar una persona. Con el sofá arrimado no se veía. Dijo el caballero mirándome a mí:

—*Monkey business*—y añadió dirigiéndose a Soleá—: Una puertecita falsa ¿eh?

—Es mi padre que vive ahí, señor.

—¿Pero no había muerto tu padre?

—Lleva escondido ahí desde antes de casarme. Veintidós años. Se escondió en 1936. Lo querían matar, según decían, por rebelión contra el Estado, usted calcule. Un pobre hombre como mi padre, sin otras armas que la azuela de jardinero.

Entonces sucedió algo de veras notable. El príncipe, que parecía escuchar con un humor ligero, se puso grave:

—Dile a tu padre que salga y que no tenga cuidado, Soleá. Anda, niña. Yo también soy enemigo de esos que querían matarlo.

—Los *curritos* los llamaban.

—Anda, que conmigo no se atreven los curritos. Saca a tu padre, que estará más seguro en
mi finca. Allí no tendrá que esconderse. Nos ire-
mos esta misma tarde al cortijo, Soleá.

Viendo a Soleá indecisa, añadió;

—Anda, sácalo de ahí a tu padre, que yo lo
llevaré al cortijo y allí podrá vivir tranquilo y
respirar el aire limpio de la montaña. ¿ Qué edad
tiene?

—Setenta y un años.

Entretanto, en el jardín discutían los antiguos
rivales, ahora por bulerías, y era el turno de
Curro:

> *Le dijo er tiempo al querer:*
> *esa soberbia que tienes*
> *yo te la castigaré...*

La voz de Quin respondió (se veía que estaban
comparando el uno y el otro sus talentos):

> *Volando vivo,*
> *igual me da una encina*
> *como un olivo.*

Miraba el príncipe hacia el jardín, intrigado,
y Clamores se puso colorada para decir:

—Son nuestros novios, señor. Han *pimplao*.

Lo decía de una manera un poco boba, pero
ya te dije que el encanto de las chicas de Sevilla
es así. En cuanto a *pimplar* es un verbo raro con
raíz inglesa: *pimp*. Hacer el pimp. En sentido
figurado, claro (supongo).

—Ya veo—dijo el príncipe mirándome a mí
de un modo heráldico.

—Betsy, tú me conoces. Yo lo que quiero es recoger datos para mi tesis, y, si es posible, divertirme un poco. Soleá suspiró:

—Años lleva mi padre diciendo que todo lo que quiere es volver a pisar la calle antes de morirse.

Soleá se fue detrás del diván y se metió en el boquete del muro. Al quedar solos, el príncipe dijo:

—¿Parece que tiene usted un novio flamenco?

—Es que lo necesito—me disculpé—porque estoy escribiendo una tesis sobre folklore gitano.

El príncipe ordenó a Clamores: «Anda al jardín y entretén a vuestros novios para que no vengan mientras sale el padre de Soleá.» Ella obedeció sin chistar. Entonces él rodeó mi cintura con su brazo y me dijo:

—¡Qué bueno es ser joven y estudiar idiomas y escribir tesis!

Olía a perfume caro. Miré al boquete del muro y el príncipe susurró cerca de mi oído: «No te preocupes, que Soleá es discreta.» Yo entonces pensé—ya sabes como es mi imaginación—si Soleá sería o no una especie de Celestina no profesional, sino por afición. Un *hobby* tal vez. (Eso pensaba entonces, Betsy.)

Sin soltarme, el príncipe (no lo creerás) me besó en los labios. Era la primera vez que me besaba un hombre con bigote. Recordé la heroína de una novela de Kipling que prefiere los novios con bigote y dice que ser besada por un hombre sin él es como comer huevos sin sal. Sin sal. ¡Qué extravagancia, Betsy! Me quedé confusa. Ahora entiendo eso a medias, querida. Pero no sé qué decirte.

Por fortuna Curro no nos vio, aunque si nos hubiera visto no nos habría matado, creo yo. No creo ya en los celos sangrientos de los españoles, y te digo la verdad: me decepciona un poco. Aunque en caso de haber tenido mi flor en el pelo cuando me conoció Curro tal vez todo habría sido muy diferente con Quin.

En América me habría sentido ofendida por el beso de un desconocido fuera duque o lavador de ventanas, pero aquí me pareció natural. Estos hombres saben hacer las cosas de un modo que yo diría plausible. En cuanto a Soleá, debo explicarte que una Celestina es una *self made women* que tiene un negocio: relacionar hombres con mujeres. En cierto modo es una *social worker*. Yo sospecho que Soleá se dedica a eso, aunque no estoy segura.

Me miraba aquel hombre con una especie de tierna confianza después del beso. Yo había estado a punto de darle las gracias, pero sólo se me ocurrió preguntarle dónde había aprendido el inglés.

Cuando aquel hombre iba a contestarme apareció Soleá con su padre. Es una ruina el pobre, pero, en fin, al menos va a vivir ahora o a morir en libertad y tranquilo.

—A mí vivo no me atraparán, Soleá. Diles que vivo no me dejaré atrapar.

—Va usted a ver la calle, padre—le decía Soleá como si le hablara a un niño.

Recordaba yo los cuentos medioevales de príncipes y pastores. El príncipe estaba delante. No pienses mal, Betsy. Yo amo a Curro, me intriga muchísimo Quin y admiro al príncipe. Esa es mi situación por el momento.

Soleá hizo rápidamente un paquetito con alguna ropa y salió detrás de su padre y del príncipe
para llevarlo al coche.

Los nacionalistas querían matar al padre de
Soleá en 1936 como a un perro, porque pertenecía a la directiva de una unión obrera, y el príncipe quiere ayudarle ahora a bien morir. No estoy
segura de que nadie haya hecho nunca nada por
la vida del padre de Soleá. De su muerte sí que
se ocupan, como ves.

Sobre lo del beso he estado pensando si debo
decírselo a Curro o no. Mejor será callar porque
ahora (con la flor en el pelo) reúno los requisitos
para que mi novio pelee y arriesgue la vida por
mí. No es que yo desee que Curro se conduzca
violentamente con nadie y menos con el príncipe,
pero si ha de suceder algo, allá ellos.

Más valdrá no decirle nada a Curro del beso
del príncipe. ¿ Tú dirás si los huevos me gustan
con sal? ¿ Qué quieres que te diga? ¿ No has tenido experiencias como esa, todavía? Hay pocos
bigotes en el campus de nuestra universidad, eso
es cierto y no sé, a pesar de todo, si debemos
lamentarlo o no.

Todavía – still, even, yet
Tampoco – neith, either

CARTA IX

VELORIO EN LOS GAZULES

El cortijo donde lleva mes y medio viviendo el
padre de Soleá se llama Los Gazules, y está cerca
de Lora del Río, en el camino de Córdoba. Los
Gazules eran una dinastía como los zegríes y los
abencerrajes (y creo que los panolis). Todavía
quedan algunos en las ciudades al lado del mar,
y de ahí la expresión «haber moros en la costa».

Mistress Dawson ha estado en Gibraltar, porque de vez en cuando, según dice, necesita el contacto con la civilización. Lo decía pronunciando
la *v* un poco a la manera inglesa casi como la *f*.
Curro no podía perderse un efecto tan fácil y tan
brillante.

—Ya veo. Ha ido a Gibraltar a que la *sifilicen*.

No entendía Mrs. Dawson o no quería entender (nunca se sabe con ella). Estábamos en el
café. Y preguntaba de dónde habían salido los

monos gibraltarenses. Curro explicó no sé si en
broma o en serio:

—En el siglo pasado un comerciante de Gibraltar que tenía un hermano rico en el Brasil le
escribió una carta pidiendo que le enviara por el
primer barco tres o cuatro monos. Pero escribió
la cantidad en números, así: 3 o 4. Y el brasilei-
ro fletó un barco especial y le mandó 304 monos.
El comerciante no sabía qué hacer. Los ingleses
aman a los animales y obligaron al comerciante
a alimentar a los monos o a dejarlos en libertad.
El comerciante vendió algunos, pero fue soltando
a la mayor parte y *velay*, esa es la historia.

Al menos es la explicación de Curro.

A Mrs. Dawson la llaman en el café la *Mar-
garitona*. Le va bien, Curro dice que el subfijo
«ona» representa el trasero. Así pues, Margari-
tona es una Margarita con trasero. Desde que lo
dijo yo solo veo en mi amiga esa prominente parte de su persona.

Está siempre Mrs. Dawson haciendo el paripé,
ahora, a propósito, creo haber descubierto de
una vez lo que es el paripé. George Borrow dice
que viene del sánskrito *parivata*, que quiere decir
cambiar. El paripé es un cambio. Por ejemplo,
cambiar dólares a 45 estando a sesenta es hacer
el paripé. Este es un ejemplo vulgar, claro. Hay
otros cambios psicológicos y morales que pongo
en mi tesis al hablar de esa importante materia.

En el diccionario de la Academia de 1914 encuentro: «*Paripé.—Presumir, darse tono.*» Y en
otra edición anterior de 1899 dice: «*Hacer extremos para engañar.*» Si añadimos a esas dos
versiones tan diferentes la del cambio ya son
tres y las tres verdaderas según dice Quin Gó-

mez—el abejorrito—con quien tenemos ahora
Curro y yo relaciones normales. Pero dice Quin
que solo son verdad esas versiones si el que cam-
bia para engañar a alguien no lo consigue y el
que se da tono tampoco sale con la suya. Tú ves.
Sólo hay *paripé* si hay frustración. Y cuando lo
hace un comprador de lana a veces lo trasquilan.

Dice Borrow que los gitanos ingleses usan la
palabra *paripé* añadiendo una n: *paripén*. En la
copla que te copiaba un día allí donde dice:

> ...*y que venga el doctor Grabié,*
> *er del bisoñé,*
> *er del paripé,*
> *porque m'estoy ahogando*...,

se diría que falta la *n* de los ingleses: *paripén*.
Con ella se evita la sombra de cacofonía del «paripé—por». Y el filólogo Miklosich dice que en
todos los dialectos gitanos de Europa existe la
raíz *paruv* (cambiar) y cree que viene también
del sánscrito.

La opinión de Borrow sobre el paripé es la
que prevalece en mi tesis. Perdona que añada
tantos detalles. Si mis interpretaciones son buenas, cuando las publique vendrán los filólogos
españoles a roerme los zancajos, según me dicen.
Es un homenaje antiguo que no sé en qué consiste.

Mistress Dawson quería que Clamores fuera a
bailar a su club, pero no hablaba de dinero y Clamores le dijo:

—¿Qué se cree usted, señora? Sólo los angeli-
tos del cielo y los seises de la catedral bailan
gratis. Eso de bailar gratis sería hacer el paripé.

Bien dicho.

No siempre estoy de acuerdo con Borrow. Por ejemplo, de los gitanos dice (y copio la edición de Putnam Sons de 1899): «He estado viviendo con los gitanos de la provincia de Extremadura. ¡Pobre gente! Son terriblemente maltratados y los persiguen como a lobos. Llevan consigo inmensas tijeras, que ellos llaman cachas, para defenderse. Son tan largas como el brazo, y con ellas pueden cortar una mano, las orejas o la nariz a cualquiera. Viven miserablemente, son nómadas y comen tocino, tripas y bellotas. Algunos se dedican al contrabando.»

Hay gitanos y gitanos, la verdad. Curro, por ejemplo, es muy diferente. En cuanto al contrabando, las mujeres que se dedican a él se suelen llamar Francisca, es decir Paca y las llaman con un *nick name:* Pacotillas. Así se dice: *las Pacotillas del contrabando.* Y las mejores son parientes de una familia muy inteligente formada por tres personas a quienes llaman Lupe, Lupija y su hija.

Me dijo Curro que esos gitanos de Borrow eran los parias de la raza y que llevaban las tijeras, no para pelear, sino para esquilar los caballos y los burros. Y esto es verdad, porque yo vi un caso en Trebujena. Estaba en el balcón de una venta y Curro abajo sentado en un poyo y fumando. Enfrente había un caballo con los pies delanteros trabados. Y llegó un gitano y preguntó a Curro:

—¿Qué le parece, amigo, si le doy una esquilada al caballito?

Curro echó el humo al aire y dijo: «Muy bien.» El gitano comenzó a trabajar. De vez en

cuando decía: «¿Le dejo las crines en el cuello?»
Y Curro: «Por mí se las puede dejar.» El gitano quería hacerle cerca del rabo un «enrejao» de fantasía. Curro dijo: «Es verdad, no quedará mal.» Por fin el gitano terminó:

—¿No le parece que el caballito queda muy guapo?

—Es verdad.

—Son dos chulíes si me hace el favor.

—¿Yo? Usted me preguntó qué me parecía si lo esquilaba y yo dije que bien. No era más que una opinión. ¡Si fuera uno a pagar dos chulíes por cada opinión!...

—¿Pero no es suyo er animal?

—No.

El gitano se puso pálido, y viéndome en el balcón comenzó a explicar que había hecho un trabajo de artista y que el caballo parecía antes una cabra en la muda y ahora se veía más galán que el emperador de la China. Luego añadió que yo era más linda que una puesta de sol en el Guadalquivir.

Le arrojé su dinero, que hacía como quince céntimos de dólar, y se fue contento, pero antes le dijo a Curro: «Malos mengues te piquen la muy, asaúra.» Dijo Curro que si no hubiera sido por mí le habría dado para el pelo al gitano de las cachas. ¡Y buena falta que le hacía al pobre!

Barrow tiene opiniones arbitrarias. En la misma página donde habla de los gitanos de Extremadura dice: «España sería el país más hermoso del mundo si la gente tuviera algún parecido con los seres humanos, pero no lo tiene. Son casi tan abyectos los españoles como los irlandeses, con la excepción de que los españoles no se emborrachan. Aunque el vino es allí tan común y corriente como el agua, no he visto nunca un borracho.»

Yo en el año que llevo en España he visto uno, pero era un verdadero gentleman. Se tocaba el sombrero a cada paso y me decía:

—Sin faltarle, señorita. ¿Es que falto yo?

Desde un rincón dijo alguien:

—El que la pilla para él.

—Ese caballero se refiere a la cogorza—me explicó el borracho amablemente después de saludar desde lejos al que lo había dicho.

Le pregunté a Curro qué es eso de «paria» porque había hablado de gitanos parias y son los que no tienen donde caerse muertos, es decir, que no tienen dinero para comprar la sepultura. Pobrecitos. Con tres o cuatro chulíes la podrían comprar. Aquí la muerte, es decir, la fiesta que sigue a la muerte y que llaman velorio, tiene más importancia que en los Estados Unidos.

En inglés decimos *pariah*, y mi diccionario etimológico dice que la cosa viene de la India, donde los *pariah* eran los que tañían el bombo, y que los coloniales portugueses trajeron la palabra a Europa. Yo no he visto aquí gitanos tocando el bombo y de instrumentos de percusión sólo usan el pandero. Así suelen decir: «Al gachó le zumba el pandero.» Con frecuencia, además del pandero, tiene un harpa, aunque yo no la he visto. Así se dice coloquialmente: «Al gachó del harpa le zumba el pandero.» Esta es una nota aclaratoria que pondré en mi tesis. Hay una variante según la cual en lugar del masculino (pandero) se usa el femenino: pandereta. Así se puede decir con toda corrección: «Al gachó del harpa le zumba la pandereta.»

Curro me dijo que los parias, además de esquilar, se dedican a la choricería y también a la pesca de la merluza, es decir, a fabricar conservas de cerdo y a pescar. También se dedican a otra profesión: la mangancia. No he podido averiguar hasta ahora exactamente en qué consiste.

A la tertulia viene un torero que se llama Pérez y tiene el sentido olfativo de un perro. Para él cada calle huele de un modo diferente.

También viene por el café un español que es maestro en un *high school* americano de la base de Morón. Dice que cuando reprende a algún chico americano que enreda en la clase éste le responde: «La constitución de mi país me autoriza a la busca de la felicidad, y eso es lo que estoy haciendo.»

Voy ahora siempre con mi flor, pero a veces dudo de mi *charm*. Por fortuna, ayer llegó una carta de Richard, mi novio de *college*. Dice así: «He visto las largas cartas que escribes a Betsy y te felicito por tus romances. Sobre todo por la conquista de ese príncipe de ambas Castillas que te besó de una manera inesperada y señorial. También por el sucesor de los Antoninos que, según dice Betsy, es una especie de Nijinski español. Enhorabuena.

»Yo he sido seleccionado por el *coach* para el equipo de fútbol del año próximo. Te lo digo para que veas que no solo tú triunfas en la vida. Yo tengo también satisfacciones legítimas.

»Si viene un día por aquí el poeta rubio—el abejorro—, dile que le regalaremos un teléfono blanco y que será bien recibido por la clase 51 de español, donde estaré el año próximo, pero que no haga como el *visiting professor* del año pasado que me suspendió. Entre paréntesis, creo que también estás un poco enamorada del abejorro. No digas que no. Te conozco.

»Querría saber cuáles son tus planes, digo si piensas casarte con el tarteso o con el poeta rubio o con el *grandee* romántico, aunque éste es un poco viejo para ti. Es una pregunta que te hago poniendo el mayor énfasis, y no debes dejar de contestar cuanto antes por razones de orden muy personal. Perdón si no te digo más por ahora. *Love.* Richard.»

Ya ves, Betsy. Mis aventuras en España hacen pensar a Richard que soy más deseable de lo que él creía. A eso se llama aquí tener una mosca en el oído. Pero yo voy a dejarle cocerse un poco en su salsa. Por ahora soy novia española. La palabra viene del hebreo: novia, *nub*; y luego pasa al latín, *nubilare*, que quiere decir fructificar, y luego al español. (Probable nota al pie.) Estoy de lleno en un romance y con perspectivas de esplendor por el lado del príncipe.

No soy coleccionista, pero las mujeres somos versátiles, y si el príncipe me dijera la palabra mágica no sé lo que sucedería. Yo misma me pregunto qué es lo que sucedería en ese caso. Princesa o duquesa de los Gazules suena bien. Aunque por ahora sigo, de veras, enamorada de Curro. Y soy piropeada a menudo por Quin. Y no se matan. Y no dejo de tener los mejores recuerdos de Richard a pesar de todo.

No sé si debes enseñar esta carta a Richard por lo que digo antes sobre el cocerse en su propia salsa. En todo caso dile que sus triunfos atléticos me impresionan y que tiene en mi corazón uno de los primeros lugares. ¿Subirá Richard o bajará en la escala de mi estimación con el tiempo? ¡Quién sabe! Si sube, mereceré un postre especial que aquí llaman *miel sobre hojuelas*.

Pérez, el torero, tiene sentido de humor. Desprecia al público y se ríe de la gente haciendo a veces cosas raras. Pérez y Quin, que como poeta toma a veces actitudes parecidas, estuvieron el otro día en el café muy serios hinchando las mejillas, dejando salir el aire, mirando al techo y produciendo un zumbido. La gente se reunía delante tratando de comprender.

Estas bromas son más ingeniosas que las formas vulgares de protesta social de los *beatniks*.

Tiene Pérez una cara lánguida y trágica, y por eso las bromas de él producen como un *anticlimax*. Me dijo que lo han pintado dos veces como San Tadeo para las iglesias de la provincia. El hecho de que las beatas le recen como a San Tadeo le da mala suerte y por eso no prospera como lidiador.

Días pasados fuimos a la finca del príncipe con Soleá. Cuando le pregunté a su padre—que está enfermo—cómo se encontraba, el buen viejo me respondió:

—Lo que me pasa a mí es lo mismo que a algunos caballos que no toleran la avena, señorita.

Quería decir con eso que tampoco él puede tolerar la comida de lujo de la libertad.

El cortijo es grande y los *cow boys* imitan a los del sudoeste americano con sus sillas de montar levantadas por detrás. Me acompañaba un hombre a quien llaman capataz, porque en las

tientas—supongo—torea siempre de capa, y me
enseñó hasta las casetas de los cerdos. Son como
las del *zoo*, con su parte exterior y su parte interior. Delante de una jaula me explicó:

—Este es el verraco padre más antiguo. El
decano.—Y llamó—: ¡*Trianero!*

Mientras el *Trianero* llegaba, el capataz añadió indicando al cerdo:

—Tiene más condecoraciones que el capitán
general con mando en plaza, dicho sea sin mal
señalar. Y tiene muchísimo *pesquís.*

Un día te escribí, Betsy, que pesquis quiere
decir peluca falsa. Eso creía, porque siempre que
dicen esa palabra los andaluces se tocan el pelo,
pero, sin duda, no dije la verdad. Me extraña
porque no suelo caer en errores de esa naturaleza. ¿Cómo va a usar un cerdo una peluca falsa?
El *Trianero* se acercaba despacio con la mano
en el anca:

—Es un verdadero señorón—dijo refiriéndose
también al cerdo—. No le falta más que el cigarro puro y el coche. Pesa sus veintiséis arro-
bas y se da buena vida. Come, bebe y de lo otro
ni hablar. Yo me paso el día trabajando en las
cochiqueras. Soy como el ayuda de cámara de
estos señorones. Cuando voy a comer a casa, mi
chico (mardita sea su estampa) dice: «Ya está
ahí mi padre, que huele a puerco.» Ahora le voy
a dar al señorón su baño. Tiene más de trescien-
tos hijos, aunque es todavía joven. Digo y me
quedo corto. Es la divina torta, señora. Las fo-
tografías de este animal que tienen salida en la
prensa son infinidad y hay una con un marco
dorado en la oficina del señor duque. Er día que

lo sacrifiquemos habrá que cantar er gori-gori
como a un cristiano.

Tanta explicación resultaba un poco obscena.

Dijo el capataz que el *Trianero* era muy ca-
zurro. Eso se dice de las personas que tienen
habilidad para la caza. En cuanto al cerdo, yo
no he visto otro igual. Ya digo que había en él
algo indecente. Ahora lo veo algunas noches, en
sueños, de pie y cantando el gori-gori, que es una
canción que les cantan a los cerdos el día de
San Martín.

El *Trianero* añadió;

—Ese animal tiene su nombre: er *Verraco*.
Aquí, digo en Lora, cada cual tiene su nombre
y su alias

—¿Cuál es el de usted?—pregunté al capataz.

Esto dio una gran risa al *Trianero*. Comprendí
que me había perdido una gran oportunidad para callarme, pero añadí:

—Si todo el mundo tiene un apodo, ¿cuál es
el mío?

Dijo el *Trianero* sin vacilar:

—Tengo oído que la llaman a usted la *Notaria*.
En Sevilla. Y dicho sea sin faltar.

—Cállate, voceras—ordenó el capataz y añadió:—Habla tanto porque aquí donde lo ve su
mujer está para dar a luz, y como marido, asaúra
pues, tiene su hormiguillo.

Pregunté qué es una notaria y el *Trianero* dijo
que es la mujer de un señor que va con una car-
tera llena de papeles y apunta las cosas. Ya ves:
me llaman así porque tomo notas para mi tesis.

Volvimos el mismo día a Sevilla. Por el camino, en el autobús, me decía Soleá llorosa: «Se va

a morir cualquier día mi padre a pesar de que vive bien cuidado.»

Creía que habría vivido más tiempo en su escondite, porque la ilusión de ser liberado un día le ayudaba.

Luego me dijo que su padre se lamentaba de no haber sido fusilado como otros en 1936.

—A eso—añadió Soleá—le llama «morir bonito». Eso es; quería «morir bonito» en 1936.

La muerte que espera ahora el pobre viejo no es bonita.

Al llegar a casa de Soleá encontré a Quin y me puse a contar lo del cortijo y el verraco.

—El abuelo de Curro—me dijo Quin súbitamente iluminado—pertenecía a una banda de ladrones que andaba por los caminos en el siglo pasado y que se llamaba *Los Verracos*. Lo ahorcaron. Todos los *Verracos* cayeron y no quedó uno solo para contarlo.

Yo no podía creerlo, y el abejorrito fue a pedirle a Soleá un número de *El Liberal* de 1862, amarillo y viejo, que ella guardaba con otros. Quin lo desplegó con cuidado diciendo:

—No crea usted que lo invento yo para difamar a Curro. Curro y yo somos ahora la misma filarmonía. Y lo seremos siempre.

—¿Está usted seguro?—pregunté yo sintiéndome un poco herida no sé por qué.

Pero él estaba leyendo ya el periódico. ¡Qué cosas se ven en este país! ¡Y luego dicen que los extranjeros poetizamos a España. ¡Poetizar a España! Eso sería como llevar agua al mar. Quin leía lo siguiente letra por letra: «Ayer tuvo lugar la ejecución del caballero de la casa de Alcalá don Fernando de Alcalá y Reyes de Guadal mecina, a quien condenaron a la última pena como cabeza de la banda de los malhechores apodados *Los verracos*, que en los últimos años ha causado depredaciones en los caminos, los cortijos y las dehesas, haciendo insegura la vida fuera de las ciudades.

»La familia del finado puso en circulación la siguiente esquela mortuoria: *Rogad a Dios por el eterno descanso del alma del Excmo. Sr. don Fernando de Alcalá y Reyes de Guadalmecina, caballero de la Orden de Calatrava, señor de Lucena de la Vega, hermano de la Orden Tercera de San Francisco, cofrade del Gran Poder, mayordomo del Santísimo Rosario..., etc., etc.*

»*Sus hermanos, el excelentísimo señor don Félix Custodio, marqués de Lucena de la Vega y maestre de Ronda; doña Clorinda, baronesa de Santa Olalla la Nueva; sus sobrinos, don Lucas de Osuna y doña María do Minho (ausente), y demás familia, el santo cabildo metropolitano, la muy ilustre Orden de Calatrava, la villa de Lucena de la Vega y la gran Maestranza de Ronda ruegan a sus miembros y patrocinadores que asistan al entierro, que tendrá lugar el día 4, a las seis de la tarde, desde el patio de los Naranjos. Con la bendición apostólica y las indulgencias acostumbradas.*»

¡Qué te parece, Betsy! Todo eso estaba rodeado de una orla negra y encima había una gran cruz.

Seguía *El Liberal* con la siguiente información que copio: «En el patio de los Naranjos se levantó un tablado y la familia del reo envió tapiceros que forraron de terciopelo negro todas las maderas, poniendo en el fondo, contra el muro, un amplísimo repostero con las armas de los Alcalá y Reyes de Guadalmecina.

»El poste donde estaba el mecanismo de la ejecución fue también forrado de terciopelo, después de obtener la familia el permiso correspondiente de la ilustre audiencia provincial.

»En lugar del banquillo que suele usarse para estos casos, la familia del finado hizo llevar un sillón de cuero que tenía también labradas las armas de los Alcalá y Reyes de Guadalmecina. Y un ataúd adecuadamente decorado, encima del cual se veían los atributos de la Orden de Calatrava, incluida la espada.

»A las seis de la mañana comenzaron a doblar a muerto las campanas de la ciudad. Muchos sevillanos acudieron esperando ver al reo, quien salió rodeado de los padres de la Orden Tercera. El verdugo vestía la librea de gala de la familia de don Fernando, según la voluntad expresa del reo.

»Al llegar al patio de los Naranjos, la comitiva se abrió paso entre la multitud. Dos sacerdotes encomendaban a Dios al reo y le preguntaban: *"¿Te arrepientes?"* El reo decía: *Es cuestión mía si me arrepiento o no, pero no olvides, curita, que a mí no me tutea nadie y que tengo tratamiento de excelencia.* Al llegar al cadalso subió sin vacilar y se sentó en el sillón como si fuera a presidir un acto de la Real Maestranza en lugar de recibir la muerte por justicia. Minutos después la vida de su excelencia se había acabado y su cuerpo quedó en el sillón según dispone la ley para ser puesto más tarde en el ataúd. Entretanto dos lacayos vistiendo librea de la familia estuvieron al pie del cadalso con hachones encendidos de cera blanca perfumada.»

El periódico concluía diciendo que la familia consiguió que el verdugo no cortara la cabeza para enseñarla en una jaula en las ventas y cortijos como se hacía habitualmente y se había hecho con las cabezas de los otros miembros de la banda de *Los verracos*. Se le concedió esa merced por tratarse de un Alcalá y Reyes de Guadalmecina.

En cuanto vi a Curro le dije todo esto y mi novio se apresuró a explicar que los *Verracos* eran de otra rama. Añadió que un bisabuelo suyo había andado en justicias, pero murió en el campo peleando y fue a principios del siglo pasado. Era un gitano fino, según Curro. «Y un día—dijo mi novio—Napoleón, el rey del mundo, pasó por Sevilla y Córdoba, en un viaje de vuelta de Africa, y mi bisabuelo le salió al camino, lo rodeó con los suyos y apuntando con los trabucos lo tuvo tieso y quieto como a una momia. A él y a su cortejo. Entonces mi bisabuelo se acercó a Napoleón y le pidió con mucha finura que le atara el zapato. Y Napoleón se lo ató. ¡A ver! Porque hay bandidos y bandidos, y los nuestros son gente honrá y dizna y no han pasao por la horca. ¿De dónde has sacao la historia?»

—Me la ha contado Quin—dije pérfidamente (ahora reconozco mi perfidia, Betsy).

Vi en los ojos de Curro los demonios todos del infierno. Lo siento. No me gusta que por mí peleen los hombres, ya me conoces. Al día siguiente fui al café. Tenía el temor de que podía pasar algo entre ellos. Curro no había llegado, pero estaba Quin con su novia Clamores, quien hablaba de las mocitas pobres de Sevilla que dan el

pie a los americanos de las bases. (Eso de dar
pie es un recurso del *flirt* español y es lo contrario de pedir la mano.) Dijo Quin que los americanos sólo conquistaban a las niñas a fuerza de
parné y no como él a cuerpo limpio.

—¡ Y olé mi niño, que se murió tu abuela!—dijo Clamores.

Aquí cuando la abuela se ha muerto la sociedad le tolera al hombre hablar bien de sí mismo.
Clamores decía que en la última fiesta de la flor
(para combatir la tuberculosis) le puso un clavel
en el ojal al torero Belmonte y él le dió cincuenta pesetas. Clamores le dijo: «¿Sólo cincuenta?
A su hijo le he puesto una flor y me ha dado
cien.» Y Belmonte dijo: «Mi hijo puede hacerlo
porque tiene un padre rico.»

Yo pregunté a Quin:

—Parece que me ha mentido usted en lo de *Los
verracos*. No eran de la familia de Curro. El
hombre a quien ajusticiaron era de otra rama.

—¡Menuda rama! Todavía entre los gitanos
de Alcalá de Guadaira llaman a Curro el sobrino
del *Verraco*—respondió Quin.

Por cambiar de tema pregunté a Clamores si
nuestra amiga Soleá era o no una Celestina y a
todos les dio mucha risa. Me dijo Quin que si
hacía oficios de *tercerola* era por puro amor al
arte y sin cobrar. Yo declaré que hacía mal y
que en los Estados Unidos un agente de *social
relations* debe cobrar y cuando es tan eficaz
como Soleá cobra caro.

—¿Cobrar caro?

Las risas fueron mayores y yo acabé por ponerme colorada. No se puede con esta gente.

Pero, Betsy querida, tengo a veces la impre-

sión incómoda de que comienzo a estar demasiado
vista. Me llaman la *Notaria* y eso es choteo. ¡ Qué
le vamos a hacer! Imagino a Curro unas veces
haciéndose atar el zapato por Napoleón y otras
como el *Verraco* del cortijo, es decir, con una
especie de calma porcina gruñendo en su jaula
y preguntando dónde está la *Notaria.*

En el café volví a sacar el tema de *Los verra-*
cos. El torero Pérez, que es el que más sabe de
vidas ajenas y del pasado y porvenir de la gente,
dijo:

—Fernando er *Verraco,* que en paz descanse,
era tío abuelo de Curro y cuando lo iban a ahor-
car, el verdugo le preguntó: «¿ Quiere su excelencia decir algo?» Y el reo dijo que todavía
no era el día de San Martín. Como a él lo llamaban el *Verraco* y los cerdos los mataban en ese
día de San Martín, por eso lo decía. Entonces el
verdugo le dijo: «Vuestra excelencia tiene muchos hígados para hablar así en este trance.» Y
el reo respondió: «Más hígados necesitas tú para estar aquí y oírme hablar a mí, hijo de la
gran perra.» Entonces el verdugo le respondió
humildemente: «Perdone si molesto a vuestra excelencia, señor.» Y el reo le replicó en voz alta:
«Ahorca de una vez y calla, que el entierro es a
las cinco y no querría que me enterraran vivo.»

Los dos bandidos, el de Napoleón y el otro,
eran parientes, creo, aunque Curro lo niegue.

El padre de Soleá creo que se ha agravado
mucho y vamos a ir mañana otra vez a Los Gazules. Ya te contaré. (Interrumpo esta carta.)

(Continúo ahora en Los Gazules.) El padre de
Soleá, después de dos días muy enfermo, se ha
muerto «sin saber de qué» y está de cuerpo pre-

sente en una mesa con cuatro grandes cirios. Así dicen. De cuerpo presente.

Mañana o pasado lo llevarán a la iglesia, donde hay un catafalco negro con calaveras pintadas. Es una especie de armario donde, al parecer (superstición, claro), se queda algún tiempo el alma del difunto. De ahí la expresión «tener el alma en su armario».

Antes de que me olvide: he sabido que a Mistress Adams la llaman la *Gallipava,* que no sé por qué le va muy bien, ¿verdad?

Pero déjame que te cuente el segundo viaje a Los Gazules desde el principio, porque vale la pena. Para ir a Lora tomamos el tren en Alcázar. Curro saludó a ocho o diez conocidos llamándolos por sus apodos. Uno era el *Tragela* (del verbo traer supongo e hiperbatón, digo metátesis o lo que sea de «la traje»). Otro, un antiguo banderillero, el *Nene,* y un viejo largo y delgado con patillas y calañés, el *Tripa.* Es tocador de guitarra y ha viajado con Pastora Imperio por el mundo. Curro decía que había que bajarle los humos al *Tripa,* pero no sé lo que quería decir con eso, ya que el *Tripa* no fuma. Iba también el torero Pérez, más melancólico que nunca. Pasó un incidente raro que no acabo de comprender. En una estación estaba Pérez asomado a la ventanilla del tren y cuando éste arrancaba se le acercó alguien y le dijo:

—Perdone usted, señor, pero es la mejor cara que he visto en mi vida para recibir una hostia.

Y al parecer le dio la hostia; es decir, la comunión. Es verdad que Pérez tiene cara de místico. El que se la dio debía de ser un cura, supongo, que estaba haciendo catequesis en la estación. Pérez—no veo por qué—estaba furioso y quería bajar del tren, pero los otros lo sujetaban y el tren caminaba cada vez más de prisa.

Tardó mucho en tranquilizarse Pérez. Decía que aquella hostia le llegaba de parte de Lagartijo III, a quien le pisó una corrida el año antes en Antequera. Pero, ¿qué tendrá que ver eso con la religión?

No sé qué clase de hombre será el *Tripa,* pero parece hombre de fondo filosófico. Le oí cantar a media voz:

> *Las cosas son como son*
> *hasta que dejan de serlo...*

Me gusta el *Tripa* y él se da cuenta. Viajamos en tercera clase, pero él decía a cada paso que había ido en primera a París más de una vez con Pastora.

Acabó Pérez por olvidarse de la sagrada forma y de Lagartijo III. También tiene su filosofía. Se hablaba de la muerte y Pérez decía que cuando bebe manzanilla cree en la inmortalidad del alma y si bebe vino tinto, no. Y dice que no le gusta ir a los velorios, porque las casas donde hay un muerto huelen a almendras amargas y le ponen mal cuerpo.

De la hostia ya no decía nada. Poco antes hablaba Pérez de volver a aquel pueblo y matar al que se la dio. Ya ves hasta dónde puede llegar la irreligiosidad de los «católicos españoles».

El vagón estaba lleno. Frente a mí había un campesino que tenía a su lado, en el asiento, un enorme cesto con toda clase de frutas, cuyo olor se extendía por el vagón. Delicioso olor que en es-

pañol se llama «efluvio» y que yo husmeaba (así
se dice) con placer.

Cantaba el *Tripa por lo bajini* sintiéndose todavía filosófico:

> *Cada cual es cada cual,*
> *cada quien es cada quien...*

En Lora había un carruaje esperándonos. Los
de Sevilla hablaban de los veinticinco años que
pasó el padre de Soleá escondido y el cochero,
en lugar de responder, decía que la cosecha de
aceituna se presentaba muy buena. Parece que
tenía órdenes de no hablar del caso político del
padre de Soleá.

Así, admirando los olivares en flor, nos acercamos al cortijo. El *Tripa* hablaba del hijo de
un conde que es *pansy* y que anda siempre con
flamencos y bailadores. Los otros reían. A esos
que llaman en Londres *nancy boys* aquí los llaman *apios*. El diccionario dice que *apio* es *celery*.
No entiendo. Parece que los moros son aficionados a esas perversidades y de ahí viene «mo-
rapio», creo yo.

En el cortijo estaba ya Quin, el abejorrito, que
había ido con su novia Clamores. Cuando le pregunté dónde estaba el muerto me respondió asustado: «Ah, eso yo no lo sé. Ni quiero saberlo.»
No puede ver a los muertos, Quin.

Comprendí que el cortijo entero olía a almendras amargas como decía Pérez. Soleá entraba y
salía en el cuarto mortuorio y aparte el dolor de
la pérdida de su padre, parecía gozar de la gloria de un velorio en Los Gazules y, sobre todo,
de la concurrencia, que crecía por momentos.

Despabilaba las velas y servía anís o manzanilla
con una especie de contenida satisfacción.

La parte central del cortijo es un palacio donde vive el duque con su anciana madre. La sala
mortuoria estaba en un ala, donde tienen sus vi-
viendas los empleados de importancia. Era grande, encalada, con zócalo negro abajo. Las velas
chisporroteaban y había flores por todas partes.
Entre el olor a flores yo distinguía como Pérez
el de almendras.

El príncipe es viudo. Su madre es ya (como
diría mi amiga de Alcalá de Guadaira, la madre
de Carmela) «octogerania». Parece que la vieja
duquesa es muy obstinada, sobre todo cuando se
le pone algo en el moño. (No sé qué cosa es esa
que le ponen en el moño y la hace tan enérgica
a pesar de sus años.)

Yo no diría que fuera triste aquello. Era fúnebre, pero no triste, digo, el velorio.

Como todas las cosas tienen aquí diferentes
nombres según su categoría, a la muerte de un
hombre bajo la llaman «espiche» y a la de un
noble «defunción». En cuanto al muerto, si es noble es un «finado» y si es un plebeyo se llama
«fiambre».

Con las manos cruzadas y el rostro afeitado,
el cabello blanco, y rizado el bigote, y con sus
zapatos de fiesta, el muerto no tenía mucho dra-
matismo. Su yerno, el jardinero, lo miraba desde la puerta, suspiraba y decía:

—Al pobrecito no le faltaba más que el billete
para ir a la ópera.

¡Qué ocurrencia, Betsy!

Las personas del velorio iban llegando y pasa-
ban al cuarto con ojos asustados. El yerno se-

guía frente al cadáver y Soleá sollozaba a su lado.

—Vamos, Soleá—decía él—, que nadie ha palmado en tu familia con tanto señorío.

Alguien se acercaba: «He abierto la ventana —dijo—porque el oreo les sienta bien a los difuntos.»

Entonces vi a Quin en el quicio de una puerta. Fui a su encuentro y salimos a un solanar. Le di la flor que llevaba y, en cambio, le quité la que tenía él en la solapa y me la puse en el pelo. Estaríamos allí unos minutos hablando cuando apareció Curro:

—¿Qué te dice Quin?—preguntó—. ¿Te habla de Los verracos todavía, por un casual?

Miraba nuestras flores cambiadas, receloso. Los dos olían a vino. Me alejé con Quin en el momento en que unas viejecitas se acercaban a Curro y le preguntaban dónde estaba el finado. Quin y yo entramos en un vasto corredor un poco sombrío.

—Veo—le dije con una expresión satisfecha— que Curro y usted están en buena amistad.

—La historia de Los verracos ha enfriado un poco la relación—dijo él—y ahora Curro anda diciendo que, como soy rubio, vengo de los alemanes que en la edad media musulmana servían en Andalucía de eunucos en los harenes, según usted ha descubierto en no sé qué libro. Si yo desciendo de uno de esos alemanes no debía ser eunuco, digo yo. ¿No le parece? Por muy rubio y alemán que fuera.

Le dije que aquello de los eununcos lo había leído en Levi Provençal. Volví al lado del fiambre yo sola. Un anciano le ofrecía la mano a

Soleá, y algunos me la daban también a mí como si fuera de la familia. Las mujeres me abrazaban y decían que habían sido amigas del difunto. Todas olían a vino, de modo que, después de algunos abrazos, yo estaba mareada con los efluvios.

Apareció el príncipe y se quedó en el aro de la puerta mirando al muerto. Llegó un cura. Ya sabes que a mí no me gustan mucho los papistas, pero aquél daba la impresión de ser un buen hombre. Me acerqué a ellos. El príncipe me presentó.

—La única verdad de la vida, señorita—suspiró el cura refiriéndose al difunto.

—La muerte—añadió el príncipe evitando el lado malange—y el *income tax,* como decía Mark Twain. Las dos verdades de la vida.

Callábamos. Los cirios chisporroteaban otra vez.

—¿Viene usted conmigo?—me preguntó inesperadamente el príncipe.

—¿Adónde?—dije yo, pensando en los huevos fritos con sal.

—Aquí huele a flor marchita. Vámonos.

No hicimos más que salir cuando, con una propensión (así se dice) rara, me tomó por la cintura.

—Esto también es verdad—dijo.

Pero alguien se acercaba y el duque, apartándose un poco, dijo otra vez que quería presentarme a su madre. Luego añadió:

—Usted es una gringuita divina. Como le decía, quiero presentarla a mi madre. Supongo que habrá terminado ya con los zapatos. Ha venido un viajante de Sevilla. Es la manía de mi madre: coleccionar zapatos de corte.

En aquel momento se le acercó el mayordomo

y le dijo algo al oído. El príncipe, antes de dejarme sola, se disculpó:

—Es mi madre que me llama. Espéreme.

Yo pensaba: ¿Pero, no iba a presentarme? ¿En qué quedamos? Esperé paseando por el corredor. Más tarde vi a Curro y fui a ponerle en la solapa una flor que arranqué de una corona funeraria, pero Curro la rechazó y se puso lívido.

No comprendo. Como aquello me disgustó, le hablé con cierta complacencia del duque. Luego le dije que aquella noche me quedaría a dormir en el cortijo. Repetí lo mismo a casi todos mis amigos. A Soleá le pareció muy bien y me prometió una habitación en la parte palacial, cerca del cuarto del príncipe. Pero yo recelaba del *hobby* celestinesco de Soleá y poco después de haber dicho que me quedaría en Los Gazules vino a buscarme Mrs. Dawson y sin decir nada a nadie me metí en su coche y salimos para Alcalá de Guadaira.

—Ha hecho usted bien viniendo a buscarme—le dije.

Ella explicó que no venía por hacerme un favor, sino por probar el coche cuyo motor había sido reajustado.

Aquella noche fueron buscándome, según parece, como fantasmas, los tres hombres en el cortijo. Ni el príncipe ni Curro ni Quin podían pensar que me había marchado á Sevilla. Y al parecer la presencia de la muerte los ponía propensos. Soleá se ofendió por mi escapada, según me dijeron al día siguiente. Yo, la verdad, tenía miedo. Pero no a los vivos, sino al muerto.

No hay un hombre vivo en todo el mundo al

que yo le tenga miedo, Betsy. Pero llegó un momento en que creí que el muerto iba a levantarse y a perseguirme por los pasillos diciéndome piropos. La atmósfera estaba llena de *libido*, que diría Freud.

Al día siguiente volví al cortijo con una brazada de azucenas húmedas. Mrs. Dawson fue estornudando todo el camino. Dijo que se resfriaba y como el coche era convertible lo cerramos. Entonces estornudaba más. Debe ser alérgica a las azucenas. White lily

Tenían aquellas azucenas los estambres llenos de polen amarillo, que a mí me parecía encantador y a ella repugnante. Tú ves qué temperamentos más contrarios.

Creía Soleá que yo había pasado la noche en el cortijo, pero no se atrevía a preguntarme dónde. Y aquí viene lo mejor. Curro tenía un ojo morado y una grande equimosis en la otra mejilla. Parece que Curro y Quin, buscándome a mí, se encontraron, discutieron sobre *Los verracos* y los eunucos alemanes y pelearon. De veras, Betsy. Curro había visto la flor mía en la solapa de Quin. Y pelearon como tigres. No comprendo, Betsy, mi propia reacción. Aunque soy una mujer enemiga de violencias, cuando vi a Curro y a Quin con un ojo morado cada uno tuve la sensación de haberse cumplido algo que últimamente había llegado a ser una necesidad en mi vida. Una necesidad moral, Betsy. Yo no era antes así, pero he ido cambiando en Sevilla, supongo. ¡Quién iba a pensarlo!

En la piel blanca de Quin las equimosis destacaban más. Yo lo veía de lejos y no decía nada. El se ladeaba un poco para que no viera las hue-

llas de la batalla. Pobrecito. Parece que fue una
buena riña y que Quin quedó K. O. por algunos
minutos. Los dos pensaban que yo estaba con el
duque. Esa hipótesis, por un lado me ofende y
por otro me halaga. Sentimientos ambivalentes,
Betsy. Yo te juro que fui a Sevilla inocentemente y sin pensar en los posibles malentendidos que
podría traer mi ausencia.

Aunque nadie nos vio salir a Mrs. Dawson y
a mí. Yo procuré que nadie nos viera. El demonio intervino en eso. Soleá me contó la pelea con
todos los detalles y luego me preguntó dónde
había dormido. Ese «dónde» era, en cierto modo,
un «con quién». Yo la respondí con vaguedades
que la intrigaron más. A eso se llama aquí «dar
pábulo». Pero lo hacía inocentemente. Te lo juro.

Aunque el príncipe dijo que me presentaría
a su madre, parecía haberlo olvidado. Tal vez
estaba con ella ayudándola a probarse zapatos.

La gente del velorio, sin dejar de rezar, bebía
y fumaba. Comían unas galletas que olían a anís
y a otras especias, con las cuales algunos campesinos dicen que matan un gusanillo que tienen
en el estómago. ¡ Y luego habla Curro de los perforantes de América!

La proximidad del muerto les daba a todos
mucha propensión, querida. La gente del velorio
entre vaso y vaso reían. Tenían todos la risa fácil. Entre los intervalos de las risas se oía por
el balcón entreabierto una lechuza que debía de
estar en el tejado. Es verdad que los búhos acu-
den a los velorios y silban en el tejado, al menos
en Andalucía.

Un amigo de Curro dijo que hacía dos años
que éste estaba en una piscina nadando, cuan-

do se detuvo en medio del agua y, sacando del
cinto un paquete de cigarrillos, encendió uno
y se puso a fumar. Luego guardó el paquete y
las cerillas debajo del agua. Nadie podía com-
prenderlo y menos las muchachas. Curro les enseñó los cigarrillos y las cerillas protegidos por
una bolsita de goma que llaman higiénica. Una
bolsita transparente y elástica. Las muchachas,
que eran hijas de familia, preguntaban dónde se
compraban aquellas gomas transparentes, y Curro les decía alegremente: «En la farmacia.» Y
añadía: «Para los cigarrillos que fumo yo, son
las mejores.» Los cigarrillos de Curro eran *Bisontes*.

Las chicas recorrieron las farmacias aquellos
días pidiendo goma higiénica, y los boticarios,
escandalizados, no sabían qué hacer. Alguna muchacha decía:

—Son para mis *Bisontes*.

Los farmacéuticos entendían menos. Esa clase
de bromas es muy de Curro y no se extrañaba
nadie oyéndolas, ni siquiera el cura. También él
tenía algo que contar. Un amigo suyo de una
aldeíta vecina decía las misas de encargo por
seis reales, y al saberlo el obispo le amonestó:
«Está usted envileciendo el santo sacrificio. Decir misas por seis reales revela una gran falta
de decoro.» Y el cura respondió: «Señor obispo,
si viera usted esas misas no daría por ellas ni
treinta céntimos.»   *pesante*

El cura contó también casos curiosos de confe-
siones de campesinos o de gitanos. Preguntó a un
campesino en el confesonario si tenía bula de Pas-
cuas, y el campesino entendió mal y dijo: «Mula,

no, señor, pero tengo un macho que labra más que Cristo.»

La lechuza silbaba en el alero otra vez.

Algunos contaban cuentos de veras indecentes. Eran tan sucios que yo no los entendía. Otros eran un poco más decorosos. Un comerciante contó el cuento del yanqui que va a Roma y ofrece seis millones al Pontífice a condición de que todos los curas del mundo, cuando dicen misa, en lugar de decir *dominus vobiscum,* digan: «Tomad Coca-Cola.» Otro contó el del artillero mejicano a quien toca la lotería y dice que va a comprarse un cañoncito y a trabajar por su cuenta. Yo no quise ser menos y conté el del gentleman inglés que la policía encuentra borracho en la calle y que, al identificarse, dice que trabaja en la Liga Antialcohólica como *mal ejemplo.*

Se oyó otra vez la lechuza en el tejado. Todos callaron y se la oyó cantar dos veces más. Durante algunos momentos tuve miedo. Aquella zumaya cambiaba un poco el sentido de las cosas.

El *Tripa* contó también su cuento sobre un tal Currito, el de Lucena. Un médico joven fue llamado para asistir a un parto en un cortijo, y después del parto preguntó por el padre, para felicitarlo, y le dijeron: «La madre es soltera y el padre es un tal Curro, el de Lucena.» Pocos días después sucedió lo mismo en otro cortijo bastante lejos y un mes después en un tercer lugar, también apartado. El padre era siempre Currito, el carpintero de Lucena. Por fin, estando un día el médico de paso en Lucena, quiso conocer a aquel hombre. Le dijeron dónde vivía y se dirigió a su taller. Encontró un hombre de unos setenta años serrando madera, le dijo lo que había sucedido y le preguntó si el autor de todo aquello era algún hijo suyo.

—No, señor; es posible que sea yo mismo.

—¿Pero a su edad y... en tantos lugares?

—Es que... tengo una bicicleta.

La gente reía y Pérez decía a Soleá que se acostara a dormir, porque se veía muy fatigada.

Soleá me dijo mirando una vez más a su padre:

—El día que salió de mi casa comprendí que era la muerte quien se lo llevaba al pobrecito. Y ya ve si salió verdad.

Aquellas palabras me hicieron sospechar si el príncipe que se había llevado a su padre, aquel hombre flaco y propenso, sería la muerte. Esta idea no se apartaba de mí y tú comprendes, Betsy, que era producto de la fatiga nerviosa.

Entretanto, el *Tripa* había desaparecido con el príncipe. Este quería saber noticias de otras personas de su clase o de la clase del *Tripa*; es decir, toreros y bailarinas. Recientemente había muerto un torero en la plaza de Ecija. Y el *Tripa*, que sabía siempre las razones secretas de las cosas, explicaba la muerte del torero de la siguiente manera: «El muchacho estaba casado y enamorado y tenía por costumbre el día antes de cada corrida, al ir a dormir, pedir a su vieja madre que fuera a pasar la noche al cuarto matrimonial en otra cama que tenían siempre dispuesta. Así la presencia de la madre suprimía el deseo amoroso en el torero, quien al día siguiente se sentía más íntegro y firme sobre sus piernas, en la plaza.» ¿No es delicado esto? Pero la madre era vieja y murió. Y poco después el torero enamorado fue cogido y corneado por un toro en la arena. Pobrecito. Hablar de estas cosas allí con el muerto en la casa era como un misterio antiguo.

Yo miraba el ojo morado de Curro y él ladeaba un poco la cabeza para ocultarlo, aunque tardíamente.

En el pasillo, que estaba un poco oscuro, tuve la impresión otra vez de la proximidad del príncipe, pero no apareció. Debía de estar ayudando a su madre a probarse zapatos.

El que llegó fue *Tripa*, y me dijo un piropo. Luego se disculpó:

—Ya sé que yo podría ser su papaíto, no crea que no caigo en la cuenta.

—Usted no es tan viejo—le dije—. Su pelo está negro todavía.

—Cada día más negro, eso es lo malo. Cada día más negro.

Quería decir que se lo teñía. ¿No es *charming* ese sentido de humor?

—Ahora bien—añadió—, mi pelo es mío, de verdad. No soy como el señor duque, que lleva peluquín.

Betsy, las cosas llegan a ese nivel en que parecen comenzar a mostrar su reverso grotesco. Curro tenía un ojo negro. Quin, otro color violeta. El duque usaba bisoñé. Soleá era Celestina *amateur*; su padre, muerto, tenía el bigote rizado; los amigos que le sobrevivían mataban el gusanillo y al mismo tiempo contaban cosas procaces. Quin me miraba desde lejos y de medio lado. No se atrevía a entrar en la sala mortuoria ni a acercarse a mí. Me huía. Por mi parte, insisto en que estoy un poco demasiado vista aquí en la Bética. Todo parece que comienza a ir hacia abajo menos mi tesis. En fin, cansada de oír rezar y contar cuentos, salí al campo buscando aire fresco. Fui sola hacia las instalaciones de los cerdos. Me acerqué a ver el verraco, que, naturalmente, no estaba visible. Y pensaba cosas extravagantes, cuando oí una voz (parecía salir de las cochiqueras) que decía:

> *En un patio de verdín*
> *había un potro potranquín...*

Era el *Trianero*, que estaba contento porque su mujer había dado a luz. En un árbol se oía un ruiseñor. Yo lo dije y el *Trianero* replicó:

—Aquí no hay más ruiseñor que usted. Usted es un ruiseñor..., digo una ruiseñora. -*nightengale*

—Más bien una ruiseñorita—rectifiqué yo.

Pero comienzo a sentirme a disgusto en todas partes. El príncipe me parece la muerte con bisoñé, el muerto me atemoriza, y hace poco tenía miedo también a los cuentos procaces. Si no fuera por los ojos de luto de Curro y de Quin, yo diría que los hombres han comenzado a no tomarme en serio. Pero aquellos ojos parecían un testimonio de lo contrario. (Lo digo viendo la cosa objetivamente.) Así debían de ser las pasiones en el alto neolítico y en la edad del bronce. Lo pienso—repito—con un sentimiento de objetividad histórica (quiero decir que no se trata, Betsy, de frívola vanidad femenina).

Pero ahora prepárate, amiga mía. Tengo una noticia. Richard me ha enviado un cable que dice: «He comprado una sortija de petición de mano y si no te acercas un poco no te la puedo poner, porque hay demasiada agua por medio.» ¿No es un telegrama *cute?* No sé qué hacer. Si

Richard supiera español y fuera tan gitano como
Curro, tal vez yo le cantaría aquello de:

> *Como pajarito nuevo*
> *que está en er cañaveral,*
> *me atrapaste con señuelo*
> *a la primera volá.*

Porque yo fui su primera novia y quiere que
siga siéndolo, como ves. ¿No es conmovedor?
Sin embargo, no sé qué hacer. Es pronto para
casarme. Tengo que acabar mi tesis y pensar si
debo doctorarme o no.

Volví al cuarto del velorio. Para quitarme la
obsesión de las almendras amargas pedí una copa
de anís. La bebí con cierta repugnancia, porque
me recordaba los horribles *licorice sticks* que
chupábamos de niñas.

La gente estaba fatigada. Pérez decía que un
día le preguntó a Rafael Guerra quién era el primer torero, y él volvió lentamente la cabeza y
dijo:

—El primero soy yo, er segundo yo, er tercero
yo, el cuarto naide y luego vienen los demás.

Según Pérez aun los días en que Guerra quedaba mal en la plaza no podía ser sino su propio
segundo y su propio tercero. Yo estaba de pie
junto a una puerta. Había un gran silencio dramático. Cuando quise darme cuenta sentí la mano del príncipe que me tomaba del brazo; una
mano delgada pero no flaca, cubierta de pelusa
rojiza. ¡Qué amable el príncipe! Con su blanquí-
sima ropa interior, su cadenita de platino en la
muñeca, su inglés inmaculado... Pero me acordé
de su peluquín y lo miré a la cabeza, recelosa. El

sonrió. En su sonrisa descubrí algunas grapas de platino en los dientes. Una parte de su dentadura es, quizá, postiza, y se la quita y pone a voluntad. Otra cosa incómoda para mí, la verdad.

—Venga usted—dijo él una vez más.

—¿Adónde?

—A presentarla a mi madre, criatura. ¿No se acuerda que se lo prometí ayer?

Salimos otra vez, llevándonos detrás las miradas de Curro y de Quin. Poco a poco los muros parecían mejor cuidados y decorados. Subimos un pequeño tramo de escaleras y entramos en un corredor lleno de tapices y de retratos de época. «Ya estamos», dijo él. Yo miraba curiosa a todas partes, cuando apareció un sirviente de frac y el duque me dijo en inglés: «Este es sobrino de la Faraona y entre sus parientes están los más famosos ladrones de Andalucía.» Le dije que a mí me habría dado miedo tener un sirviente como aquél dentro de casa, y el príncipe soltó a reír:

—¡Es más peligroso fuera!

Supongo que el criado está en la casa como agente de enlace—digámoslo así—con la gente del campo; es decir, los bandidos o caballistas, como dicen por estas tierras.

A la vuelta de un pasillo apareció una doncella y dijo al duque: «La señora estaba aquí, pero se fue no sé adónde.» Un poco extrañado, el duque me soltó el brazo y abrió la puerta que había enfrente. Al abrirla apareció una saleta con un espejo grande al fondo. Pude ver en el espejo a la doncella que se volvía disimuladamente a mis espaldas y me miraba con ironía. Por aquella ironía yo comprendí (las mujeres no nos equivocamos) que la doncella había probado también los huevos fritos con sal.

En algún lugar había una ventana abierta y se oía música de clavecín que parecía entrar de fuera. «¿ Quién toca?», pregunté. Y el príncipe dijo: «La radio debe de ser.» Salimos. La música se había interrumpido. A veces se oían rezos a coro y de pronto risas y voces animadas. El duque me decía:

—¿ Piensa usted volver a América?

Sin esperar mi respuesta dijo que América era un continente bastardo y que la promiscuidad daba allí frutos inferiores. Yo no sé de qué promiscuidad hablaba ni de qué frutos. Estábamos fuera de la casa y paseábamos en las sombras.

La música de clavecín tocaba un minueto de Mozart. Y en aquel momento asomaba la luna entre las nubes y vertía su luz frente a las cochiqueras. Cosa rara. Allí mismo vimos a la anciana duquesa vestida según la moda de 1850 con su bastón de plata, muy ajustado el corpiño blanco y haciendo movimientos de baile, inclinaciones y cortesías al compás del clavecín. El duque quiso disculparla cuando yo dije:

—Pero es encantadora su madre.

—Es que—insistió él—los zapatos que colecciona deben ser usados para que tengan valor y por eso sale con ellos puestos.

Llevaba la duquesa su bastón de plata y en la otra mano un pañuelo de encajes colgando. Y avanzaba, retrocedía, hacía una cortesía a la derecha, otra a la izquierda, daba un brinquito y se contorneaba. Siempre siguiendo el ritmo de la música.

—Es que los zapatos deben ser usados antes

de guardarlos en la vitrina—repetía el duque, un poco avergonzado.

Le hice retroceder y nos ocultamos en las sombras. El duque seguía hablando en voz baja y decía que cuando alguien moría en el rancho su madre perdía un poco el sentido de la realidad.

Pero ella seguía bailando al son del lejano clavecín. Como era tan vieja tenía una rigidez de cintura que la hacía parecer una gran muñeca. Pero daba sus saltitos a un lado y al otro con una agilidad infantil.

Lo único que me parecía infausto a mí era que hiciera todo aquello frente al verraco mayor. Sin duda ella no se daba cuenta, pero yo asociaba el baile al cerdo del cigarro y del sombrero de gala. No podía remediarlo.

—Es muy anciana mi madre.

Yo le decía que debía sentirse gratificado por la promesa de una verde vejez también saludable y danzadora si salía a ella.

Como no había luna sino en el lugar donde la vieja duquesa bailaba, nos disimulábamos mejor en las sombras. Seguía la danza y el clavicémbalo cuando se oyó a cierta distancia el gañido feísimo de un ave. El duque dijo:

—Ahora mi madre dejará de bailar, porque esa ave que ha cantado es un pavo real blanco que le da miedo. Así como para otros el ave de la muerte es la zumaya, para ella es el pavo real blanco.

Y así fue. La viejecita dejó de bailar y desapareció corriendo en las sombras.

En vano la seguimos y tratamos de encontrarla. Entretanto el duque me decía que su madre era encantadora realmente, pero muy beata. «Si sabe que usted es protestante—me advirtió—, le tomará inquina.» Quedamos en que yo no hablaría nunca de religión con ella.

Volvió a oírse el gañido del pavo real, y el duque, bajando la voz, cantó para mí:

> *De amores lloraba un pavo real*
> *en la fuente de la alegría...*

—Eso es un fandanguillo—dije yo.

—¿Es posible que sepa usted tanto de música flamenca?

> *Yo no quiero que me digas,*
> *yo no quiero que me digas...*

—Bulerías—dije.

—¿Y ésta?

> *Las gitanas son primores*
> *y se hacen sobre la frente*
> *con los pelos caracoles...*

—Tientos.

Iba el duque a besarme cuando oímos pasos. Escuchamos y en aquel silencio se oyó también el llanto de un bebé.

—La muerte por un lado—dijo el duque—, la vida por otro y por otro todavía, yo.

—¿Qué pasa con usted?

—Que no estoy en la vida ni en la muerte, sino fuera de la una y de la otra.

No sabía cómo entender aquello. Yo pensé que el duque trataba de hacerse interesante. Nos dirigimos a la casa del *Trianero*, y viendo que yo no hablaba, el duque se puso a decir que en España el ave de la muerte tiene muchos nombres: zumaya, lechuza, búho, corneja, mochuelo, comadreja y otros menos sabidos como bujarra, coruja, oliba... -

El pavo real graznaba o gañía (no sé como se dice) lejos otra vez. Entonces se vio de nuevo la luna (había nubes que se abrían y cerraban) y se volvió a oír el minueto. Contuvimos el aliento y miramos a un lugar y otro esperando ver aparecer a la vieja duquesa bailando. Pero no la vimos.

CARTA X

EL ACABOSE EN LOS GAZULES

Querida Betsy, continúo la carta anterior desde el cortijo. Te esperan al final algunas sorpresas.

Era de noche. Un perro gruñía en las sombras. Parecía que todo dormía alrededor. Pensaba yo: «¿Qué dirá Curro si sabe que voy con el duque por estos lugares a medianoche, la hora de las brujas? (Que diga misa.)» Alguien salió de las sombras y nos dijo con una voz que yo diría servil:

—La señora duquesa debe de estar en er molino.

Se trata de un molino antiguo de aceituna que ya no funciona y que ocupa un edificio de piedra, cuyas puertas, ventanas y techos parecen rezumar aceite todavía. El duque preguntaba: «¿Qué puede hacer allí mi madre?» Yo pensaba para

mí: bailar el minueto con sus zapatos de seda
blanca, su bastón de plata y su pañuelo de encajes. ¿Le parece poco?

En el molino sólo había dos o tres docenas de
gallinas y un gallo que salió a nuestro encuentro
desafiador con pasos también de minueto. El duque recordó que llevaba en el bolsillo una linterna eléctrica no más grande que una pluma fuente y la encendió. Vertió la luz alrededor y dijo:

—Este molino funcionaba ya en tiempos de
los romanos.

Era aquel lugar muy alto de techos. Una viga
de contornos cuadrados y de más de un metro de
grosor por cada lado lo atravesaba en diagonal
y descansaba sobre una especie de torno. La viga
pesaría tres o cuatro toneladas al menos. En el
centro había un poste y una rueda horizontal con
cinco palos saledizos, en cada uno de los cuales,
según dijo el duque, empujaba antiguamente un
esclavo desnudo para subir el osillo (así lo llaman). Cuando la viga estaba alta ponían debajo
una columna de capachos de aceituna. Entonces
iban dejando caer la viga poco a poco con todo
su peso y el aceite resbalaba para recogerse en
una gran poceta circular.

La columna, la viga y la poceta parecían im-
pregnadas de aceite también. Había en el suelo
escoria de aceitunas machacadas y secas. El duque cogió un puñado y dijo: «Esto se llama oru-
jo.» Parece que cuando se seca es un buen com-
bustible.

Estaba yo absorta ante la rueda de los esclavos de la columna central y pensaba en aquel
romano que se llamaba Plauto y que escribió obras

importantes de teatro sin dejar de ser esclavo y de trabajar como un pobre animal de tiro.

—¡Qué bueno es ser joven e interesarse por Plauto!—dijo el duque con un aire ligeramente superior.

Fue a besarme, pero me excusé diciendo que aquel lugar era incómodo. Ciertamente yo creo —tal vez era ilusión—que olía a aceite desde los tiempos de Séneca.

A mí me ofende el recuerdo de la esclavitud, la verdad. Con objeto de ver de cerca cómo se sentían aquellos pobres esclavos avancé y bajé la hoya circular donde se instalaban para su trabajo cada día. Me puse en la misma posición y empujé con fuerza.

—Nunca podría levantar la viga usted sola, criatura—reía el duque.

—¿Qué hace usted ahí? Venga a ayudarme.

—Linda esclavita—dijo él con un gorjeo un poco femenino—, salga de ahí que le doy la libertad ahora mismo. Aunque las mujeres, ¿para qué quieren la libertad?

—En América no haría nadie esa pregunta—le dije yo—. A todos nos gusta la libertad. No es como aquí.

—¿Qué pasa aquí?

—Usted, por ejemplo, dice que es enemigo del régimen, pero no se le ocurre sino traer al viejo padre de Soleá aquí y ayudarle a bien morir.

Tardó un momento en contestar el duque y por fin dijo:

—Tiene usted razón. Somos cobardes.

Otra vez quiso abrazarme y yo me evadí con un movimiento diagonal y salté fuera de la hoya de los esclavos.

Al salir del molino se nos acercó alguien con una linterna y fue delante alumbrando. Dijo que la señora estaba en casa del *Trianero*. La mancha luminosa de la pluma fuente del duque volaba por las sombras de alrededor como un ave indefinible.

Llegamos pronto, y el *Trianero* no sabía qué hacer para agasajarnos. Allí estaba la vieja duquesa con su traje blanco y su bastón de plata y una copa de anís en la mano. Tenía la cara arrugada pero pintada como una gran muñeca. El duque nos presentó y la duquesa me miró de reojo dudando si valía la pena tomarme en serio.

—Soy la madrina—dijo por fin, y añadió dirigiéndose a su hijo:—Mañana bautizamos a la niña y le pondremos el santo del día: San Bartolomé apóstol.

—Ese nombre es más aparente para niño—se apresuró a decir el padre rascándose detrás de la oreja.

—Cállate, zopenco. ¿Tú qué sabes?

—No le va el nombre, señora, a la criaturita. ¡Por San Juan Bautista que no le va!

La duquesa golpeaba el suelo con el bastón:

—Todos los nombres pueden ser de niño o de niña a voluntad. La niña se llamará Bartolomea. ¿Qué hay de malo?

El duque sonrió y el *Trianero* buscó su apoyo:

—No es por ná, pero resulta una mijita demasiada guasa, señor duque.

—Calla, zoquete—dijo la duquesa—. Ya sé que a la niña quieres ponerle Macarena, pero, ¿dónde está Santa Macarena? ¿Es que os parece gitano y torero eso de la Macarena, verdad? La niña se llamará como el santo del día: Bartolomea.

Se oía graznar el pavo real blanco y la duquesa parpadeaba, nerviosa. El *Trianero* siguió:

—Es un suponer que en todas partes donde la niña diga que se llama Bartolomea habrá su choteo por el mor de Bartolo. *Bartolo-mea*. Es decir, pis, dicho sea con respeto.

—¿Qué es eso del pis, cochino?

No podía el duque aguantar la risa y disculpándose con su madre salimos de allí. Ya fuera rió a su gusto.

Reía a carcajadas en varios tonos, histéricamente. No entendía aquellas risas y sigo sin entenderlas, pero estuvieron el *Trianero* y la duquesa toda la noche discutiendo el nombre de la niña sin ceder ninguna de las dos partes.

Dormí esa noche, de veras, en el cortijo, en el mismo cuarto de Soleá, que estuvo explicándome que no era Celestina de las que cobran ni de las otras, aunque a veces ayudaba a los amantes amigos que conocía teniéndoles la vela. No sé qué vela, porque por aquí hay luz eléctrica en todas partes, hasta en las casetas de los cerdos. Yo le hablé del problema de la duquesa con el nombre del bebé. Y al decirlo—Bartolomea—también Soleá soltó a reír. Debe de ser uno de esos pequeños misterios tartesos que los extranjeros no podemos entender.

Al día siguiente Curro me hizo una escena tremenda. Yo pensaba que esta vez iba a derrumbarse el firmamento de verdad. Curro dijo que iba a darle «un mandao» al duque que no volverían a quedarle ganas de arrimarse a mí y que a su edad estaba más para que lo sacaran al sol

en una silla de ruedas que para andar haciendo
la corte a las mujeres.

Y que con pergaminos y sin ellos el duque
era un panoli. Eso decía. Ya ves, Betsy.

Ha desarrollado Curro un odio venenoso contra
el duque, sobre todo desde ayer. ¡ Pues no cree
que he pasado yo la noche en su cuarto! Nunca
entenderán estos tartesos que una cosa es el amor
o una tesis académica y otra que seamos liberti-
nas. Me dice Curro que el duque, vestido de gala
con el uniforme del *navy*, es cosa de ver y que
el día del aniversario del Glorioso Alzamiento
parece una carroza mortuoria puesta de pie con
sus dorados y plumeros. También me dijo que si
a mano viene caballistas hay en el monte que le
darían un susto al duque y a su madre.

Un buen susto entre los carrascales—eso dijo—de Sierra Morena.

Me acordé de *Los verracos* a quienes ataba el
zapato Napoleón. Y mirando a Curro y viendo
su ojo morado, y al saber que Quin y Clamores
se habían ido a Sevilla sin despedirse de mí, pensé que Curro está llevando las cosas a un camino
demasiado peculiar. Eso me asusta un poco. De
veras, Betsy.

Pedí el teléfono al duque y el viejo galán me
condujo a una cabina tapizada de seda color rosa.
Llamé a Sevilla. Cuando me la dieron, el duque
se retiró y cerró la puerta de cristales.

Yo puse un telegrama a Pensilvania. Sensación. Betsy. El telegrama, ¿ para quién, dirás?
Para Richard aceptando su anillo de boda y diciéndole que señale la fecha, porque regreso a
Pensilvania en el primer avión donde consiga
un asiento. ¿ Qué te parece? No lo esperabas tú

Betsy. Confiésalo. Es un verdadero golpe para todos.

Bien mirado, el matrimonio es una cosa seria y creo que debo casarme con el primer novio que tuve: Richard.

Pregunté a la central el precio del telegrama y me dijeron que colgara, y que llamarían para decírmelo. Mientras lo tasaban abrí la puerta de cristales de la cabina y le conté al duque lo que había dicho Curro sobre el susto que podía darle a él—al duque—con sus amigos caballistas. No creas que lo dije por agravar la situación entre ellos, sino sólo porque las reacciones pasionales de la antigua Tartesos me interesan de un modo académico y objetivo. Y quería ver lo que sucedía.

El duque me miró distante y glacial y dijo:

—A *Los verracos* los ahorcaron, según dicen. Si Curro fuera un caballero podríamos batirnos, pero siendo un plebeyo y un gitano me conformaré, si el caso llega, con hacerlo apalear por mis criados en las escaleras de mi casa. Puede decírselo cuando quiera.

¿Yo? Dios me libre. Estoy segura de que si le dijera una cosa así a Curro—plebeyo o no—en veinticuatro horas desaparecería el duque y tal vez yo misma. Los caballistas nos llevarían a él y a mí a alguna cueva en Sierra Morena con los ojos vendados y pedirían millones de beatas de rescate. O matarían al duque al modo árabe, es decir, poniendo su cabeza en la dirección del sol naciente y rebanándole el pasapán (horrible paranomasia). A mí no me harían nada porque soy extranjera.

Verdad es que si todo esto sucediera podría yo sacar el *copyright* de la información y venderla a un sindicato de prensa de los Estados Unidos. Yo en Sierra Morena con el duque, en manos de los bandidos caballerosos y románticos. *Big money*, Betsy. Pero siempre he sido generosa y prudente. Así, pues, la carroza funeral, por lo que a mí toca, seguirá de pie en el aniversario del Glorioso Alzamiento, con su bisoñé, sus dientes y sus plumeros blancos. Lástima, porque con el dinero de la historia del *kidnaping* me habría salido gratis el viaje y la estancia en Sevilla, y, además, al volver a los Estados Unidos podría comprar un *corvette rojo*, que es mi pasión. Pero no hay ni que pensar. Pobre duque.

Abrí más la puerta del camerín del teléfono porque el aire se ponía pesado y el duque entró. No había sitio para uno y estábamos dos. Más que una cabina era un estuche tapizado de seda y nosotros éramos las joyas. Cerró la puerta. Una lámpara azulina muy pequeña iluminaba el techo pompeyano. Yo le dije al duque:

—¿Sabe usted una cosa, *your highness?*

—¡Qué tontería!—rió él—. No me llame *your highness*.

—¿Sabe usted que con ese telegrama he aceptado una proposición de matrimonio?

—Lo siento—dijo él—. Lo siento con toda mi alma.

Iba yo a decir que la cosa tenía arreglo, pero se adelantó el duque a deshacer el equívoco:

—Lo digo porque siempre que se casa una mujer bonita todos los hombres perdemos algo. Incluso yo, a pesar de mi edad.

El *rascal* daba marcha atrás. Vio mi intención y yo vi su alarma. La verdad es que acordándome del molino de aceite, de la rueda de los esclavos y del pobre Plauto se me atragantaba el embeleco.

La cabina era muy pequeña y parecía, repito, un estuche de lujo. El duque trataba de ver hacia afuera por la puerta de cristales.

—Este decorado—dije por decir—es pompeyano.

Se acercó más el duque y yo sentí una de sus rodillas contra la mía.

—¿En qué se distingue el decorado pompeyano?

Miré alrededor y dije pedantemente:

—El arte pompeyano es distinto de los otros porque la cuestión consiste aquí en la manera de distribuir los espacios blancos. ¿Ve usted?

—¿Qué blancos, linda oceánida?

Eh, Betsy. Oceánida. Estaba bien llamarnos a las americanas así: oceánidas. Suena muy lindo.

—En otras partes—expliqué—el problema está en llenar esos vacíos. Pero aquí se trata sólo de distribuirlos de un cierto modo. ¿Ve ahí un ánfora? Un ánfora esbelta de cuyo gollete salen rayas verticales que enlazan más arriba con otra ánfora.

Estábamos muy apretados, la verdad. El duque señalaba algo en el muro:

—Pero esto es un ramillete. Mi esposa, que en paz descanse, era vasca y solía cantar aquello de:

> ...al ramillete.
> *Santurce, Bilbao*
> *y Portugalete.*

—Eso tiene ritmo de baile antiguo—dije yo.

—Y lo es. Pero ella, digo mi esposa, no bailaba. Al menos no iba a bailar frente a las cochiqueras como mi madre.

Quiso el duque pasarse la mano por la cabeza, pero tropezó con la lámpara del techo. Yo le expliqué:

—Son *guirlandas*.

—Guirnaldas—corrigió él.

El decorado es por paneles color rosa. Con una orla que tiene ánforas, *guirnaldas* y grecas de diferentes clases. Estilo pompeyano.

Y dije tres versos de Shakespeare—del drama *Julio César*—traducidos al español:

Vosotros, bloques, piedras como cosas inertes,
corazones sin sangre, crueles hombres de Roma,
¿no conocisteis Pompeya?

Entonces el duque se arrodilló a mis pies tembloroso de emoción y recitó en inglés unos versos de Shakespeare, también del mismo drama, cambiando el nombre de Pompeyo por el mío:

Even at the base of my Nancy statue
which all the while ran blood, great Cesar fell.

—No veo sangre por ninguna parte—dije yo.

—Tampoco yo soy César. ¿ Oye usted, hermosa oceánida?

En todo caso el duque es hombre culto también. Yo seguí:

—Ese tipo de decorado es muy frecuente en los libros antiguos, porque la tipografía es también el arte de distribuir los blancos, es decir, de administrarlos. ¡Oh Pompeya bajo las cenizas del cataclismo!

Me miraba el duque en éxtasis desde abajo —seguía arrodillado—y repetía pensativo: «Los blancos.» El aire de la cabina se ponía caliente. Tú dirás por qué no salíamos. Yo estaba esperando la llamada del teléfono. Comenzaba a oler también a almendras amargas (como el cuarto funeral) y el duque no quería abrir.

—Volutas—dije yo—. Y tréboles. Estos son tréboles. Estos adornos se llaman vermiculados. Y estos tan pequeñitos y delicados son quinquefolios.

—¡Cielos! ¿Y sabiendo tanto se va a Pensilvania?

—No lo diga usted a nadie—le pedí riendo—hasta que me vaya. No querría que se enterara Curro. No es bueno que lo sepa todavía.

La luz dentro de la cabina daba calor. Los ojos del duque arrodillado eran más claros que antes y su piel porosa y dorada se perlaba de sudor.

—¿Es que le ha prometido usted a Curro casarse con él?—preguntaba el duque sin levantarse.

—No, eso no.

—Entonces... Si le hubiera prometido matrimonio sería diferente, porque las ilusiones del gitano se expanden como los gases y quién sabe qué alturas alcanzan.

—No hable así de Curro.

—¿Por qué?

—No tiene Curro más que un octavo de gitano.

—Perdón, señorita. Curro tiene ocho octavos de gitano y uno de *son of a bitch*.

Yo reía viendo tan celoso al duque. La cabina se ponía divertida.

—Levántese—le dije.

Y él recitó levantándose otras dos líneas de Shakespeare, esta vez en español:

Me hincaba de rodillas
y agradecía al cielo el amor de mi bella.

Comenzaba a oírse en el aire el clavicémbalo y el minueto igual que la noche anterior. Yo imaginaba a la madre del duque bailando frente a la casa del verraco.

Se acercaba el duque un poco más a mí. No comprendo cómo era posible acercarse más, ya que estábamos en un lugar donde era imposible estar separados. La seda roja reflejaba la luz sobre nuestras caras.

—Usted—dijo el duque—vino a Andalucía a hacer una tesis.

—Ya la tengo escrita en borrador. Por eso creo que debo volver a América—añadí mirando al teléfono. Pero no acababan de tasar el telegrama.

—No lo tasarán. Tengo una cuenta en la central y me pasarán el *bill* dentro de un mes o dos.

—Yo necesito pagárselo a usted antes de irme.

—Mientras esté usted en mi casa no hay que hablar de esas cosas.

Liberé mi brazo derecho y al mismo tiempo sonó en la caja del teléfono un timbre. Una sola nota, un poco tímida. Era como si el teléfono protestara de que hubiera tanta gente en la cabina y tanto calor.

—Otras cosas podría usted darme en lugar de dinero si fuera usted mi amiga verdadera.

Le eché los brazos al cuello y lo besé en la mejilla como una hija, pensando en los siete dólares que podría costar el telegrama. Luego fui a abrir la puerta, pero el duque puso el pie contra ella y lo impidió, porque era de esas puertas que se abren doblándose hacia dentro.

—Quiero que me explique más sobre el arte pompeyano—dijo con una expresión altiva.

Yo añadí como si estuviera en clase:

—Nació en los palacios de Pompeya, ciudad enterrada por las cenizas del Vesubio. ¿Ve usted? Esta es otra greca que se llama «posta» o «empostada». Oh, es obvio eso de las postas. Suélteme, por favor, la mano. ¿Los espacios vacíos? Todo arte actúa sobre un vacío que trata de llenar. Y no lo llena, sino que lo siembra, por decirlo así. Lo siembra con cosas que producen un contraste: lo vacío y lo ocupado. Es decir, la nada y el...

—El todo.

—No, no el todo, sino el «algo». Pero suélteme la mano, por favor. ¿No ve que transpiran las dos, la suya y la mía?

Hablábamos inglés en aquel momento.

—A mí no me molesta el sudor—dijo él alzando las cejas—. ¿Y a usted?

—A las mujeres suelen gustarnos las cosas que a ustedes les molestan, quiero decir que una piel áspera, sudorosa o peluda a nosotras nos parece muy bien. Pero aquí el aire se enrarece demasiado. ¿Verdad? No es que se enrarezca, yo diría que se caldea. Más aún, yo diría...

—Diga usted, **criatura.**

Se me ocurrió una pregunta gramatical:

—¿Tiene masculino esa palabra? Si yo soy

una criatura, ¿podría decirse que usted es *un criaturo?*

—No—rió el duque—. Eso es un género que llaman epiceno.

Añadió que no sabía una palabra de gramática y que perdería yo el tiempo si le hacía más preguntas. Aquello de *epiceno* era todo lo que recordaba de cuando fue estudiante. Y añadió:

—En español es igual que en inglés: epiceno. La palabra no tiene género, es decir sexo.

Al pronunciar esa última palabra—sexo—el duque se iluminó, se apagó y se volvió a iluminar en la cabina pompeyana. Digo, sus ojos.

Y los dos sudábamos bajo la lámpara.

—Epiceno quiere decir también—corregí yo—que tiene las cualidades de los dos sexos. Es decir, *hermafrodita.*

El aire se estaba poniendo imposible, pero el camarín era tan lindo que no dije nada. Estábamos tan juntos que era una vergüenza. Y el calor era, de veras, obsceno.

Los espacios blancos—le dije con un acento subrayado con el que mostraba cierta impaciencia—representan el vacío en la decoración. El vacío. Lo más importante en todas las artes es el vacío.

—Eso ya me lo dijo antes. Dígame algo nuevo, señorita.

—Toda creación—añadí—consiste en dar énfasis funcional al vacío, más que en llenarlo. Y perdone que me ponga pedante, pero soy una estudiante americana trabajando en su tesis, una pobre esclava de la filología y la antropología histórica. ¿Ve usted? En cada ánfora, es decir, debajo y encima de cada ánfora, hay una insinuación de algo que se va a proyectar hacia el centro, pero que no se proyecta. Algo que comienza a salir y no sale, algo que quiere ocupar los vacíos del panel, pero se queda con la intención. Eso es lo mejor en las artes. La intención evidente y voluntariamente contenida. ¿ Comprende?

Miraba el duque la seda de la tapicería, recogía la pierna izquierda y extendía la derecha:

—En la vida es posible que lo sea también—dijo.

Yo continuaba:

—Todo es insinuación en el arte pompeyano. Y nada se cumple realmente. No hay nada que podamos llamar acabado. Pero los espacios blancos tienen en los muros una misión: destacar mejor la figura de la mujer.

—¿ Es posible?

El duque parecía dudar. Me tomó por los hombros y me puso contra el centro rosado de un panel aplastándome sin querer—creo yo, Betsy, aunque no lo juraría—un seno con su antebrazo. Luego suspiró enamorado y dramático:

—Es verdad. El decorado es como una orla.

—En Roma—seguí yo—la mujer era más importante que en Grecia, donde se cultivaba demasiado la homosexualidad. Todo era en Roma para la mujer. Todo en Grecia, para el efebo.

El duque se ponía muy colorado o era, quizá, el reflejo de la seda del muro y del techo. Yo esperaba aún la llamada de la central para saber el precio del telegrama. Porque me habían dicho que llamarían. El duque seguía ruborizado y yo me preguntaba si sería por los efebos o por la seda del muro.

Estaba un poco asustada al ver que planteá-

bamos aquellos temas en un espacio vital tan re-
ducido y con tan poco aire. Me creí en el caso
de continuar:

—Esas del techo son las únicas figuras humanas en el decorado de la cabina. Son pequeñas y graciosas, y están hechas con un molde,
es decir, que no han sido dibujadas por un artista, sino copiadas de una manera mecánica. Yo
las he visto antes en algún lugar, tal vez en Carmona, en la necrópolis. Es muy posible.

Las vi exactamente en el sepulcro de Postumios y representando el banquete fúnebre. Al
fin y al cabo el de Postumios era un velorio
como el del padre de Soleá. Pasábamos las manos por distintos lugares de la tapicería, a veces
se reunían las mías y las de él y entonces él me
las tomaba y me miraba con ternura, aunque todavía ruborizado. Las dos veces que quiso besarme y acercó su cara a la mía yo sentía en su
respiración un olor agrio de dentadura falsa. O
por lo menos lo que llamamos en los Estados
Unidos *dentures*. Perdona, Betsy, que sea tan
realista, pero si comencé un día a escribirte la
pura y simple verdad, creo que debo seguir hasta el fin. (Y guarda estas cartas, porque podría
ser que hiciéramos un día algo con ellas.)

La proximidad del príncipe no me hacía feliz,
y no porque el príncipe me desagradara, sino
porque habían acudido al corredor algunos criados y nos estaban viendo a través de la puerta
de cristales. Desde dentro no se veía el corredor
sino a duras penas (haciendo pantalla con las
dos manos), porque la luz de la cabina se refrac-
taba en los cristales. Se lo dije al duque y él
alzó otra vez las cejas despreocupado, y dijo que

en aquella casa nadie veía nada que no debie a
ver.

—Los criados no son ciegos—protestaba yo.

—Para el caso lo son—y al decirlo me di cuenta de que una de sus manos estaba en mi cintura—. Supongamos que nos ven los criados.
Bien. Nos ven. Es decir, para expresarse con
exactitud: nos miran. Que nos vean o no es otra
cosa. Y si nos ven no importa. ¿Usted se preocu-
pa cuando la mira un gato, un perro, un insec-
to? Pues un criado es algo por el estilo. Miran
y no miran.

—Son seres humanos. Pero ya veo, la esclavitud. Todavía la esclavitud. Pobre gente.

—No lo crea. Ellos me sirven y yo, siendo duque, los trato como a iguales. Se hacen la idea de
que son mis amigos y con eso son felices. Tienen suerte. ¿Qué saco yo en cambio siendo amigo de nadie, por ejemplo, de usted?

—Bien, en todo caso yo me pregunto: ¿se puede saber qué hacemos aquí?

—Hablar.

—Hay otros sitios más adecuados para hablar.

Comenzaba a sentirme incómoda. Tenía sed.

—Lo que querría ahora—dije—es un buen *ice
cream soda*.

Soltó a reír el príncipe como si hubiera dicho
algo de veras gracioso. Fuera de la cabina no se
veía nada, es decir, nos veíamos reflejados en los
cristales el duque y yo. Pero suponía que estaban
mirando los criados desde fuera. El duque añadió:

—Estamos como si fuéramos marido y mujer,
pero no acostados, sino verticales. La nupcia ver-
tical.

—No hay nupcia de ninguna clase, duque. Y suélteme la pierna, *please*, que es mía.

El miraba las figuritas del techo y yo le dije una vez más:

—Alguien está ahí fuera mirándonos. Y quiera usted o no quiera, son seres humanos y nos ven.

Comenzaba a tener miedo. Aquel hombre que se había llevado de Sevilla al padre de Soleá para que muriera en Los Gazules me daba miedo. Tal vez quería que muriera en la cabina yo sofocada. Y fuera de la cabina había—repito—varias personas calladas y mirando. Esperando, tal vez, verme morir sofocada. El duque no hacía caso:

—Postumios—dijo soñador—. El banquete de Postumios. Debe de ser algo notable el banquete funeral de un tipo que se llama así. El nombre importa mucho. Los nombres tienen cualidades mágicas. ¿Sabe usted cuál es el mío?

—Confieso que no lo sé. Pero estamos muy incómodos.

—Esperemos un poco más, que venga mi madre. Hace treinta años mi madre me sorprendió aquí abrazado a una joven criatura que era vasca y que solía cantar eso de «Santurce, Bilbao y Portugalete...» Mi primera mujer. Mi madre nos vio, se escandalizó y me obligó a casarme. Vamos a esperarla ahora a mi madre, es decir..., si no tiene usted nada en contra.

(Fíjate bien, Betsy, que esto era una proposición de matrimonio en regla, ni más ni menos. Una proposición un poco barroca, como todas las cosas en Andalucía.) Yo le respondí:

—La gente hablará.

—¿Qué importa que hable la gente? Mi mundo es mío y de nadie más. Bueno, suyo también si lo quiere.

Estas palabras, Betsy, eran una reiteración de la proposición anterior, que así hacen las cosas los *grandees*. Yo estaba aparte comprobando algo muy importante: si mi sudor le molestaba a él o el suyo me molestaba a mí. Creo poder asegurar que no. Menos mal.

Alcé la cabeza y la moví a un lado y a otro, porque comenzaba a dolerme el cuello.

—A usted la llaman la *Notaria*—me dijo él de pronto y yo me puse colorada, en vista de lo cual, el duque añadió por cortesía—: Eso no importa. Lo que diga esa gente no importa.

Sonreía mostrando las grapas de platino de los colmillos. Yo apenas si respiraba y él añadió:

—Usted ve lo que pasa. Soy príncipe y duque. Aunque para mí ninguno de estos títulos vale tanto como el de conde. Yo soy conde-duque. El título conde en España es más antiguo. Verdadera solera. Prefiero que me llamen conde. Pero, ¿cómo me llaman en realidad?

Soltó a reír de un modo estridente y añadió:

—A usted la *Notaria* y a mi, el *Garambo*.

—¿*Carambo*?—pregunté yo pensando en la expresión *caramba*, tan frecuente.

—No, no. Con ge. *Garambo*. El *conde Garambo*, que quiere decir algo así como maneroso o amanerado. De ahí viene *garambaino* o *garambaina*. Eso es, ríase. Sí, yo también me río. Las cosas de la plebe hacen reír.

Pero de pronto se puso serio:

—Estamos aquí—explicó—para que mi madre nos vea y se escandalice. Así es como me casé con mi primera mujer. Ya se lo he dicho. Depende de mi madre.

—Pero, aunque su madre quisiera, está Curro por medio. Y si Curro no le basta, está Richard, el de Pensilvania.

—Serían dos dificultades menores.

Yo vi el diablo en sus ojos y protesté:

—No, de ningún modo. Usted no haría nada contra Curro. Yo no se lo permitiría, suponiendo que llegara el caso. ¿Oye usted?

—De todas maneras, hasta que mi madre nos vea aquí y tenga una reacción en un sentido u otro no se puede aventurar juicio alguno. Todo es prematuro. Vamos a esperar. Es lo único que podemos hacer: esperar. Entretanto, cada uno de nosotros se acostumbra al sudor del otro, porque en las circunstancias que atravesamos, el sudor es un elemento más que importante. Un factor a considerar también para el futuro.

Alargó la pierna izquierda. Se había descalzado una sandalia y sentí su pie desnudo en el mollete de mi pierna. ¡Qué extraña caricia! El pie estaba frío. Sentí un temblor debajo de mi piel.

—¡El *Garambo!* Así me llaman.

—¿No será *Carambo,* de *caramba?*

—No; de ningún modo. ¿Cómo quiere que se lo diga? Bien, así ha sido siempre la vida. Piénselo un momento. Son los otros quienes nos deterioran y nos gastan. La experiencia del contacto con los otros nos extenúa. Es posible que yo sea el *Garambo,* pero Curro es un *Verraco,* quiéralo o no lo quiera. Permítame que lo repita. Usted es experta en decorado pompeyano, pero yo sé algo de vida social andaluza. Y toda experiencia exterior nos disminuye. Nos alcorza por arriba o por abajo. Usted, la *Notaria*, y yo, el *Garambo*. ¿Qué le parece? Y no hay quien lo remedie. Nada que hacer.

En la pared contra la cual apoyaba mi espalda y mi..., bueno, lo que llaman aquí la rabadilla, había un taburete. Un taburete plegado contra el muro. Lo desplegué poco a poco y me senté. Suspiré hondamente y quise abrir la puerta, pero el volvió a poner el pie, y entonces me resigné a pasar en aquel lugar si era preciso el resto de mi vida como una momia en su urna. La verdad es que, aparte la falta de aire, lo demás no me importaba. El duque me miraba a los ojos:

—¿Respira mal?

—Bastante mal, pero no se preocupe. No importa.

En aquel momento tenía ganas de gritar, pero me aguantaba. Tú sabes que padezco claustrofobia, Betsy. Como si aquello no bastara, se apagó la luz y quedamos a oscuras. Yo vi al otro lado de la puerta el pasillo iluminado y a seis criados mirando y cubriéndose la boca para disimular la risa. Delante de ellos estaba Curro. Al mismo tiempo sentí los brazos del duque alrededor, que me apretaban como los tentáculos de un pulpo.

Curro gritó:

—¡Eso zi que no lo tolero!

—¿El qué?—preguntó un criado que parecía el mayordomo?

—La oscuridaz. ¡Que enciendan la luz, so leche!

Yo grité también:

—¡La luz! Curro tiene razón. ¡La luz!

Acerté a encontrar la llave y encendí. Miré

afuera, pero no se veía nada por la refracción.
El duque me miraba sonriente:

—Hizo mal en encender la luz—dijo con una
expresión obsequiosa—, porque si mi madre nos
encuentra a oscuras, seguro que se escandaliza.
Y es lo que busco.

En aquel momento decidí de una vez para siempre lo que iba a hacer. Saldría para Madrid al
día siguiente sin decirlo a nadie y me presentaría en Pensilvania cuanto antes. Allí terminaría
la tesis, y mi novio Richard se entretendría durante la luna de miel copiándola a máquina. Los
datos los tengo ya todos. Ni uno siquiera de esos
datos está sacado de los libros ni de los polvo-
rientos archivos, sino que son de primerísima
mano. Como solía decir mi padre, yo he tenido
siempre un punto de vista realista en las cosas
de la cultura lo mismo que en las de la vida en
general. Curro iba haciéndose demasiado posesivo y, sin darme cuenta y bajo la influencia de
su erotismo tarteso, yo iba afeminándome un
poco. No importa. En definitiva, mi tesis habrá
valido la experiencia.

Se lo dije en voz baja al príncipe *Garambo,* y
él hacía amables gestos de asombro y de admiración. Comprendí que mi situación en aquella cabina de teléfonos era por demás excéntrica. Nos
salvó a todos el timbre del teléfono. Lo tomé y
me dijeron: «Trescientas veinte pesetas, señorita.» Yo calculé: «Seis dólares.» Pero él se negaba a recibir el dinero. Y cuando más discutíamos,
apareció su madre apoyada en el bastón de plata.
A Curro se lo llevaban los criados a la fuerza.
Abrió la duquesa la puerta de la cabina y dijo
con aire triunfal:

—Hijo mío, el zopenco del *Trianero* bajó la testuz y la niña se llamará Bartolomea.

Reía el duque como un bobo, repitiendo: «Bartolomea.» Hice prometer al duque que no apalearían a Curro en las escaleras del palacio ni en ninguna otra parte, y él prometió por su honor. Lo prometió entre los hipos de la risa.

Se oía fuera de la casa—en el aire—el minueto, y la vieja duquesa marcaba ligeramente (casi imperceptiblemente) los movimientos de baile. En suma, querida Betsy, que se acabó la experiencia tartesa-turdetana-bética-flamenca; que la vieja duquesa no se escandalizó de vernos en la cabina pompeyana, y que dentro de unos días, *Deo volente* (así decían los españoles en el siglo XIX), estaré ahí, en el nuevo mundo, con Richard, contigo, con el borrador de mi tesis y con unas doscientas fichas que debo incorporar a ella antes de hacerla copiar definitivamente.

F I N

INDICE

NOVELAS y CUENTOS

Colección de libros de bolsillo

OBRAS PUBLICADAS